Dzieła wybrane Stanisława Lema

Niezwyciężony

Stanisław Lem

インヴィンシブル

スタニスワフ・レム

関口時正 訳

国書刊行会

インヴィンシブル＊目次

インヴィンシブル

Niezwyciężony

黒い雨

琴座の基地が保有する最大の宇宙船、二等巡洋艦インヴィンシブル号は、星座の一番端にある宇宙域を光子の推力で進んでいた。八三人の乗組員は、中央デッキにあるトンネル状の休眠装置で眠っていた。比較的みじかい旅なので、完全な休眠ではなく、体温が一〇度を下まわらない、深めの睡眠という処置だった。艦橋《ブリッジ》で働いていたのはオートマトンだけだ。彼らの視界には、照準を合わせた十字線上に、ふつうの赤色矮星よりわずかに熱いだけの太陽の円盤が映っていた。その盤面がスクリーンの幅の半分を占めたところで、対《つい》消滅反応は停止された。しばらくのあいだ、艦内は死んだように静まりかえった。空調装置と計算機は無音で動いていた。これまで艦尾から出て、無限に長い剣《つるぎ》のように闇をつらぬきながら、噴射力で艦体を動かしてきた光の柱の放出にともなって生じる、ごく微細な振動さえ止まった。見たところ空っぽのインヴィンシブル号は、惰力で、音もなく、亜光速のまま、進みつづけた。

やがて、中央スクリーン上に静止した遠い太陽の光でバラ色に染まった計器盤のあちこちから、小さな光がウィンクを交わしはじめた。磁気テープが動きだし、プログラムが次から次へと新しい装置に吸いこまれてゆき、スイッチ類が火花を放ち、電流がブーンと鈍い音をたててケーブルに流れこんだが、その音を耳にした人間はいなかった。電動モーターは、凝固して久しい潤滑油の抵抗とたたかいながら、始動するやいなや、低音の唸り声から高温の悲鳴へとかけのぼった。補助炉から光沢のないカドミニウム棒がせり出し、磁器ポンプが液体ナトリウムを冷却用ラジエーターにおしこみ、艦尾に近い各デッキの金属の壁を伝って震えが走り、壁の内側ではまるで小動物の群れがあばれながら爪で金属を叩きまわるかのような物音がして、自動修復機能をそなえた可動式計測器《ゲージ》が、すべての梁《はり》や桁《けた》の溶接部、船体の密閉度、すべての金属ジョイントを検査するための何十キロメートルになんなんとする旅にすでに出発したことを物語っていた。宇宙船が目をさまし、艦全体を音と動きが満たしてゆく中、乗組員たちだけはまだ眠っていた。

　やがて自分のプログラム・テープをのみこんだオートマトンが、休眠制御装置に信号を送った。冷気の吹き出しに覚醒ガスが混じり、フロアを格子状に区切って並んだベッドの列の間を温風が走った。だが乗組員たちは、まるで目を覚ましたくないかのようだった。何人かが力なく手を動かした――彼らの冷えきった眠りを満たしていたのは妄想であり、悪夢だった。ついに最初の一人が眼をあけた。宇宙船の準備はできていた。すでに数分前から、人工太陽の白い光が、各デッキの長い廊下、リフトの昇降路《シャフト》、船室、艦橋、作業場、気密室の闇を散らしていた。休眠装置の内部には依然として人間たちの溜息や半醒半睡のうめき声が充満していたが、宇宙船は、そんな乗員たちが目を覚ますのを待ってはいられない、しびれが切れたと言わんばかりに、予備的な制動をかけはじめた。中央スクリーンに映る艦首から数本の炎が出現した。これまでつづいていた亜光速飛行の仮死状態に衝撃が走り、インヴィンシブル号の静止質量一八〇〇〇トンにそのすさまじい速度を乗じた力を粉砕しようと、膨大な力が艦首の噴射孔に加えられた。地図室では、すきまなく収納されたチャートがロールの上で落ちつきなく身じろいだ。艦内のあちらこちらで、きつく固定されていない物体が、まるで命を吹き込まれたかのように動きだした――ギャレーでは調理器具がガチャガチャとぶつかりあい、誰も腰かけていないポリウレタンの肘掛けの背がよろめき、デッキの壁を這うベルトやロープがゆらゆらと揺れた。ロケットの舳《へ》先《さき》から艫《とも》に向かって、ガラスや金属板やプラスチックの立てる物音が、混じり合いながら、波のように渡っていった。そうこうするうちに、ようやく休眠装置からがやがやという人の声が聞こえてきた――七ヶ月のあいだ沈潜していた虚無の中から、みじかい眠りをへて、人々が現《うつ》し身に戻りつつあった。

　インヴィンシブルは減速した。赤錆色の雲の綿にくるまれた惑星が、星々を隠した。太陽の反映を浮かべた海の凸面鏡の動く速度がしだいにゆるやかになった。クレーターだらけの灰褐色の大陸が視界に入る。だが各デッキの部署に着いた乗員たちにはいまだに何も見えていない。彼らのはるか下方、駆動装置のチタンでできた内臓の中で、押し殺されたうなり声が高まり、巨大な重力が操作手の指を操縦桿から引きはがした。噴射の圏内に入った雲は水銀の爆発で銀色に輝き、崩れ、消滅した。一瞬、エンジンのいななきが高まり、赤錆色の円盤が平らになった――こうして惑星は陸地と変じた。風に追い立てられる三日月状の砂丘がすでに見え、一番近いクレーターから車輪のスポークのように放射状に走る溶岩の筋が、エンジンノズルの太陽よりも烈しい火災を反射してきらめいた。

「軸方向に全出力。静止推力」

計器の針が怠惰な感じで次の区分の目盛りへ動いてゆく。オペレーションは正確に実行に移された。砂の下に岩の畝《うね》を秘めた、あばただらけの地表の半マイル上空で、宇宙船は、まるで逆立ちして火を吹く火山のように、静止した。

「軸方向に全出力。静止推力低減」

ロケット噴射の波が真下に伝わって地面にぶつかる地点がすでに見えていた。赤錆色の嵐がそこに沸き起こった。紫色の稲妻が、一見音もなく艦首からほとばしったようだったが、それは雷鳴がすさまじい噴射の咆哮にかき消されていたからだった。電位差が解消されると、稲妻は消えた。ロケット尖端部で一枚の隔壁が悲鳴をあげた。司令官はエンジニアに向かって首の動きでその方向を示した——共鳴だ。除去する必要がある。しかし誰も声を発することなく、代わってトランスミッション装置が一斉に唸ると、艦体は目に見えないケーブルによって吊り下げられた一個の鋼鉄の山のように、もはや振動ひとつなく、落下をはじめた。

「軸方向に出力五割。静止推力小」

砂漠の砂が煙となり、本物の海の波濤のように、あらゆる方向に向かって同心円を描きながら走ってゆく。噴射孔から噴き出す火焔がなめた範囲の爆心円からは、もはや煙ものぼっていない。砂は姿を消し、気泡におおわれた紅い鏡が出現したかと思うと、それもたちまち、熔融した二酸化ケイ素が沸騰する湖に変わり、一面ぱちぱちとはぜる爆発の火柱が立ち上がったのち、ついにはすべてが蒸発した。惑星の骨とも言うべき古い玄武岩が剝き出しになり、軟化しはじめた。

「リアクターをニュートラルに。冷推力」

まっさおな原子の炎が消えた。エンジンノズルから水素化ホウ素の光束が斜めにほとばしったかと思うと、砂漠もクレーターの岩壁もその上にただよう雲も、一瞬にしてこの世ならぬ緑色に染まった。インヴィンシブル号の広い艦尾が降り立つべき、玄武岩の土台が溶ける心配はもはやない。

「リアクター停止。冷推力で着陸」

すべての心臓が高鳴り、眼という眼は計器類に釘づけになり、握りしめた掌《てのひら》の中でレバーが汗にまみれた。使い古されたおなじみの挨拶が交わされた。その挨拶は、もはや後戻りはできないことを、たとえそれが砂漠の惑星の砂の上であろうとも、いよいよ本物の地面に足をおろすことができることを意味した。そこには日の出も日の入りも、地平線も雲も、そして風もあるのだ。

「天底《てんてい》点に着陸」

推進剤を下へと送り出すタービン類があげる長々しい呻《うめ》き声で船体は満たされた。円錐状にひろがる炎の柱が、煙をあげる岩盤と宇宙船とをつなぐ。四方八方から砂嵐がおこり、艦内の潜望鏡をまっくらにし、艦橋のレーダー・スクリーン上にだけ、台風のようなカオスに沈む風景の輪郭が浮かんでは消え、浮かんでは消えしていた。

「接地時点でエンジン停止」

一ミリ、また一ミリと頭上にのしかかるロケットの下で、炎が反抗的にもがいた。緑色の長い放射状の光線が、周囲にうごめく砂の雲の奥深くへと侵入した。焼けた玄武岩と艦尾との間隔がちぢまり、緑色に輝く一本の光の筋になった。

「ゼロゼロ。全エンジン停止」

鐘の音。ひび割れた巨大な心臓の鼓動にも似た音が、一度だけ鳴らされた。ロケットは着陸した。主任技師は、緊急時噴射の二本のレバーに手をかけたまま立っていた――岩盤がもちこたえられない可能性があるからだ。乗組員たちは待った。ストップウォッチの針は昆虫のような動きをつづけていた。司令官は一瞬のあいだ水準計を見まもったが、銀色の光の点は赤い「ゼロ」の点から少しもそれることなく静止していた。人々は沈黙していた。赤黒い色にまで灼熱していたエンジンノズル群が、いびきとも呻吟ともつかぬ、低く押し殺した一連の特徴的な音を発しながら、収縮をはじめた。上空の数百メートルまで舞い上がっていた、赤味をおびた雲が徐々に下りてくる。その中から、丸みをおびた頭部につづいて、大気との摩擦で焼け焦げ、古い岩石にも似た色になった、ざらざらとした二重の外板に包まれたインヴィンシブル号の胴体が姿をあらわした。艦尾の周囲では依然として赤錆色の土ぼこりが渦まいていたが、宇宙船そのものはすでにぴくりとも動かず、まるで何世紀も前から変わらぬ緩慢な運動をつづけるこの惑星の一部となって、ともに回転をはじめたかのようだった。頭上には紫色の空が広がり、一番明るい星々が、赤い太陽の周囲を除く、全天に見えていた。

「通常の行動準則ですか？」

航行日誌にかがみこんでいた艦長は、背を伸ばした。彼は日誌に、着陸を表す記号、時刻、そして惑星の名前「レギスⅢ」を書きこんだところだった。

「いや、ロアン。第三水準から始めよう」

ロアンは驚きの表情を見せまいとした。

「了解。もっとも……」と、ホーパックが彼には時として許すなれなれしい口調で、ロアンは付け加えた。「このことをみんなに伝える役まわりが嬉しいと言ったら嘘になるけれど」

まるで部下のその言葉が耳に入らないかのようなようすで、艦長は彼の腕をとり、あたかも窓辺に近づくかのように、スクリーンの前まで連れていった。着陸時の噴射の衝撃ではねあげられた砂が、宇宙船を中心に浅い窪地を形成し、その周囲を外輪山のように、さらさらとした崩れやすい砂丘が取り巻いている。電子信号が外界の像を忠実に再現するＲＧＢ画面を通して、彼らは一八階の高さから、三マイル離れたクレーターのぎざぎざとした鋸《のこぎり》状の岩峰を眺めていた。岩峰は、西側では地平線に吸い込まれていたが、東側では、連続する切処《きれっと》に見通しのきかない漆黒の翳《かげ》を宿していた。砂の上に背骨を突き出して走る幾筋もの幅広い溶岩の河は、古くなった血液の色をしていた。スクリーン上辺近くの空に、ひときわ強い光を放つ恒星が一個燃えていた。インヴィンシブルの降臨がひきおこした災厄は過ぎさり、砂漠の強風が、つまり赤道地帯から極に向かって恒常的に流れる激しい空気の流れが、まるで噴射の火焰によってできた大地の傷口を辛抱づよく塞ごうとするかのように、宇宙船の下に砂の舌を押し込んでいた。艦長が外部マイクのスイッチを入れると、船体の表面を洗うように走る砂の音とともに、遠くの方から聞こえてくる、禍々《まがまが》しい、獣が吠えるような音が艦内に入り込み、しばらくのあいだ、天井の高い艦橋の空間を満たした。マイクを切ると、静寂がもどった。

「ご覧のとおりだ」と艦長はおもむろに言った。「だがロアン、コンドル号はここから帰還しなかった」――そう言われた相手は、口を開かなかった。司令官と言い争うことはできなかった。これまで一緒に何パーセクも飛んだが、ついに親しくなれなかった。年齢差が大きすぎるのだろうか。それとも、ともに体験してきた危険が小さすぎたのか。着ている服とほとんど変わらぬほどに白い髪のこの人間は、情け容赦というものを知らなかった。惑星への接近、インヴィンシブル号の原子すべてに蓄積された運動エネルギーの制止に費やした三〇〇時間、軌道投入――着陸にいたるまでの懸命の仕事を終えた一〇〇人近い人間が、部署についたままじっとしていた。もう何ヶ月も風の音を耳にしたことのない一〇〇人もの人間が、虚空を知る者にしかできない仕方ですでに虚空を憎悪することを学んでいた。しかし司令官は、そんなことを考えているはずもなかった。ゆっくりと艦橋をよこぎると、すでに新しい高さにまでせり上がっていた、椅子の背もたれに片手をかけ、つぶやいた――

「どういうことか、われわれにはわかっていないのだ、ロアン」

そしてだしぬけに厳しい口調で言った。

「何を待っているのだ、君は？」

ロアンは制御盤に駆けより、艦内放送のスイッチを入れて、押し殺した憤りに震えるかのような声で、吐き捨てるように一息で告げた——

「全甲板に告ぐ！　着陸完了。第三水準の地上活動に移る。第八甲板、エネルゴボートの準備。第九甲板、遮蔽用パイル稼働準備。シールド・メカニックは部署につけ。その他の乗組員たちは指定された作業場所に。以上」

自分の声の抑揚に応じて明滅する、増幅器の緑の眼を見つめながら指令を伝えたロアンには、乗組員たちの汗にまみれた顔が、突然の驚きと怒りのうちに凍りつき、スピーカーの方に向けられるさまがありありと見えるようだった。今になってようやく彼らも理解しただろう、今になって彼らも悪態をつきだしたことだろう……

「第三水準の地上活動、開始しました」——ロアンは老人の方を見もせずに報告した。すると相手はロアンの方を向いて、意外なことに、かすかに口をゆがめてほほ笑んだ——

「これは始まりにすぎない、ロアン。もしかすると、日没ごろには長い散歩をしなければならないかもしれない……」

ホーパックは、壁に作り付けられた浅い棚から薄く、背の高い本を抜き出すと、針山のようにおびただしいレバーが突き出ている制御盤の上に置きながら、尋ねた――

「読んだかね、これは?」

「ええ」

「彼らの最後の信号は、第七ハイパーリレー衛星によって記録され、一年前、基地に近接する信号所に届いた」

「その内容なら暗唱できます。《レギスⅢへの着陸完了。サブ=デルタ92型砂漠惑星。われわれは第二手順に則《のっと》ってエヴァナ大陸の赤道地帯へ上陸する》」

「そうだ。だがそれは最後の信号ではなかった」

「わかっています、艦長。その四〇時間後にハイパーリレー衛星がとらえた一連のパルスは、まるでモールス信号のようでありながら、まったく意味をなさず、その後さらに――記録されたのは、数回くりかえされた奇妙な音声だった。ヘルテルはそれを《しっぽをつかんで引きずられる猫たちの鳴き声》と呼んだ」

「そうだ……」と艦長は応じたものの、ロアンの話を聴いていないことは明らかだった。彼はまたしてもスクリーンの前に立っていた。視界の下端ぎりぎりのところで、鋏《はさみ》のような形状の支柱に載ったスロープがロケットの中から現れ、その上をまるでパレードでもするかのように、シリコンの耐火加工を施した重さ三〇トンのエネルゴボートが次から次へと出てゆく。降りてゆくにしたがって、それらの装甲筐体《きょうたい》は徐々にせり上がり、地上からのクリアランスを確保した。スロープ台を降りきると、エネルゴボート隊は深々と砂にめりこみながらも、風によってすでにインヴィンシブル号の周囲に堆積していた砂丘を耕すかのように、しっかりと安定して進んだ。エネルゴボートは一台、また一台と四方に散開してゆき、一〇分後、それら金属製の亀たちが鎖状に列なる、ロケット周辺区域の防御線は完成した。それぞれの持ち場で停止したエネルゴボートは、次に規則的な動きで砂の中にもぐりはじめ、やがてほぼ姿を消した。唯一、赤錆色の砂丘の斜面に点々と一定間隔をおいて光沢を放つものが残ったが、それはディラック発振機の小さな円蓋が砂の下から顔をのぞかせているのだった。とその時、艦橋にいた人々の足元で、発泡樹脂でおおわれた鋼鉄の床がわずかに振動した。そして彼らの体を、稲光のようにみじかく、明瞭な、しかし感じるか感じないかの戦慄が貫いたかと思うと、ほんのしばらく人々の顎の筋肉に粟立《あわだ》つような感覚を残し、去った。そして、目撃したはずの映像も眼の中でかき消えた。〇・五秒もしない瞬間的な出来事だった。もどってきた静寂をやぶるのは、下層の甲板から聞こえてくる遠いモーターの唸りだけだった。スクリーンの上では、砂漠に暗赤色の岩石堆積物やのろのろと這いまわる砂の波の列が輪郭するどく浮かびあがり、すべては元通りだったが、いつの間にかインヴィンシブル号の頭上には、眼に見えないドーム状のバリアが張られ、宇宙船への接近を禁じていた。乗降用のスロープ上に、今度は金属の蟹たちがあらわれ、小さな風車《ふうしゃ》のような二本のアンテナを突き出し、右へ左へと揺らしながら、よちよち地上へ降りていった。バリア発生器よりはるかに大きい彼らの胴はつぶれたような形をしていて、その両脇から曲がった金属製の松葉杖のようなものがにょきにょきと出ている。節足動物のようなインフォロボットだ。彼らは砂に埋もれそうになりながら、深みにもぐる四肢をやれやれと言わんばかりに引き上げ、エネルゴボートが形成した鎖の空いた地点に自分の居場所を作った。そうした円陣形のシールド作戦が進行するにつれて、艦橋の中央制御盤では、防御線の各ポイントをチェックする信号が艶《つや》消《け》しされたディスプレイ上に次々とあらわれ、衝撃計の盤面は緑色がかった光で満たされていった。まるでそこに一〇匹の猫がいて、大きな眼でじっと二人を見すえているかのようだった。計器の針はどれもゼロ線上に横たわり、不可視のバリアによる防壁を通り抜けて来ようとするものは何一つないことを示していた。唯一、出力計だけが、ギガワット刻みの赤い線上をどんどんと上昇していた。

「下へ行って何か食べてこよう。ルーティーンをやっていてくれ、ロアン」――ホーパックは、突如うんざりしたような声で言うと、スクリーンから身を離した。

「リモートでですか？」

「必要と思われたら誰かを派遣してもいいし……自分で行っても構わん」

そう言いおいて、艦長はドアを開け、出ていった。音もなく降りてゆくエレベーターの仄明《ほのあ》かりに浮かぶその横顔を、ロアンは見まもった。そしてバリア関連の計器を見わたした。すべてゼロだ。写真測量からはじめるべきだろう――と彼は思った。写真がすべてそろうまで、惑星を何度でも回ることだ。そうすれば何かわかるかもしれない。軌道上から目視で観察したところでたいして役に立ちはしない。大陸は海ではないし、望遠鏡にしがみつけば誰でも檣楼《しょうろう》の見張り台に立つ水夫になれるというわけでもないのだ。もっとも、写真をそろえるにしても一ヶ月はかかるだろう。

　エレベーターが戻ってきた。ロアンはそれに乗り込んで第六甲板へ降りた。気密室の前の広いプラットフォームは人でごった返していた。ここにいたってはもはや何もすることがない乗員たちだった。しかも、食事の時刻を知らせる合図が一五分前からすでに四度は鳴っていたのである。彼らはロアンの通り道をあけた。

「ヨルダンにブランク。私といっしょにルーティーンに行ってもらいたい」

「完全装備ですか、副艦長？」

「いや。酸素マスクだけでいい。それとロボットを一人。できればアルクタンがいい。あのひどい砂に足を取られたりしないようにな。君たちはここに突っ立って何をしている？　食欲をなくしたか？」

「降りたいんです、副艦長……地上に」

「ほんの二、三分でも……」

　がやがやと声がわきおこった。

「みんな静かに。遠足の時間はそのうち来る。今のところは第三水準だ」――乗組員たちは不承々々散っていった。そうこうするうちに貨物用昇降路から、大柄な人間よりもあたま一つ背の高い、一基のロボットを載せたリフトがあらわれた。酸素装置を着用したヨルダンとブランクが、電気カートで戻ってきた――ロアンは廊下の手すりにもたれて彼らを見ていた。ロケットが艦尾を下にして立っている今、廊下は一番下の隔壁まで達する、垂直の井戸と化していた。自分の頭上にも足の下にも、幾重もの金属製の広大な階層がかさなっていることが感じられ、どこか最下層の方ではコンベアーが音もなく働き、水道管がたてるぴちゃぴちゃという微弱な音が聞こえ、四〇メートルはある言わば立て坑の底から、空調設備によって浄化された冷気が規則的にたちのぼってくる。

　気密室係の二人がドアを開けた。ロアンは反射的にベルトの位置、マスクの密閉度をチェックした。ヨルダンとブランクも彼の後につづいた。ロボットに踏まれる床の鋼板が重々しく軋《きし》んだ。シューシューと艦内に吸い込まれる空気がたてる凄まじい音がしばらくつづいたかと思うと、外部ハッチが開いた。機器類をロケットから下ろす際に利用するスロープは、そこからさらに四層下ったところにある。そこまで降りるために、四人は小さなリフトを使った。それは船殻《せんこく》から外部に突き出ていて、支えるトラス構造のフレームは砂丘の頂《いただ》きと同じ高さにまで達している。リフトのかごには側壁がない。外気はインヴィンシブル号の内部の空気よりわずかに涼しかった。四人が乗りこむと磁力が切られ、リフトは建物で言えば一一階の高さから、船体各層の横を通過しながら滑らかに下降していった。ロアンは思わず知らず外壁をチェックしていた。宇宙船を外から見る機会は、ドック内を別とすればそうそうあるものではない。船殻の外板には、ところどころ、まるで強い酸によって腐蝕したかのように艶を失っている箇所がある。流星体が当たってできた陥没が並んでいるのを見ながら、かなりくたびれているな、とロアンは思った。リフトはみじかい空中の旅を終え、吹き寄せられた砂の波の上にふわりと停まった。かごから足を踏み出すと、たちまち膝まで砂にもぐる。ひとり、極地や雪上での調査活動用に設計されたアルクタン・ロボットだけが、平べったく大きな、漫画じみた足をあひるのように動かして、滑稽ではあっても確実な足どりで前進した。ロアンはロボットに停まれと命じ、他の二人とともに、エンジンノズルを外から見える限りの範囲で注意深く観察した。そして——

「少々磨いて、掃気する価値はある」と言った。艦尾の下からふたたび外へ出てはじめて、彼は宇宙船の影の大きさに気づいた。すでに傾きつつある太陽によって強烈に照らし出されたいくつもの砂丘を、影は幅広い道のようによぎっていた。砂の波が見せる規則性の中には、不思議な安心感があった。波の谷は蒼い翳でみたされ、波の頂きは夕陽を受けて薔薇色に燃えていたが、その繊細でぬくもりのある薔薇色は、むかし子供のための絵本で見た色彩を思い出させた。現実とは思えぬほどにやさしい色合いだった。彼はゆっくり砂丘から砂丘へと目をうつしていった。するとその桃のような色の輝きにも、さまざまなニュアンスがあることがわかった。遠くになればなるほど、色は赤味を増していった。黒い翳の鎌によって切り刻まれた砂丘は、最終的には均一な黄色味をおびた灰色の中に溶けこみながら、彼方に不吉な姿で屹立する、火山性の剝き出しの岩壁をとりまいていた。そうしてロアンが立ちつくして眺めている間、二人の部下は長年の熟練によって自動化された動きで、悠揚迫らず、お定まりの計測をしていた。空気や砂のサンプルを小さな容器に収めたり、掘削機能をもつ測定器の本体をアルクタンに持たせながら、地面の放射線量を測ったりした。彼らの仕事ぶりに、ロアンはまったく関心を示さなかった。浅いヘルメットは脱いでしまったので、頭部も眼も自由になり、マスクが覆っているのは鼻と口だけだった。髪の毛が風にそよぎ、微細な砂粒が顔に飛んできては、頬っぺたとマスクのすきまに忍びこもうとしてくすぐるのを彼は感じた。おちつきなく舞いあがる風が船外宇宙服の裾をはためかせ、一秒といえども直視していられない、腫れあがったような大きな太陽が、今ちょうどロケットの尖端部にかかっている。風はひゅうひゅうと音を立ててやまず、バリアは気体の運動を抑止はしないので、その不可視のドームがどこから立ち上がっているのか、地面を見てもわからない。見わたす限りの広大な大地に生命の気配はない。一度たりとも人間が足を踏み入れたようにも見えない。これがインヴィンシブル級の宇宙船を八〇人の乗組員もろとも呑みこんだ惑星だとは思えなかった。何十億キロワットという力を一瞬のうちに発生させ、いかなる物体も通過することのできないエネルギー場に変え、恒星の温度を有し、山脈を灰にし、海を干上がらせる力を持つ、宇宙空間の練達の航海者だったはずの巨大な宇宙船を呑みこんだ惑星であるとは思えない。しかし、他でもないこの地で、幾世紀にもわたって発展してきたテクノロジーの精華として地球上で建造された、あの鋼鉄の有機体は遭難し、不可思議なしかたで、跡形もなく、ＳＯＳも発信せずに忽然として消えたのだ。まるでこの赤茶けた灰色の空間に溶解してしまったかのように。

　そしてこの大陸はどこへ行っても風景は変わらないのだ——彼はそう思った。このあばただらけの風景を、彼は上から見てよく憶えていた。クレーターが並ぶ大地の上に唯一あった動きは、無限につづく砂丘の大群の上に影を引きずってゆく、絶え間ない、緩慢な雲の流れだけだった。

「線量は？」——彼はふり向くこともなく訊いた。

「ゼロ、ゼロ、二」と、立ち上がりながらヨルダンが答えた。顔が赤く、眼は輝いていた。マスクのせいで声が変わっていた。

つまり——無以下か——ロアンは思った。そもそも、もし誰もルーティーン・ワークをしなかったとしても、自動センサーが警報を発したはずだし、コンドル号の乗組員もそんな馬鹿げた不注意で遭難するわけがなかった。

「大気は？」

「窒素七八パーセント、アルゴン二パーセント、二酸化炭素ゼロ、メタン四パーセント、残りは酸素です」

「酸素一六パーセント!?　たしかか？」

「たしかです」

「空気の線量は？」

「ゼロ同然です」

妙だ。そんなに酸素があるとは！　彼は衝撃を受けた。ロボットに近づくと、相手はすかさず計器類の入った箱を彼の目の前に差し出した。——ひょっとして彼らは酸素ボンベなしで行動したかったのか——そう思った自分が馬鹿らしかった。そんなことはあり得ない。たしかに時として、人の何倍もホームシックに悩むスタッフが、命令に反してマスクを外したことがあった。その男には、まわりの空気が充分きれいで新鮮に思えたのだ。そして奴は中毒状態におちいった。そんな人間がいたとしても、せいぜい一人か二人にすぎなかった。

「データはそろったか？」

「ええ」

「帰っていい」

「ロアンさんは？」

「私はもう少し残る。帰っていい」——ロアンはじれったそうに反復した。ひとりになりたかった。

ブランクは、もろもろの容器を紐でひとまとめにしたものを振り分け荷物よろしく肩にかけ、ヨルダンはアルクタン・ロボットに計器を渡した。姿は人間そっくりのアルクタンを最後尾にして、三人は重い脚を引きずりながら立ち去った。

ロアンはシールドの境界に近い砂丘に向かって歩いていった。そして、バリアを張りめぐらして空間を保護している装置が砂の中から頭を出し、ラッパ状に口をひろげている先端部分を間近でながめた。その存在を確認するためというよりも、子供じみた好奇心から、彼は一握りの砂をすくって前方に投げてみた。砂は尾をひいて飛び、傾斜のついた、目に見えないガラスにでもぶつかったかのように、地面に落下した。

マスクをかなぐり捨てたくて手が痒《かゆ》いほどうずうずした。おなじみの現象だ。プラスチックの吸い口を吐き出し、ベルトを引きちぎって胸いっぱいに空気を吸いこみ、肺の奥まで満たしたい……

弱っているな、俺も——と思いながら、ロアンはやおら踵《きびす》を返してロケットに向かった。リフトのかごは空のままで待っていた。昇降塔の台座は砂丘の中にやわらかくめりこみ、彼がいなかった数分のあいだに風が吹き寄せた砂が薄い層をなしてたまっていた。

第五甲板の中央廊下で、彼は電光掲示板を見た。司令官は「星の部屋」にいる。ロアンはエレベーターで昇っていった。

「ひとことで言えば——理想郷か？」と、艦長は彼の言葉を聞いて要約した。「放射線もない、胞子もバクテリアも黴《かび》も、ウィルスもなし——ただ酸素だけが……。ともかくサンプルは培養してみなければならん」

「もうラボに渡しました。もしかすると生命体は別の大陸で繁殖しているのかもしれません」——ロアンはさしたる確信もなく言ってみた。

「どうかな。赤道地帯以外の土地の日射率は低い。君も極冠の厚さを見ただろう？　うけあってもいい、氷の厚さは少なくとも八キロ、もしかすると一〇キロはある。むしろ海なら、何かしら水生植物や藻類がいる可能性がある——だが、なぜ生命体は海から陸地に上がってこなかったのか？」

「水中を覗いてみなければいけませんね」

「うちの連中に尋ねるにはまだ早すぎるが、私の見立てでは、この惑星は古い。こんな干からびた玉《たま》だ、六〇億歳くらいはいってるだろう。太陽だって盛りを過ぎて大分たつ。赤色矮星のようなものだ。そう、陸上に生命体が見あたらないのは理解に苦しむ。旱魃《かんばつ》に耐えられないような、独特な進化か？　かもしれん。であれば、酸素の存在は説明がつくが、コンドル号の件は説明不能だ」

「海中にひそむ何らかの生命体、何らかの水生生物が、海底で文明を創造したとして」――ロアンは仮説を言ってみた。二人は、メルカトル投影図法の大きな惑星地図を見ていた。前世紀に探査機の自動計測装置が集めたデータをもとに描かれた、不正確な地図である。主要な陸地と海の輪郭、極冠の範囲を示す線、いくつかの大きなクレーターしかわからない。経線と緯線でできた格子模様の中に赤で囲んだ点があった。北緯八度――自分たちが着陸した地点だ。艦長はいらいらしたようすで地図台上の紙をずらした。

「君自身、そんなことは信じておらんはずだ」――艦長は憤慨気味だった――「トレソルがわれわれより浅はかだったということはあり得ない。水中生物ごときにやられるわけがない。馬鹿々々しい。それに、もしかりにも知能を有する水中生物が存在したとして、彼らが最初にすることは、陸上の支配だろう。まあ、言ってみれば、気密服に水を満たしてでもそうするはずだ……。馬鹿々々しいにもほどがある」――艦長は、ロアンの説を完膚なきまでに破るためというより、自身がすでに別のことを考えていたので、馬鹿々々しいという言葉を繰り返した。

「ここにしばらく留まることにする」と、結論を下し、艦長が地図の下端に触れると、地図はばさばさと音を立てて、大きな地図庫の引き出しに格納された。「もう少し待って、ようすを見よう」

「もしもだめなら？」――ロアンは用心深く尋ねた。「彼らを探しにゆきますか？……」

「ロアン、分別をはたらかせたまえ。六宇宙年を迎えてまだそんな」――艦長は適当な表現を探したが見つからなかったので、軽蔑的な手の動きで言葉の代用とした。「この惑星の大きさは火星と同じだ。どうやって連中を探すと言うのかね？　つまりコンドル号を」

「そうですね。土壌は鉄分が多いし……」と、ロアンはしぶしぶ認めた。たしかに砂の中にはかなりの量の酸化鉄が含まれることが分析でわかっていた。だから金属誘導を利用する調査は役に立たない。何を言っていいかわからず、ロアンは口をつぐんだ。きっと司令官が最終的に何らかの方策を見つけてくれるだろうと信じていた。何の成果もなく、手ぶらで帰るわけにはゆかない。ホーパックの額から飛び出るように生えたもじゃもじゃの眉毛をながめながら、彼は待った。

「本当を言えば、このまま四八時間待つことで何か得られるとは思っていないが、規則は規則だ」――思いがけない告白口調で艦長が口を開いた。「掛けたまえ、ロアン。まるで良心の呵責のように目の前に立っていられてもな。レギスは、およそ考えうる限りで最も馬鹿げた場所だ。無用の骨頂だ。何のためにここへコンドル号を派遣したのかもわからない――まあ、起こってしまった以上、それはどうでもいいことだが」

　ホーパックは言いさした。機嫌が悪い時の常で、より雄弁になり、容易に議論の相手をしてくれるばかりか、時として親密な会話の相手にもなったが、それはそれでいささか危ういことだった。いつなんどき意地の悪い仕方で会話を終わらせられるかわかったものではなかった。

「ひとことで言えば、どのみちわれわれは何かしなければならない。どうだろう、小型の撮影衛星を二、三基、赤道上の軌道に投入してみてくれないか。ただし軌道は正確な円で、それもなるべく小さい方がいい。そうだな、七〇キロくらいか」

「それではまだ電離層内ですから」――ロアンは抵抗した。「数十回も周回すれば燃えつきます」

「燃えつきればいい。その前にできるだけ写真を撮る。冒険して六〇キロくらいまで試してみてほしい。一〇周くらいで燃えてしまうだろうが、それくらいの高度の写真でないと役に立たない。一番いい望遠レンズでも、一〇〇キロ離れて見たロケットがどんなかは君も知っているはずだ。一大山塊がピンの頭くらいにしか見えないのだから。さ、早速かかってくれ……ロアン！」

　すでにドアのそばまで来ていた副艦長は、その大声にふりむいた。司令官は分析報告を机の上に投げた。

「何だこれは⁉　たわけたことを！　誰が書いた？」

「オートマトンです。何か問題が？」――内側で怒りがこみあげてきていたロアンは、つとめて冷静をよそおった。ここでまたお小言か！――彼はわざとゆっくり戻った。

「読んでみたまえ。ここを。ここだ」

「メタン四パーセント」――ロアンは読み上げた。そして突然棒立ちになった。

「メタン四パーセント？　で、酸素が一六だと？　どういうことかわかるだろう。酸水素ガスだ！　われわれが水素化ホウ素を尻に敷きながら着陸した時、なぜ大気全体が爆発しなかったのか、説明できるかね？」

「たしかに……理解できません」――ロアンは口ごもった。外部制御盤に駆け寄ると、吸気装置のセンサーを使って外気を少し取りこんだ。艦橋の中を艦長が不吉な沈黙を保ったまま歩き回るあいだ、ロアンは分析装置が懸命にガラス容器を揺さぶるのを見まもった。

「どうだ？」

「同じです。メタン四パーセント……酸素一六パーセント」——ロアンは言った。どうしてそんなことがあり得るのかはわからなかったが、満足は覚えた——少なくともホーパックから非難される余地はなくなったのだ。

「見せたまえ！　うむ。メタン四か、しかし一体……いいだろう。ロアン、衛星を軌道に上げ、それが終わったら小ラボへ来てもらいたい。そもそも、うちの学者連中は何のためにいる！　知恵を絞ってもらおうじゃないか」

ロアンは下へ降りてゆき、ロケット整備工二人を呼んで艦長の指示を反復した。そして第二甲板に戻った。そこには研究室や実験室、専門家たちの船室があった。「ＧＩ」「ＧＦ」「ＧＴ」「ＧＢ」その他、さまざまな二文字のプレートが打ち付けられた細長いドアがならぶ廊下を彼は歩いていった。小ラボの扉は開け放たれていて、学者たちの単調な話し声に時おり艦長の低い声がまじって聞こえてきた。ロアンは入口に立った。ラボには、すべての「Ｇ」つまり「チーフ」が顔をそろえていた——主任技師、主任生物学者、主任物理学者、主任医師、そして機械室の技術者たち全員である。艦長は、携帯用計算機の電子プログラマーの下、テーブルの端の椅子に黙って坐り、オリーヴ色の肌のモドロンが、少女のように小さな手の指を組んで、喋っていた——

「僕は気体化学の専門家ではありません。いずれにせよ、おそらくこれは普通のメタンではないと考えられます。結合エネルギーが違います。コンマ・ゼロゼロの単位ですが、違いはあります。触媒が存在しないと酸素に反応しませんし、それも積極的にではありません」

「このメタンの由来は？」――指を回しながら艦長が尋ねた。

「含まれている炭素はどう考えても有機体由来です。わずかな量ですが、まちがいありません……」

「同位体はあるのかね？　年代は？　このメタンはどれほど古いのか？」

「二〇〇〇万年から一五〇〇〇万年です」

「えらい幅だな」

「与えられた時間は三〇分でした。これ以上のことは言えません」

「クワストラー博士！　このメタンはどこから来たのかね？」

「わかりません」

ホーパックは専門家たちの顔を順に見まわした。そして今にも爆発するかと思いきや、突如としてほほ笑んだ。

「諸君は経験豊富な方々だ。私といっしょに飛ぶのも、昨日今日のことじゃない。諸君の意見を聞きたい。どうしたらいいのか？　何から着手すべきか？」

誰ひとり進んで声を上げようとしないのを見て、ホーパックの癇癪を怖れぬ数少ない一人である生物学者のヨッペが、おだやかに司令官の眼を見つめながら言った――

「これは普通のサブ＝デルタ92級惑星ではありません。もしそうだったら、コンドル号も遭難することはなかったでしょう。船には私たちに劣りもせねば勝りもしない専門家たちが乗りこんでいた。ただ一つはっきり言えるのは、彼らの知見が、破局を防ぐためには不充分だったということです。そこから引き出せる結論は、第三水準の行動準則を守りながら、陸と海とを調査しつづけるほかないというものです。地質学的な掘削調査を始めるとともに、水の調査も開始すべきだと、私は思います。それ以外のことはすべて仮説に過ぎず、現状の私たちには、そんな贅沢を言っていられる余地はないでしょう」

「わかった」――ホーパックは真一文字に口を結んだ。「バリアの有効な防御線内であれば、掘削も簡単だ。ノヴィク博士にやってもらいたい」

　主任地質学者はうなずいた。

「海の方は……海岸線までどれくらいある、ロアン？」

「約二〇〇キロ……」――司令官の背後、数歩離れた戸口に立っていたロアンは、自分の姿が見えないはずなのに、名前を呼ばれたことをまるで不思議にも思わず、答えた。

「少々遠いな。だがもうインヴィンシブルを動かすわけにはゆかん。フィッツパトリックその他《た》、海洋学者を何人でも好きなだけ連れて、予備のエネルゴボート六台も使って、海岸まで行ってきてくれ、ロアン。シールドの中でのみ活動するように。いかなる海上散歩も潜水もならぬ。オートマトンたちも大事に扱ってもらいたい。彼らの員数《いんずう》も限られているのだから。いいかな？　では着手してほしい。ああ、もう一つ。ここの大気は呼吸できるのかな？」

医師たちはたがいにひそひそと言葉をかわした。

「基本的には可能です」――しばらくしてストーモントが応じたが、必ずしも確信があるようには見えなかった。

「《基本的には》とはどういうことかな？　呼吸可能か、不可能なのか？」

「これだけメタンがあれば、影響もあります。一定時間が過ぎて血中濃度が飽和状態に達すると、脳に軽度の症状があらわれる可能性があります。意識障碍とか……でもそれは一時間、もしかすると数時間がたってからのことです」

「メタンを吸収する装置か何かで充分ではないのかね？」

「いえ、艦長。つまり、吸収装置を作るのでは割が合わないということです。しょっちゅう交換しなければならないでしょうし、酸素の濃度もかなり低いので。私個人は、酸素吸入器だけでいいと思います」

「うむ。ほかの諸君は？」

ヴィッテとエルジャンがうなずいた。ホーパックは立ち上がった。

「というわけで、活動開始だ。ロアン！　衛星はどうした？」

「じきに打ち上げにかかります。その前にもう一度軌道を調べてもいいですか？」

「かまわん」

ラボの喧騒を後に、ロアンは立ち去った。艦橋に入ってゆくと、ちょうど太陽が沈もうとしていた。その円盤の縁は暗く、ほぼ赤紫に近い青紫色をしていて、ぎざぎざとしたクレーターの輪郭を超自然的と言ってよいほどくっきりと地平線上に切りとっていた。銀河系でも星の密度の高いこのあたりの空は、今になって、より拡大されて見えるような気がした。闇に消えつつある砂漠をのみこむかのように、大きな星座の群れがいよいよ低い空で輝きをましていった。ロアンは艦首にある衛星発射台と連絡をとった。最初の撮影衛星二基を一時間後に打ち上げる準備ができたところだった。次の二基もその一時間後に上がる。翌日には惑星の両半球を昼夜撮影した写真によって、赤道地帯全体の景観を知ることができる。

「一分三一……方位角七。ローディング……」――スピーカーから、発射を準備する声が歌うような節回しでくりかえし流れた。ロアンはつまみを回して音量を下げ、制御盤の方へ椅子を回転させた。そんなことは誰にも打ち明けるつもりはなかったが、観測衛星を惑星周回軌道に打ち上げる時はいつも、色とりどりの光のショーを楽しみにしていた。まずブースターの状態表示ランプがルビー色に、つぎに白色に、そして青色に輝く。それから自動発射装置が何ごとかつぶやく。そのカチカチという音が突如とぎれたかと思うや否や、巡洋艦の胴体全体を微弱な振動がかけめぐる。と同時に、あちこちのスクリーンに映った砂漠が、蛍光色の閃光を浴びて明るむ。極限まで引き延ばされた、かぼそい雷鳴とともに、ざあざあと母艦に炎を流しかけながら、ミニチュア・ロケットは舳先の発射台から飛び立っていった。周囲の砂丘の斜面にうちつけていたブースターの輝きはしだいに弱まり、ついには消えた。もはやミニ・ロケットの音も聞こえず、かわって室内の制御盤の全面に舞台を移した光のショーで、信号たちが熱演をはじめた。弾道を制御する細長い光の帯が、熱にうかされたかのように慌てて闇から立ち上がると、真珠の鎖のように並んだ遠隔制御ランプが、よしと言わんばかりに彼らにうなずき返し、次いでロケットの焼けた殻が順番にふり落とされてゆくようすを示す信号が、色あざやかなクリスマス・ツリーの形にならび、最後に、それら虹のように光るランプやインジケーターすべての集団を見おろす位置に、白い、純粋な正方形が点《とも》った。衛星が無事軌道に乗ったという合図だ。雪のように輝くその表面に現れた灰色の島が、点滅しながら67という数字になった。巡航高度である。ロアンはいま一度軌道要素を確認した——近点も遠点も計画数値に収まっている。もう何もすることがない。艦内時間を表示する時計を見ると一八時である。現地時刻はと見ると、夜の一一時だった。彼はしばらく眼をつむった。海辺に出かけることが決まって嬉しかった。一人で活動するのも好きだった。眠気と空腹を感じた。眠気ざましの錠剤をのむべきかどうか、一瞬考えたが、夕食を取ればそれで充分だと決めた。立ち上がると、自分がいかに疲れているか気づかされて驚いた。その驚きで、少々目もさめた。食堂へ降りていってみると、そこにはすでに彼の新しい任務に同行する部下がいた——エアー・クッション艇の操縦士二人——そのうちの一人ヤルクはいつでも機嫌がいいのでロアンのお気に入りだった——そしてフィッツパトリックも、二人の同僚ブロザとケフリンとともにいて、すでに夕飯を終えようとしていた。ロアンは温かいスープを注文し、壁の配膳口からパンとノンアルコール・ビールを取った。それらすべてを盆にのせてテーブルに向かっていた時、床がかすかに揺れた。インヴィンシブルが次の衛星を打ち上げたのだ。

　司令官は夜間の出発を許可しなかった。一行は現地時刻の五時、日の出前に出た。必要上やむを得ない行列の順序やのろのろとしか進めない厄介な速度ゆえに、こういう隊列は「葬列」とあだ名されていた。その先頭としんがりはエネルゴボートがつとめ、楕円形のバリア・シールドを隊列の前後から張りめぐらせることで、中のマシーン類を保護した。マシーンには多目的ホヴァークラフト、送受信機とレーダーを備えたジープ、キッチン・カー、密閉式居住空間を自動的に設営するトランスポーター、そして通称「突錐槍《アールスピース》」という小型の直射レーザーを搭載したキャタピラー車が含まれた。ロアンは二人の学者といっしょに先頭のエネルゴボートに乗りこんだ。三人並んで坐るのがやっとで、楽ではなかったものの、少なくとも普通の旅をしているという錯覚はもてた。一行の速度は、葬列で最も遅い機械、つまり他でもないエネルゴボートの速度に合わせるしかないので、快適この上ないドライヴというわけにはゆかなかった。キャタピラーは砂の中で唸り、軋み、エンジンは象の大きさの蚊が鳴くように吠え、座席のすぐ後ろにあるグリルからは空調の冷気が吹きつけ、エネルゴボートそのものは、まるで波に浮かぶ重い救命ボートのように揺れながら進んだ。やがてインヴィンシブル号の黒い塔が地平に隠れた。しばらくは血のように赤く冷たい太陽が射る水平の光線をあびながら砂漠を前進した。砂がだんだん減り、かわりに地中から斜めにせり出す岩盤が増え、それを回避しながら進まなければならなかった。酸素マスクとエンジンの騒音とで、とても会話をする気にはなれない。一行は一心に地平線を見つめていたが、景色は行けども行けども同じである——累々とする岩石、風化した巨岩——ある所まで来ると砂漠は下り傾斜になった。いたってゆるやかな盆地の底に、半ば干上がってはいるが、紅い東雲《しののめ》を反射してきらめく水の流れが見えた。流れの両岸に群れをなしてつづく丸い礫《れき》の存在は、かつてはかなりの水量があったことを物語っている。水を調べるため、彼らは短時間そこにとどまった。水はまったく清浄だった。かなりの硬水で、酸化鉄を含み、硫化物のかすかな痕跡があった。彼らは前進をつづけた。石の多い土地となって、キャタピラーも軽快に走ったので、隊のスピードもやや上がった。西側に小さめの崖があらわれた。最後尾の車両はインヴィンシブル号と切れ目なく交信をつづけていた。レーダーのアンテナは回転し、レーダー係たちはヘッドセットの位置を直したり、固形宇宙食をかじったりしながら、自分の指示器《レーダー》にはりついていた。時おり、まるで突風に吹き飛ばされたかのように、小石がホヴァークラフトの下から勢いよく飛び出しては、生きもののように砂礫の斜面を跳びはねながら登っていった。その後、行く手に立ちはだかったのは、ゆるやかな禿山のような丘だった。一行は停止することなく、若干の試料を採取した。やがてフィッツパトリックがロアンに向かって、ここのシリカは有機物由来だと叫んだ。そして、前方にひとすじの藍色の線となって水の鏡面が見えた頃、ついに石灰岩も見つかった。隊列は、丸く平たい小石の浜をガシャガシャと音を立てて下り、海岸に向かった。近くで見ると緑がかった、見かけは地球の海とまったく変わらぬ海まであと一〇〇メートルという地点で、車両が発する熱い吐息も、キャタピラーのキーキーという音も、タービンの唸り声も、すべてが一斉に已《や》んだ。複雑な作戦が待ち受けていた。作業班をバリアで保護するためには、まず先頭のエネルゴボートをかなりの水深まで進ませなければならない。密閉度を最大に高めた車両が、第二のエネルゴボートから遠隔操作を受け、波をかきわけ、泡を立てながら海に入ってゆき、やがてその姿がほぼ隠れ、海の一部と化すと、そこの海面だけ周囲よりも色が濃くなった。そうして水に沈んだ巨人は、指令にしたがい、ディラック発振機を水面上に突き出した。海岸の一部と海の一部を目に見えぬドーム状のバリア・シールドで保護し終わると、一行は本来の調査を開始した。

　海は地球の海より少しばかり塩分濃度が低かった。しかし分析からは、それ以外に注目すべき結果は何も得られなかった。二時間後、彼らの知識は当初のものとほぼ変わりなかった。というわけで今度は、テレビカメラを積んだラジオゾンデを二基、リモコンで沖に飛ばし、陸上のモニターに映し出されるものを観察した。機械が水平線の向こうに消えたあたりで、映像信号は最初の重要な情報を伝えてきた。この海には、形態上は硬骨魚類に似た、何らかの生物が生きていたのだ。しかしゾンデの機影におびえたそれらの生物は、おそろしい速さで海底に逃げていった。生命体との最初の遭遇地点の水深を、ソナーは一五〇メートルと推定した。

　一尾でもいいからその魚を捕獲すべきだとブロザが言い張り、漁がはじまった。緑色の闇をひらひらと逃げまわる影めがけ、二基のゾンデは電撃を放ちながら追いかけたが、その魚もどきは比類のない敏捷性を発揮した。数回目の電撃でようやくしとめた相手を、ゾンデは自らのアームで捕らえると、すぐに浜に戻った。一方、ケフリンとフィッツパトリックは別のゾンデを操作しながら、深みから浮き上がってきた、藻類にも似た繊維状の物体を採集した。やがてゾンデは深さ二五〇メートルほどの海底まで潜っていった。強い底流のせいでゾンデは絶えず大きな岩礁群へ打ち上げられそうになり、その操縦は困難をきわめた。しかし最終的にいくつかの岩をひっくり返すことに成功すると、ケフリンの推測通り、それまで岩の下に隠れていた柔らかい、ブラシのような生物の一大コロニーが見つかった。

二基のゾンデが両方ともシールド圏内に舞い戻ると、生物学者らはもはやわずらわしいマスクを着けている必要のない仮設住宅の中で作業にとりかかると同時に、ロアン、ヤルク、そして他の五人も、この日初めての温かい食事をとった。

それから晩までの時間は、鉱物類の試料採集、海底付近の放射線量測定、日射に関する測定、その他一〇〇項目もあろうかという骨の折れる仕事に費やされた。それらはいずれも念入りに、それどころか几帳面すぎるくらいに遂行しなければ、まともな成果は得られない作業ばかりだった。日没頃にはおよそ可能なかぎりの仕事は完了していたので、インヴィンシブル号のホーパックから呼び出しがあった時も、ロアンは安心してマイクに向かうことができた。海は生命体で満ちていた。

だがそのどれ一つとして、海岸沿いの水域には近づこうとしなかった。解剖した魚の体は、これといって何ら特徴のあるものではなかった。おおよその計算では、この惑星での進化は何億年間か続いてきたと思われた。かなりの数の緑藻類が見つかったことで、大気中の酸素の存在も説明できた。生物を植物界、動物界に分ける区分も典型的であり、脊椎動物の骨格も典型的だった。ただ、捕獲した魚において発達していて、地球では該当するものを生物学者らが知らなかった唯一の知覚器官は、きわめて微細な磁場の変化にも反応する受容器の存在を意味していた。できるだけ早く全員帰還するようにとホーパックは命じ、会話のおしまいの方ではニュースがあると言った――どうやらコンドル号の着陸地点がわかったようだった。

　ということで、たとえあと数週間調査をつづけてもまだ足りないのにという生物学者たちの抗議を尻目に、エンジンがかけられ、一隊は北西に向かった。ロアンはコンドル号についての詳細を仲間に伝えることができなかった。自身も知らないからだ。司令官が自分に課す次の任務では、もっと色々な発見があるに違いないと思うと、一刻も早く艦に戻りたかった。もちろんコンドル号が着陸したとされる場所を調べることが先決だ。ロアンはエネルゴボートの出力を全開にさせた。キャタピラーが石を轢《ひ》きつぶしてゆく、前にもまして耐えがたい騒音につつまれて、一行は帰途についた。闇がおり、車両のヘッドライトが点いた。光景は異様で、恐ろしくすらあった――走り回る光線は一瞬おきに、一見生きて動いているかのように見える、形の崩れた巨人たちのシルエットを闇の中から浮き上がらせた。しかしそれらは、風化した山脈の最後の残滓《ざんし》でもあり証人でもある、ただの奇岩にすぎなかった。一行は何度か、玄武岩がぱっくり口を開けた深い亀裂の前で止まることを余儀なくされた。しかしついに、深夜零時をだいぶん回ったころ、まるで何かの式典が挙行されてでもいるかのように、周囲三六〇度から照らし出されて燦然と輝く、遠くから見ると金属のタワーのような、インヴィンシブル号の船体が見えた。防御線圏内のいたるところで、四方八方へと車両の列が動いていた。宇宙船から食糧や燃料をおろしているのだ。フラッド・ライトの眩《まばゆ》い光の中、スロープの下で、乗員たちがいくつものグループに分かれて立っている。彼らが忙しくたち働く音は、帰還者たちの耳にも早くから届いていた。たえまなく動き回る光線を睥睨《へいげい》するように、全身まだら模様になった巡洋艦の船体が黙って立っていた。青い照明信号《フレア》が光り、シールドのどの部分が開放されるかを示すと、ロアンたちの車両は一台また一台と、ぶあつく積もった細かい砂ぼこりの層を蹴散らしながら、円形の空間に走りこんでいった。ロアンは車両から飛び降り、地面に足がつく前から、手近に立っている乗組員たちに——その中には掌帆長《しょうはんちょう》ブランクの顔も見てとれた——コンドル号はどうなっている、と尋ねた。

　しかしその発見らしきことについて、掌帆長は何も知らなかった。彼がロアンに伝えられることはほとんどなかった。四基の衛星が大気中で燃えつきる前に送ってきた写真は一一〇〇〇枚に及んだ。それらは受信されると同時に地図室で特別な凹版に製版されて保存された。時間を無駄にしたくなかったロアンは、製図係のエレットを自室に呼んで、シャワーを浴びながら、留守中に艦内で起こったことを残らず聞き出した。エレットは、連続写真の中にコンドル号を探すチームの一人だった。砂の海の中にこの鋼鉄の一粒を探しだす仕事には、同時に三〇人あまりの人間があたっていた。惑星学者の他にも地図学者やらレーダー操作手やら、手の空いたすべての船員が動員された。一昼夜まるまる、交替で、続々と送られてくる材料に目を通し、あやしいと思われる地点すべての座標をメモしていった。だが、司令官がロアンに伝えたニュースは誤報だと判明した。例外的に高い岩の塔を宇宙船と見まちがえたのである。塔の影が驚くほどロケットの規則的な影に似ていたのだ。結局コンドル号のその後については依然として何もわからぬままだった。ロアンは司令官のところへ行って報告をと思ったが、相手はすでに就寝中だった。仕方なく自分の船室に帰ったが、疲れているにもかかわらず寝つけなかった。朝起きてみると、主任惑星学者のボールミンを通じて、任務で集めた材料をすべてメイン・ラボへ渡すようにという司令官からの指示が伝えられた。午前一〇時、ロアンはあまりに腹がへったので――まだ朝食をとっていなかった――第二甲板へ降り、レーダー係たちの小食堂に行った。するとそこへ、ロアンがまだコーヒーを飲み終わらぬうちに、エレットが駆けつけた。

「どうした、見つかったか⁉」――昂奮した製図学者の顔を見てロアンは叫んだ。

「いいえ。でももっと大きなものが見つかりました。すぐ行ってください、艦長がお呼びです……」

ガラスの円筒の中をリフトが動いてゆく速度が、信じられないほどのろく感じられた。うす暗くしてあるラボでは静寂が保たれていた。継電器のかすかな音が聞こえるほどで、印刷装置は次から次へとまだ濡れ濡れとした写真を吐き出してはいたが、それに気をとめる者は誰もいなかった。ロアンが入っていった時、二人のメカニックが壁に格納されていた投影機を引き出し、すべての照明を消した。ロアンはその場にいた人間たちの中に白い頭部を認めた。艦長だった。次の瞬間、天上からスクリーンが下りてきて、銀色にかがやいた。出席者がみな息をひそめ、静まりかえる中、ロアンはその白く光る画面に可能なかぎり近づこうとして歩み寄った。写真の解像度は理想にはほど遠く、なおかつ白黒のみだった。小さなクレーターが無秩序に散在する中、何もない台地がひときわ目立って映っていた。台地の一辺は、まるで巨大なナイフでその部分の岩を切り落としたかのような直線だった。それが海岸線で、海の部分は均一な黒で塗られていた。その直線から内陸にやや引っ込んだあたりに、どちらかといえば不明瞭な形態がモザイク状に並ぶ地域が広がっていた。しかも二ヶ所、たなびく雲とその影とに隠れて見えない場所がある。しかし、細部はぼんやりしているものの、その奇妙ないわば陣形が地質学的な現象でないことは疑いなかった。

　都市か……気持ちを昂《たかぶ》らせながら、ロアンは思ったが、口には出さずにいた。依然として誰もが沈黙していた。プロジェクターを操作するメカニックが何とか画像を鮮明にしようとしていたが無駄だった。

「受信に際して妨害はあったかね？」――静寂を破ったのは艦長の穏やかな声だった。

「いいえ」――暗がりの中から応答したのはボールミンである。「受信は正常でしたが、これは三番目の衛星が送ってきた最後のシリーズの一枚です。これを送信した八分後、こちらからの信号に反応しなくなりました。おそらくこの時点ですでに高熱になっていたので、レンズにも損傷があったのだろうと思います」

「問題の地点で、カメラの高度は七〇キロメートルを超えていませんでした」――別の声が響いた。惑星学者の中でも優秀な一人、マルテだろうとロアンは思った。「実を言えば、私自身は五五から六〇キロメートルの間だろうと推理しています……。見てください……」――スクリーンの一部が彼の影で隠れた。彼はたくさん孔《あな》のあいた透明なプラスチック定規を画面にかざし、写真の半分に映っている十数個のクレーターに次々とあてがっていった。

「どれもこれより前の写真より明らかに大きく映っています。と言っても、大した意味はないでしょう、結局のところ……」

彼は最後まで言わなかったが、会場の誰もが彼の言いたいことを理解していた――早々にこのあたりを実地調査すれば、写真の精度もチェックできる、と。それからまだしばらく出席者たちはスクリーンの画像を見つめていた。そこに都市が、あるいはむしろその廃墟が映っているというロアンの確信はすでに弱まっていた。そこに並ぶ幾何学的で規則的な構造物がすでにだいぶん前から使われていないということは、それらの複雑な図形の上に四方から流れこんだ、波打つような砂丘の髪の毛のように細い筋状《すじじょう》の影が物語っていた。図形の中には、氾濫する砂漠にあらかた埋もれていると思われるものもあった。さらにこれら廃墟の幾何学的集合を、二つの均等でない部分に分けている、一本の黒いジグザグ様の線があった。それは内陸に進むにつれて幅が広くなっている――地震による亀裂だ。それによって、より大きめの「建造物」などは二つに裂かれている。そのうちの一つは、倒壊したものに違いなかったが、割れ目の反対側にかろうじて一部が接しているので、あたかも分裂した二つの部分の橋渡しをしているかのように見える。

「明かりをつけて」――艦長の声が響きわたった。室内が明るくなると、艦長は壁の時計を見た。

「二時間後に着手する」

　ガヤガヤと喧騒がわきおこった。一番精力的に抗議したのは主任生物学者の部下たちで、彼らは、試験的な掘削作業中ながら、すでに地下二〇〇メートルの深さまで降りていたのだ。ホーパックは、議論の余地はないという合図に手を振った。

「すべてのマシーンは艦内に戻す。すでに収集した試料類はきちんと保全すること。写真の閲覧と分析はそのまま続ける。ロアンはどこかね？　ああ、そこか。よろしい。私の言葉は聴いていたと思うが、二時間後には、全員が行動開始の部署に着いているように」

　持ち出されていた車両類の再船載は急ピッチで、しかし秩序だって行われた。もう一五分間だけ掘削を続けさせてほしいというボールミンの願いに、ロアンは耳をかさなかった。

「司令官の言葉は聞いたな？」――大きなクレーンを操縦しながら、掘られた溝に集まってきていた組立工たちをせきたて、ロアンは右に左に同じ言葉を繰り返した。掘削用の機器、トラス式の仮設橋、燃料タンクなどが次々と船倉の貨物用ハッチに吸い込まれていった。傷だらけの地面だけが、遂行された仕事を証明するばかりになった頃、ロアンは主任技師代理のウェスターガードとともに、念のため、中断された作業の現場を一巡した。やがて人々は宇宙船の中に消えた。そこで初めて、防御線の境界上で砂がむくむくと動き、その下から姿をあらわしたエネルゴボートたちが無線で呼ばれ、一列になって帰ってきて、宇宙船の内部に避難した。つづいて荷下ろし用のスロープも人間用の小型外部リフトも、船殻外板の内側に格納され、ほんの束の間、宇宙船は不動の状態にあった。しかしじきに、エンジンノズルから噴出する圧縮空気の金属的な金切り声が、単調な風の唸りをかき消した。巻き上げられた砂塵が艦尾を包み、その中で緑色の光が点滅したかと思うと太陽の赤い光線と混じりあい、雷鳴のような轟音が連続して砂漠中に響きわたり、岩壁から何度も何度も谺《こだま》となって返る中、宇宙船は徐々に宙へ浮き上がった。そしてその跡に、円形に焼け焦げた岩と、ガラス化した砂丘と、凝結した液体の残滓とを残して、菫色《すみれいろ》の空の中を、加速しながら消えていった。

それからかなり時間がたち、宇宙船の最後の航跡を示す白っぽい蒸気の筋も空気中に霧散し、動きをやめぬ砂が、裸の岩を覆い、空っぽになった掘削後の穴を満たしはじめた頃、西の方から黒い雲が現れた。それはすーっと低空を移動してきて、広がり、一本の腕をのばし、その腕でインヴィンシブル号の着陸地点を囲むと動きを止め、そのまま空中で静止した。そんな状態がしばらく続いた。そして太陽がすっかり西に沈んだかに見えた頃、その雲から、黒い雨が砂漠に降りだした。

廃墟の谷間で

インヴィンシブル号は、あらかじめ入念に選定された場所に降り立った。いわゆる《都市》の外縁から北へ六キロばかり離れた地点である。《都市》は艦橋からもかなりよく見えた。そこにあるのは人工的な構築物だという印象は、衛星写真を見た時以上に強まった。角《かく》ばった、ほとんどの場合、上にゆくにしたがってすぼまる形状で、高さは一様ではない構造物が、何キロにもわたって延々とつらなっている。色は黒ずみ、場所によってはメタリックな光沢を帯びていた。細部は、一番いい望遠鏡を覗いても判別できない。建造物の大部分は穴だらけで、まるでパスタの湯切りをするストレーナーのようだった。

今回は、宇宙船のノズルが冷める時に出すキンキン、カンカンという金属的な音がまだやまぬうちから、昇降用のスロープとリフトの支柱が外へ出され、前回同様、エネルゴボートが円陣を組んで艦を保護したが、それだけでは終わらなかった。一ヶ所、（低い丘に遮られ、地上に降り立つと見えない）《都市》の方向にあたるシールドの部分の内側に、五台の装甲車と、青黒い甲殻を持つ、不吉な姿をした兜虫《かぶとむし》のような、装甲車の倍以上もある、移動式反物質砲一基が集められた。

作戦グループの指揮官はロアンだった。彼は一台目の装甲車のハッチを開け、キューポラに直立したまま、インヴィンシブル号の艦上から指令が発せられて、目の前のシールドに通路が開《あ》くのを待っていた。手近な二つの丘に位置した二基のインフォロボットが、消えることのない緑色の照明弾を連続して打ち上げ、一行の進むべき進路を示すと、ロアンを先頭にして、二列に並んだ小さな隊列は出発した。

装甲車のエンジンが低音を競い合って奏《かな》で、ずんぐりとした極太タイヤの下からは噴水のように砂が湧き上がった。先頭車両から二〇〇メートル先の前方を、一台の偵察ロボットが滑空していた。平べったい皿のような胴体から突き出た二本の触角をせわしなく動かすロボットは、下へ吹きつける空気が砂丘の表面をかき乱すので、まるで見えない炎を砂の中に吹き込みながら飛んでいるようにも見えた。おだやかな空気の中、一行の通過で舞い上がった砂煙は、長らく地上に降りることなく、延々と宙にたなびく赤味をおびた埃の帯となって、彼らの行跡を知らせていた。一行の車両が地上に投げかける影がしだいに長くのびていった。日没が近づいていた。途中、ほぼ完全に砂に埋もれたクレーターを迂回し、その二〇分後、彼らは廃墟の入口に到着した。隊は陣形を変えた。三台の無人車両が隊列の外側へ出て、鋭い青色のランプを点した。三台による局地的なバリアを生成したのだ。人が乗った二台の装甲車は、その動くシールドに守られつつ走行した。その五〇メートル後ろを巨大な反物質砲が、建物の二階にも届きそうな湾曲した脚を動かしながら、鈍重に体を運んだ。しかしそのうち、金属製のロープだか電線だか知れぬものが絡まり合い、大きな毛糸玉のようになって砂中に埋もれていた場所を越えて進んだ結果、いったん停止を余儀なくされた。反物質砲の脚が一本、砂にもぐりこみ、地表からは見えない割れ目に挟まれ、動けなくなったのだった。二人のアルクタンが指揮官の車両から飛びおり、動けなくなった巨人を解放した。そして一行は行進をつづけた。

彼らが《都市》と呼んでいたものは、現実には地球上の都市とはまるで似ても似つかぬものだった。立ち並ぶそれらの黒ずんだ巨大な塊《かたま》りは、動きまわる砂丘に埋もれ、地下部分はどれほどの深さにまで達しているかもわからなかった。ハリネズミが毛を逆立てたような、ブラシのようなその表面は、かつて人間の眼が見たことのある何物にも似ていなかった。名状しがたいそれらの形態は、建物にすれば数階建ての高さまで達していた。窓はなく、扉もなく、壁すらない、おびただしい数の方向に互いに貫き合い、高密度に絡まり合い、結び目が膨らんだ、波打つネットのように見えるかと思えば、また別の部分は、ミツバチの巣の巣板か、あるいは孔の形が三角形、五角形の篩《ふるい》が重なり合ってできた複雑な空間アラベスクを想起させた。構造物の大きめの部分のどれにも、よく見えている平面であればいたるところに、ある種の規則性を見つけることができた。それは結晶構造のような均一なものではないが、疑う余地のない、一定のリズムで反復される規則性だった。だがそのリズムも、多くの箇所で破壊の痕跡によって乱されていた。角ばった形に伐り刻まれた後に互いに高密度で接着した枝から作られたかのような構造物もあり（だがこれらの枝はふつう樹木や灌木がもつ勝手気ままな伸び方をしておらず、あるいは弧の一部であったり、あるいは相反する方向にねじれた二本の螺旋《らせん》であったりした）、それらは大概が砂の中から直立していたが、中には跳《は》ね橋の橋桁《はしげた》のように傾いているものも見受けられた。風はおおむね北から吹きつけた。そしてすべての水平な面に、あるいは傾斜の緩やかなあらゆる斜面に、移ろいやすい砂を集めたので、遠くから見ると、少なからぬ数の廃墟は、あたかも頂上を切り取られた、ずんぐりとしたピラミッドを想わせた。だが、その一見なめらかな表面も、近くで見ると、別物だった。それは鋭く尖った棒や板の集合なのだが、要素が互いに密に絡まり合ってできた繁みには、砂も充分留まることができたのである。それらの構造物はむしろ、ロアンの目には、枯死した植物がまとわりついた岩石の遺物のように見えた。ただその形状が、立方体に近かったり、ピラミッド型であったりとさまざまなのだ。ところが、対象まで数歩という距離まで近づいてみると、そうした印象すら崩れさった。というのも、自然の生命体にはないような規則的な形態が、破壊というカオスを通じて、自らの存在を暴露していたからである。廃墟は均一で密な物体ではなく、金属のジャングルの隙間からは内部を覗くこともできる一方で、そうしたジャングルに埋めつくされているという意味では、空っぽでもなかった。どこを見ても、遺棄された感が、生命の不在という感じが濃厚だった。ロアンは反物質砲での攻撃も考えてみたが、侵入すべき内部そのものが存在しないのだから、武力の使用は意味がなかった。立ち並ぶ高い稜堡《りょうほ》の間を強風が吹き、肌を刺すような砂塵を追い立てていた。黒々と口を開ける穴が並んで規則的なモザイクを形成していた。それらの穴を満たそうとする砂塵は、パラパラ、サラサラと絶え間なくこぼれつづけ、構造物の根もとに、雪崩《なだれ》のミニチュアのような、円錐形の急斜面をこしらえていた。サラサラというひそかな、間断ない音が、一行の探索のあいだ終始つきまとった。風車《かざぐるま》のように回転しつづけるアンテナ、右へ左へと振り子運動をつづけるガイガーカウンターの検知管、超音波マイク、放射熱探知機——すべてが沈黙していた。聞こえるのはただ車輪の下で軋む砂の音であり、陣形を変えたり、方向を変えたりする時にエンジンが間欠的に唸りをあげる音ばかりだった。探索隊は、巨大な構造物が投げかける深く涼しい影の中に消えたかと思えば、緋色に輝く砂上にまた姿をあらわした。

　やがて彼らは地殻運動によってできた地割れに遭遇した。地面が幅一〇〇メートルほど裂けて、一見すると底なしの深淵を形成していた。風にうちつけられて両岸からひきもきらずに落下する砂の滝によっても埋まっていないという事実は、底はあっても限りなく深いことを示唆していた。一行は行進をやめ、対岸にロボット偵察機を派遣した。ロボットがテレビ中継するものをロアンは画面で観察したが、何も新しい発見はなかった。一時間後、偵察機は呼び戻され、隊に合流した。ロアンは同じ車両に乗っていたボールミンとグラーリェフと相談した後、いくつかの廃墟をより徹底的に調査することにした。

　死の《都市》の「街路」はぶあつい砂に覆われているので、まずは超音波ゾンデを使って調べることになった。それはかなり骨の折れる仕事だった。何度探測してもそのつど結果が違うのである。おそらくは、例の大きな地割れをひきおこした衝撃によって、基盤岩の内部で非結晶化が起こったからだった。この大規模な地溝のような陸地の凹《くぼ》みは、七メートルから一二メートルの厚さの砂に覆われていると思われた。一行は東へ、つまり海の方に向かい、黒ずんだ廃墟のあいだを縫う曲がりくねった道を一一キロも進んだ。その間、廃墟はだんだんと背が低くなり、砂中から覗いている部分もしだいに減り、ついには姿を消したところで、岩のほかには何もない土地にたどり着いた。一行が立っていたのは断崖の上で、それがあまりに高いので、下の方で打ち寄せる波の音も、かろうじて聞こえるか聞こえないかというほど小さかった。砂はまるでない、不自然なまでに滑らかな、むき出しの岩がつづく帯が、絶壁のスカイラインを画していた。それは北に向かってゆくにしたがって、いくつもの山の頂きを連ねてしだいに高度を上げながら、何度か跳躍し、大海原の鏡に飛び込んでいた。

探索隊が後にしてきた《都市》はいまや赤錆色の霧の中に浸り、黒々とした規則的な輪郭線を描いて浮かび上がっていた。ロアンはインヴィンシブル号と無線をつなぎ、事実上ゼロに等しい情報を艦長に伝えると、依然として最大限の用心をゆるめることなく、廃墟の奥に戻っていった。

その途中、ちょっとした事件があった。左端を走っていたエネルゴボートが、おそらくはささいなルート取りのまちがいから、発生させているバリアの範囲を広げすぎ、もともと手前に傾いていた、鋭い末端を持つ平べったい建造物の一部をかすってしまったのである。すると、バリア・シールドの出力計と接続されている反物質砲が、攻撃を受けた際には自動的に反撃するように設定されていたので、出力の突然の変化を誰かがシールドを破ろうとしているのだと解釈し、罪もない廃墟に向けて砲撃してしまったのだった。地球であれば優に摩天楼の高さに匹敵する大きさの、その折れ曲がった「建造物」の上半分が、薄汚れた黒い色を失って炎上し、眩しいほどの輝きを放ったかと思うと、次の瞬間、崩れ、沸騰する金属のはげしい雨となって降ってきた。だがその一片たりとも探索隊一行の上には落ちなかった。燃えさしは、バリアが張られた不可視のドームの表面にそってすべり落ちていった。そして地面に落ちるより早く、熱衝撃によって蒸発した。しかし対消滅反応の結果、放射線量は急上昇し、ガイガーカウンターは自動的にアラームを発した。装置のプログラムをこんな風に設計した奴を見つけたらただではおかないと呪いながら、ロアンは手間どりながらもアラームを解除したが、閃光を見たインヴィンシブルから原因を尋ねられ、その回答にも時間をとられた。

「とりあえずわかったのは、あれが金属だということだ。おそらくはタングステンとニッケルのまじった鋼《はがね》だ」――ボールミンは言った。彼は少し前に発生した騒ぎをまるで気にとめず、ここぞとばかりに、廃墟を包んだ炎を分光器で分析していたのだった。

「時代はわかるかな？」――手や顔につもっていた細かい砂粒を払いながら、ロアンは尋ねた。廃墟の助かった部分が熱で丸まり、折られた翼のような形になって、彼らが通ってきた道の上に張り出していた。

「わからない。せいぜい言えるのは、くそ古いということくらいだ。くそ古い」――ボールミンは繰り返した。

「もっと近寄って調べよう……。おやじさんの許可は求めないことにする」——と、にわかに意を決したようにロアンは言った。

二人は、何本かの腕が中心に向かって集まってできた複雑なオブジェの前で停止した。シールドからの出口が二つの照明信号によって示され、開いた。近くで見ると、カオスの印象が強かった。建造物の正面は、鉄線の「ブラシ」におおわれた三角形のパネルによって形づくられ、それらのパネルは内側から木の枝の太さの棒の集合によって支えられていた。表面ではそれなりの秩序が見られたが、探索隊が強力なサーチライトを使って覗こうと試みた奥の方では、棒が密林となって繁茂し、大きな結節点からは四方八方に散開し、かと思えばまた集合し、その全容はといえば、何千万というおびただしいケーブルがコイル状に絡まり合ってできた巨大な、靴の泥落としのようだった。彼らはその中に電流、極性、残留磁気、そして放射線を探したが、何の結果も得られなかった。

シールドの内部に誘導する緑の照明信号が落ち着きなく点滅した。ひゅうひゅうと風が鳴り、鋼鉄の密林に吹き込む大量の空気が凄まじい歌声を発していた。

「このとんでもないジャングルはいったい何を意味しているんだ?!」

ロアンは汗をかいた顔の皮膚にまとわりつく砂を拭きはらった。二人とも空飛ぶ円盤型のロボット偵察機の背に乗り、立っていた。周囲には低い手すりがめぐらせてある。それは「街路」の上空——と言うより二つの廃墟の間の、砂に覆われた三角形の広場の上——十数メートルの空中だった。下を見れば彼らの装甲車があり、子供のおもちゃ箱から出てきた人形のような小さい人間たちが顔を上げてこちらを見ている。

偵察機は滑空していった。すると今度は、黒っぽい金属でできた、尖った刃のようなものが林立する構造物の上にさしかかった。その表面は平らではなく、あちこちに破れがあり、場所によっては例の三角パネルの陰になっていたが、パネルの置かれた角度や高さはまちまちで、斜め上や横を向いている場所では、真っ暗な内部を覗くことを許した。障壁や棒や凹《へこ》んだ板が絡み合うそのジャングルには陽の光も通らず、サーチライトの光線も力なく呑みこまれた。

「どう思う、ボールミン、これはいったい何を意味しているのか？」――ロアンは前と同じ問いをぶつけた。彼は苛立っていた。のべつまくなしに拭っていた額は赤味をおび、皮膚は痛み、眼はひりついた。数分後には次の報告をインヴィンシブルに送らねばならないのに、目の前に見ているものを表現する言葉さえ見つからない。

「私は千里眼じゃない」――学者は不満げに応じた。「考古学者でもない。もっとも、考古学者だって答えられないと思うね。思うに……」――彼は言葉を濁した。

「はっきり言ってくれ！」

「私が思うに、これは住居用の構造ではない。いかなる生物であれ、その住居の廃墟には見えない、そうでしょう？　かりに比較できるとすれば、せいぜい機械か」

「機械？　何の？　情報収集の？　それとも一種の電子頭脳だったのか……？」

「そう言うあなた自身、信じてはいないでしょうが……」――惑星学者はのんびりと応じた。

ロボット偵察機は方向を変え、折れ曲がったパネルの間から雑然と突き出ている棒に、絶えずあやうく触りそうになりながら、飛んでいた。

「いや。ここにはいかなる電気回路もない。どこに、絶縁体、誘電体がありますか？」

「可燃性のものだったとしたら？　炎で焼き尽くされたのかもしれない。そもそもこれは廃墟だ」

――ロアンはそう応じながらも確信はなかった。

「かもしれない」――ボールミンが予想外に同意した。

「じゃあ、私は艦長に何と言えばいい？」

「一番いいのは、この有様をテレビで直接見てもらうことでしょう」

「これは都市ではなかった……」――まるでこれまで見たものをすべて、心の中で総括したかのように、突如としてロアンは言った。

「おそらく都市じゃなかった」――惑星学者はうなずいた。「いずれにせよ、われわれが想像するような都市ではなかった。ヒト型の生物であれ、多少でもヒトに似通うところのある生物であれ、ここには住んでいなかった。ところが海にいた生物は地球のものと大いに似ていた。だから論理的には、陸上にも類似の生物がいて当然だ」

「そうだ。私もずっとそのことを考えている。生物学者は誰もこの話をしようとしないが、どう思う？」

「彼らが話したがらないのは、それがあまりにもあり得ない話になるからで――まるで何かが、生命体の上陸を許さなかったかのような……。まるで生物が水から上がることを不可能にしたかのような……」

「そんな要因は、たとえばごく近くでの超新星の爆発のようなことは、一度しかはたらかないだろう。ご存じの通り、琴座のゼータ星も数百万年前は新星だった。もしかすると、陸上の生命体は高エネルギーの放射線によって死滅したが、深い海中では有機体が生きのびたのかもしれない……」

「もしもそんな透過能の強い放射能汚染があったとすれば、今でもその痕跡が見つかったに違いない。ところが、土壌の線量は、銀河系のこのあたりとしては、例外的に低い。それに、その数百万年の間には進化はまた進んだに違いない。もちろん脊椎動物までは無理だとしても、浅瀬に生きる原始的な生物くらいは生まれていたはずだ。しかしここの海岸には生物の影もかたちもなかったでしょう？」

「そうだった。しかしそれは本当にそんな重要な意味をもつのだろうか？」

「決定的です。生命は基本的にまず岸辺の汐だまりで発生し、後になってはじめて深い海中に降りてゆく。それ以外はあり得ない。何かが生命体を追いはらったんだ。そして今でも、上陸を許さないのだと私は思う」

「なぜ？」

「なぜなら、魚がゾンデを怖れているから。私が知っている惑星では、どんな動物も機械を怖れたことはなかった。自分が見たこともない物に対しては、彼らは決して怖れをいだかない」

「つまり、魚たちはすでに以前ゾンデを見たことがあるということか？」

「彼らが何を見たのかは、わからない。しかし何のために彼らに磁気感覚があるのか？」

「べらぼうな話だな！」——ロアンの口調はぶしつけだった。彼はぼろぼろになった金属製の懸花装飾をながめ、手すりから体を乗り出した。ロボット偵察機が吹き出す気流の中、鉄筋の束のようなものの曲がった黒い尖端が震えていた。ボールミンは、長いペンチを使って、トンネル状の開口部から突き出ている鉄線をパチリ、パチリと順に切りとっていった。

「そう言えばもう一つ。ここではあまり高い温度になったことがなかった、一度もなかった、なぜならば、もしなったとすれば、金属は溶けていただろうから。つまり、火災という副艦長の仮説も消える……」

「ここではあらゆる仮説が崩される」——ロアンはつぶやいた。「そもそもわからないのは、この狂ったジャングルとコンドル号の遭難とをどう結びつけられるのかということだ。ここにはまったく生命の気配がない以上」

「ずっとそうだったということにはならないでしょう」

「千年前なら、わかる。だが数年前のことだ。ここでこれ以上探しものをしても無駄だ。下へ降りよう」

　偵察円盤が探索隊の緑の信号の前に降り立つまで、二人はもはや口を開かなかった。ロアンはメカニックたちに、テレビカメラを稼働させ、この場の状況についてのデータをインヴィンシブルに伝えるよう、命じた。

　ロアンは学者たちといっしょにメインのトランスポーターに乗りこんだ。ミニチュアのような部屋に酸素をたっぷり送り込むと、彼らはテルモスのコーヒーを飲みながら、サンドイッチを食べはじめた。頭上には円形の蛍光管が光っていた。ロアンには、その白い光が心地よかった。この惑星の赤い昼光に嫌気がさしてきていた。ボールミンは、マスクのマウスピースにまんまと忍びこんだ砂粒を食事中に噛んでしまったらしく、それを吐き出した。

「そう言えば思い出したことがあります……」――テルモスの蓋を回しながら、思いがけずグラーリェフが口を利いた。

「皆さんに話してもいいんですが。その密な黒髪が蛍光灯の光にきらめいた。あまりまじめに取らないという条件で」

「思い出したことがあるだけでもたいしたものだ」――ロアンは口を一杯にしながら応じた。「話してくれたまえ。その思い出したことを」

「直接には何もないんですが、ある物語を聞いたことがあって……一種のおとぎ話です。リラ人、つまり琴座星人についての……」

「それはおとぎ話じゃない。彼らは実在した。彼らについてはアフラミャンが立派な研究書を書いている」――ロアンがコメントした。グラーリェフの背後で、制御盤のランプが点滅しだした。インヴィンシブル号とつながったという合図だ。

「そう。中には生き残った者もいたとペインは推理した。だが、それはまちがいだという、確信に近いものが私にはある。新星が爆発した時、彼らは絶滅したのだ」

「ここから一六光年の場所です」——グラーリェフは続けた。「僕はそのアフラミャンの本を知りません。しかし、どこでだったかは憶えていませんが、彼らがどのようにして生き残りをはかったかという物語を聞いたことがあります。近くにある別の星のすべての惑星に宇宙船を送りこんだということでした。彼らはすでに光速以下の宇宙航海術はよく知っていた」

「で？」

「それだけです。一六光年というのはそれほど大した距離ではありません。もしかすると彼らの船が一隻ここにたどり着いたかもしれません」

「彼らがここにいると考えるわけだな……？　と言うか彼らの子孫が」

「わかりません。ただ、あの廃墟の群れを見て、彼らを連想しただけです。彼らが建設したのかもと……」

「連中はどんな格好をしていた？」——ロアンは尋ねた。「ヒト型か？」

「アフラミャンはそう思っている」——ボールミンが応じた。「しかしそれはあくまで仮説だ。彼らの残したものは、アウストラロピテクスが残したものよりまだ少ない」

「それは不思議だ……」

「まったく不思議じゃない。彼らの惑星は、一万数千年のあいだ、新星の彩層に呑み込まれていた。時期によっては、地表の温度が一万度を超えたこともあった。地殻の基岩でさえ、完全な変容を遂げた。海洋は跡形もなく消え、惑星全体が炎の中の骨のように熱せられた。新星の火災の内部におよそ一〇〇世紀だ、考えてもみたまえ！」

「琴座星人がここにいる？　しかしなぜ隠れる必要があった？　そしてどこにいる？」

「もう死滅したのでは？　どっちにしても、僕にそんなにたくさんのことを訊かれても困ります。ふと思いついたことを言っただけなので」

　一同は黙りこんだ。制御盤の上でアラーム・ランプが灯った。ロアンは跳びあがり、イヤフォンを耳にあてた。

「こちらロアン……。え？　君か？　そうだ！　そうだ！　聴いているから……。わかった、ただちに帰艦する！」——ロアンは蒼ざめた顔を部下たちに向けた。

「第二班がコンドル号を見つけた……ここから三〇〇キロの地点だ……」

コンドル

遠くから眺めたコンドル号はまるでピサの斜塔だった。その印象を強めたのが、それをとりかこむ砂だまりの形状だった。偏西風のせいで、西側の土手の方が、東側よりもはるかに高かった。周辺にあった数台のトラクターはほぼ完全に砂に埋もれ、ハッチが開いたまま動けなくなった反物質砲でさえ、胴体の半分まで砂丘の下になっていた。しかしロケットの艦尾自体は、風の吹きこまない窪地にあったために、エンジンノズルが露出していた。おかげで、船外昇降用スロープ台のまわりに散乱する物を確認するためには、薄い砂塵の層を払い落とせばそれで済んだ。

インヴィンシブル号の乗組員たちは、ロケットを囲む土手の上で立ちどまった。彼らが持ってきた車両類はすでに大きな円を描いて全域を囲み、それぞれの発振器が発生するバリアは、合成され、全体を護るシールドを形成していた。コンドル号の根もとを囲む砂の堤から数十メートル離れて待機するトランスポーターやインフォロボットたちは、砂丘の頂上から、すり鉢の内部を見おろしていた。

機器昇降用スロープの末端と地表との間には五メートルほどの空間があった。まるでスロープ板《ばん》が下ろされる途中で突然なにかによって停止させられたかのようだった。しかし乗員用リフトのシャフトはしっかりと地面まで達していて、がらんと空いたかごが、どうぞお乗りくださいと招いているようでもあった。その周囲には酸素ボンベが何本か砂中から首を出していた。そのアルミの表面は、数分前に投げ捨てられたものだと言われても不思議ではないほど、つやつやと輝いていた。少し奥には何かの物体の青い断片が砂から覗いていたが、それはプラスチックの容器だった。宇宙船の根もとの窪みにこうして雑然と投げ出されている品物は大量だった——保存食の瓶は手がつけられていないものもあれば空のものもあり、セオドライト、カメラ、望遠鏡、三脚、水筒などのさまざまな用具は、無傷なものもあれば損傷の跡が見られるものもあった。

　まるで誰かがロケットの中から手当たり次第に放り出したようじゃないか！——乗員が出入りに使う黒い開口部を見上げながら、ロアンは思った。ハッチは完全には閉じられていなかった。ド・フリースが率いる小規模な飛行偵察班がこの人気《ひとけ》ない宇宙船を見つけたのは、まったくの偶然からだった。ド・フリースは内部に入ることはせず、すぐに基地に通報した。インヴィンシブル号の一卵性双生児の秘密を調査することになったのは、ロアンのグループであった。メカニックたちはいち早く工具箱をかかえ、各々の車両から走り出していた。

　薄い砂の膜をかぶった、何やら丸みを帯びた物体が足元にあるのに気づいたロアンは、その砂を靴のつま先で払い落とした。何か小型の地球儀のようなものではないかと思ったが、どうも腑に落ちないので、その黄ばんだ球体を砂の中から引っ張り上げてみた。そしてわっと叫んだ――人々が彼の方を見た。ロアンは髑髏《どくろ》を手にしていた。

その後、別の骨やたくさんの人体の断片が見つかり、その中には宇宙服を着たままの骸骨も一体あった。外れた下顎と上顎の歯の間には、酸素吸入器のマウスピースが挟まれたままで、圧力計の針は四六気圧を指していた。ヤルクが膝をつき、ボンベの栓をゆるめると、酸素が音を立てて吹き出た。砂漠の乾ききった空気のせいか、圧力レギュレーターの鉄の部分は一ヶ所も錆びておらず、ねじも軽々と回せた。

リフトは、支柱が地面に接する基底部でも操作できる仕組みだったが、どうやら電流が来ていないと見えて、ボタンを押しても無駄だった。リフトの最上部まで、シャフトを四〇メートルもよじ登るのは容易なわざではなかった。部下を数人、空飛ぶ円盤で上に送ろうかとロアンが考えているあいだに、二人のメカニックが体にロープをつないで、シャフトの外側を登りはじめた。他の人間たちはそのクライミングのようすを黙ってみまもった。

インヴィンシブル号とまったく同一のクラスに属し、わずか数年早くドックを出ただけのコンドル号は、シルエットで区別することはできなかった。誰も口にはしなかったものの、本当は事故の結果――たとえそれが原子炉爆発であったとしても――粉々になった破片を見る方がましだった。こんな場所で砂漠にめり込み、人気なく、まるで艦尾を支えるべき地盤が重さに耐えかねて落ち込んだかのように片側に傾いて、雑然とした物や人骨に囲まれながら、と同時に、見たところまったく損傷がないかのように立っている船体を目にしたことで、誰もが茫然自失の状態におちいった。乗員用のハッチにたどり着いたクライマーたちは、苦もなくそれを開けると、見つめる者たちの視野から消えた。二人があまりにも長時間戻ってこないので、ロアンは不安になりかかっていた。とその時、予想外にもリフトのかごが身ぶるいしたかと思うと、一メートルばかり持ち上がり、次いでふたたび砂の上に降りてきた。同時に上のハッチに一人のメカニックが姿を見せて手を振り、リフトに乗っていいと合図した。

　ロアン、ボールミン、生物学者のヘイジラップ、それにもう一人のメカニック、クラリクの四人がリフトで上がっていった。リフトの手すりの向こうを下に流れてゆく船体の巨大な凸面《とつめん》を、昔からの癖で思わず知らず観察していたロアンは、この日何度目か、愕然とさせられた。チタン・モリブデン合金の船殻外板は、何やらおそろしく硬い道具か何かで、いたるところに孔が開けられ、つつかれていた。それらの傷跡はそれほど深いものではなかったが、きわめて密に、宇宙船の外郭全体に広がった、あたかも天然痘の痕のようだった。ロアンはボールミンの袖を引っぱったが、相手はすでにその驚くべき現象に気づいていた。二人とも船殻に刻み込まれたその凹凸《おうとつ》をなるべくよく見ようと目を皿にした。孔はどれも、鑿《のみ》の尖った角でつついたような小さなものだったが、硬化加工を施した外板の表面を傷つけうる鑿など存在しないことはロアンも知っていた。あり得るとすれば、何らかの化学的浸蝕の結果だろう。しかしリフトがみじかい旅を終え、二人は気密室に入らねばならなかったので、この間《かん》に知り得たことはほとんどなかった。

艦内では照明がついていた——すでにメカニックたちが圧縮空気で動く予備発電機を稼働していた。きわめて細かい砂が厚い層をなしていたのは、高い敷居の内側付近だけだった。ハッチの隙間から吹き込む風によって運び込まれたものだった。廊下には砂がまったくなかった。第三甲板の内部は清浄で、よく整頓され、照明も明るく、ただところどころに酸素マスク、プラスチック皿、書物、宇宙服の一部などの品物が転がっているだけだった。だがそれは第三甲板だけのことだった。それより下層の地図室や展望室、食堂、乗組員の個室、レーダー室、トランスミッション室、各甲板の廊下や連絡通路は、説明のつかない混乱状態にあった。

　さらに恐るべき光景が待ち受けていたのは艦橋だった。スクリーンといい、計器類といい、ガラスが割れていないものはなかった。しかもそれらすべての装置のガラスは破片を発生させない特別なものだったので、驚異的に大きな衝撃が働かないかぎり、それらが銀色の粉末となって制御盤、椅子、ケーブルやコンセントの上にまで降りつもることはあり得ないはずだった。付属の資料室では、引き抜かれたテープが絡まり合って大きなとぐろを巻いたつるつるのマイクロフィルムや、破れた本、折れたコンパスや計算尺、スペクトル分析のテープなどが、足の踏み場もないほど床いっぱいに散乱していた。中には大判のキャメロンの星のカタログがあり、何者かが特にいたぶったと見え、丹念に、想像を絶する辛抱強さをもって引きちぎったのに違いない、ぶあつく硬いプラスチックのページが山と積まれていた。クラブ・ルームと付属の映写室では、しわくちゃの衣類や、革張りの椅子を壊して裂いたレザーの切れ端が、うずたかいバリケードとなって、通行もままならなかった。その場の光景はひとことで言って、掌帆長のターナーの言葉を借りれば、まるで猛り狂ったヒヒの群れがロケットを襲撃したかのようだった。破壊の跡を見た人々は文字どおり言葉を失い、甲板から甲板へ無言で移動した。小ナビゲーション室では、干からびて、丸まった人間の屍骸が壁ぎわに横たわっていた。その人物は麻のズボンをはき、しみだらけのシャツを着ていた。その上から防水シートがかけてあるのは、そこへ最初に入っていった二人のメカニックの誰かの配慮だった。骨格が現れるまでに乾燥した、褐色の皮膚をもつそれは、ミイラそのものだった。

ロアンは、最後までコンドル号の中にとどまっていた一人だった。頭が混乱していた。吐き気がし、何度も嘔吐しそうになるのを必死にこらえた。信じがたい夢を、悪夢を経験しているのだと感じた。だが周囲の人間たちの顔が、今自分が目にしているものもすべて現実なのだと証明していた。みじかい無線電報がインヴィンシブル号に送られた。コンドル号内部の秩序をある程度回復するため、一部の人間は残ることが決まった。しかし作業を始める前にあらゆる室内の写真を撮り、発見時の状況を詳しく書き留めるよう、ロアンは命じた。

彼はボールミン、そして生物物理学者の一人、ガルブとともに基地へ帰っていった。トランスポーターの運転はヤルクがした。いつもは笑みを絶やさないヤルクの大きな顔が、心なしか小さくなり、肌も黒ずんだかのようだった。冷静沈着な運転手のいつもの滑らかな運転とは似ても似つかぬ、急激な操作に揺さぶられる、何十トンもある重い車両は、両脇に巨大な砂の噴水をまきあげながら、砂丘の合間を縫って走った。その前を無人のエネルゴボートが、シールドを作りながら進んだ。一行は終始黙っていた。誰もが自分の考えごとをしていた。ロアンは艦長に会うのが恐ろしいような気がしていた。何と言っていいのかわからなかったからだ。最も意味不明で常軌を逸しているがゆえに最も酷な発見の一つは、誰にも言わずに自分の中にしまっていた。第八甲板の浴室で、人間の歯形がくっきり残る石鹸のかけらを見つけたのだった。空腹で、ということはあり得なかった。倉庫はほとんど手のついていない備蓄食糧でいっぱいだった。冷蔵室の牛乳でさえまったく良好な状態だった。帰途の半分くらいまで来たところで、砂ぼこりの壁を背後に残しながらこちらに向かって疾走してくる、小型の自走式車両から信号を受信した。ロアンたちが速度を落とすと、相手の車も停止した。乗っていたのは、すでに若くはないメカニックのマグドフと、神経生理学者で医師のサックスだった。ロアンがバリアを切り、普通の音声で会話できるようにした。ロアンが出発した後、コンドル号の凍眠室で凍結した人体が発見されたという。男は、もしかするとまだ蘇生する可能性があった。そのためサックスは、必要な装置一式をインヴィンシブル号から運んできたのだ。サックスの車両はシールドで保護されていないからという口実を考え、ロアンは彼らに同行することにした。実を言えば、ホーパックとの会話を先に延ばせることがむしろ嬉しかった。というわけで一行はその場でUターンし、砂を蹴散らしながら、来た道を全速力で引き返した。

　コンドル号の周囲では人々がせわしなく動いていた。砂の中からは依然としてありとあらゆる種類の品物が掘り出されていた。それらとは区別して、二〇柱《はしら》をこえる遺体が、白い布をかけられ、一列に並んでいた。すでにコンドル号の停船時用原子炉が電気を供給し、昇降用スロープも機能していた。立ちのぼる砂煙を見てロアンたちの到着にいち早く気づいた艦内の部下たちは、シールドの一部を開けて通路を作った。現場にはすでに医師もいた。だがその小柄なニグレンは、凍眠室で見つかった遺骸を立会人なしで調べるのを望んでいなかった。ここでは司令官の代理をつとめるロアンが、二人の医師とともに甲板に向かった。さっき来た時はさまざまな物体の破片が廊下に散乱していて、凍眠室のドアに近づくのも困難だったが、いまやそれらもすっかり片づけられていた。温度計は零下一七度を示していた。それを見た医師の二人は、何も言わずに目くばせし合っただけだったが、ロアンにしても、その温度が完全な蘇生可能死状態には高すぎ、単なる凍眠には低すぎるというくらいの知識はもちあわせていた。凍眠室内の人物は、あらかじめ設定された条件下で生きのびるべく処置されたのではなく、どちらかと言えば、今コンドル号の艦内に見られるすべての事柄に共通する、理解不能、意味不明な仕方で、偶然そこに入ってしまったように思われた。事実、三人が保温服を着こみ、回転式ハンドルを回し、重い扉を開けて目にしたのは、うつぶせで床《ゆか》の上に大の字になっている、下着しか身に着けていない男の体だった。医師たちがそれを三基の無影灯に照らされた小ぶりの施術用テーブルの上に運ぶのをロアンも手伝った。それは本格的な手術台ではなく、凍眠室で時として必要になるちょっとした処置のためのベッドに過ぎなかった。かなり大勢のコンドル号乗組員を知っていたロアンは、男の顔を見るのが怖かった。だがそれは知り合いではなかった。もしもその四肢の氷のような冷たさと硬さがなかったら、発見された男はただ眠っているだけだと思っただろう。瞼は閉じられていて、密閉された乾いた室内にあった皮膚は、青白くこそあれ、自然な質感を失っていなかった。だが皮膚の下の組織は氷の微晶体に満たされていた。医師は二人とも無言で、ふたたび目くばせを交わした。そしてそれぞれ自分の道具を準備した。ロアンは壁に作りつけられたベッドの一つに腰かけた。二列に並んだベッドはどれもきちんとベッドメイクができていた。凍眠室の秩序は完璧で、正常だった。金属製の道具の音が何度かし、医師たちはなにごとか呟いていたが、やがてサックスがテーブルから身を離し、言った——

「手の施しようがない」

「死んでいるんだな」——質問するのではなく、相手の言葉から唯一引き出しうる結論をロアンは口にした。その間ニグレンは空調機のコントロール・パネルに歩み寄っていた。しばらくすると温風が部屋の空気を動かした。ロアンは立ち上がり、部屋から出てゆくかどうするか迷っていると、サックスが施術台に戻るのが目に入った。彼は床《ゆか》に置いてあったそれほど大きくはない袋を取り上げ、開けた。すると、これまでロアンは聞いたことはあっても、目の前で使われるのを一度も見たことがない装置が出てきた。サックスは落ち着きはらった動作で、平たい電極が末端に付いたコードを几帳面な手つきで、巻かれた状態からほどくと、六個の電極を死人の頭部にあて、粘着テープで固定した。そしてしゃがみこみ、袋から三組のヘッドフォンを取り出した。それを自身の耳にあてがい、しゃがんだまま、袋の中の装置のダイヤルを動かしはじめた。眼をつむった彼の顔が、最高度の集中を示す表情になった。とそのうち、突然眉をつりあげ、さらに低く屈みこんでダイヤルを押さえていたかと思うと、激しい動作でヘッドフォンをはずした。

「ニグレン先生」――どことなく奇妙な声で彼は言った。小柄な医者はヘッドフォンを受け取った。
「どうした?……」――息を呑み、唇をふるわせ、ロアンは囁いた。その装置は、少なくとも宇宙航空士仲間の隠語では「墓石《はかいし》聴診器」と呼ばれているものだった。死んだばかりの遺体の場合、あるいは今回のように低温のおかげで死体の腐敗にいたらなかった場合、「脳を盗聴する」ことで、死者の意識の最後の内容を知ることができるのだ。

　装置から頭蓋の深部にまで送りこまれた電気的インパルスは、抵抗の最も少ない経路を通り、つまり臨終直前期に機能していた神経線維を伝って流れる。結果の信頼性は低かったが、それでも、この方法できわめて貴重な情報を得られたケースが何度かあったという噂だった。今回のように、コンドル号の悲劇を覆う秘密のヴェールを少しでも持ち上げる必要がある場合、まさに「墓石聴診器」の使用は当然だった。この神経学者にとって、そもそも凍結した人間を蘇らせることなどはまるで念頭になく、あくまでその脳が伝える内容を聴きたくて駆けつけたのだと、ロアンは察した。妙に口が乾き、心臓の鼓動が重苦しいのを感じながらじっと立ちつくしていると、サックスからもう一組のヘッドフォンを渡された。もしもその仕草の単純さと自然さとがなかったら、ロアンはそれを耳にあてがう勇気はなかっただろう。装置の脇に片膝をつき、増幅器のダイヤルを小刻みに回すサックスの落ち着いた、黒い瞳に見つめられながら、ロアンはヘッドフォンを着けた。

　はじめのうちは電流のせせらぎ以外には何も聞こえなかったが、むしろそれでほっとした。何も聞こえなければいいと思っていたのだ。この見知らぬ男の脳が、石のように沈黙してくれていればいいと、無意識のうちに願っていたのだ。サックスが、起き上がってロアンのヘッドフォンの位置を直した。するとその瞬間ロアンの目に、船室の白い壁に溢れる光を通して、灰からできているかのように灰色でぼんやりとした像が、距離も判然としない位置で、宙吊りになって映った。思わず眼をつむると、一瞬前に見えたものがほぼ明瞭になった。それは、天井にパイプが何本も走る、艦内のどこかの通路のようだった。その幅いっぱいに人の体が累々と横たわり、足の踏み場もない。一見するとそれらの体は動いているかのようだったが、そうではなくて、映像全体が震え、波打っているのだった。人々は半裸で、衣服は切れ端となってぶら下がっているだけだった。彼らの不自然に白い皮膚は、黒っぽい染みとも吹出物ともつかぬものに覆われていた。それもまた、単なる映像のいたずらにすぎないのかもしれなかった。というのも、同じような黒い、コンマ状の点が床の上にも壁の上にもひしめいていたからだ。映像の全体は、ぶあつい流水の層を通して撮影した不鮮明な写真のように、ゆらゆらと揺れ、のびたり、ちぢんだり、波打ったりした。恐怖に襲われたロアンは、力いっぱい眼を開けてみた。すると映像はかすみ、ほとんど見えなくなったが、依然として影のように、周囲の現実の強い光をさえぎっていた。だがサックスがふたたび装置のダイヤルに触れると、今度はロアンの耳に——内面の声のような——かぼそい囁きのようなものが入ってきた。

… ala… ama… lala… ala ma… mama…

　それだけだった。アンプが急に猫のように鳴き、ブーという音を出したかと思うと、狂ったしゃっくりのように反復する、哄笑とも嘲笑ともとれる、凄まじい雄鶏の声のようなもので耳を圧した。

だがそれはあくまで電流のしわざだった。あまりに強すぎる振動をヘテロダインが発生しだしたにすぎなかった……

　サックスはコードを巻きとり、形を整え、袋に押し込んだ。一方ニグレンは敷布の端を持ち上げ、死者の体と顔に掛けた。死者の口は、あるいは温まったせいか（凍眠室の中はすでに暑かった――少なくともロアンの背筋を汗が流れた）軽く開いて、とてつもない驚愕の表情をあらわしていた。だがそれも、白い布の下に消えた……

「何か言ってくれ……。どうして何も言わない?!」――ロアンは爆発した。サックスは装置の入った袋の紐を締め、立ち上がると一歩ロアンに近づいた。

「落ち着いてください、副艦長……」

　ロアンは眼を閉じ、拳をにぎりしめた。その努力は大変なものだったが、空しくもあった。こういう状況になるといつも、彼の内部では激情がめざめた。それを抑えるのが一番むつかしかった。

「すまない……」――彼は口ごもった。「これは一体何を意味しているんだ?」

　サックスがたっぷりとした保温服のボタンをはずし終わると、服はするりと床に落ち、サックスの見かけの大きさは消えさった。そして彼は元通りの男に、胸板が薄く痩せぎすで猫背ぎみの、細く神経質な手をした男にもどった。

「私にわかるのは、副艦長がご存じのこと以上ではありません。もしかすると以下かもしれない」

　ロアンにはさっぱり理解がゆかなかったが、相手の言葉の端をとらえた。

「どういうことだ……？　なぜ《以下》なんだ？」

「私はここにいなかったからです――この死体のほかは何も見ていません。副艦長は朝からここにいた。あの映像で何か思いあたらないのですか？」

「何も。彼らは――彼らは動いていた。つまりあの時はまだ生きていたのか？　彼らの皮膚にあったのは何だ？　あの点々とした染みは……」

「動いてはいません。それは錯覚です。記憶痕跡《エングラム》は写真のように定着します。時には複数の映像が合成されることもありますが、この場合それはなかった」

「あの点々は？　あれも錯覚なのか？」

「わかりません。すべてあり得ます。しかし、そうではないという気もします。どう思います、ニグレンさん？」

小柄な医者もすでに保温服から解放されていた。

「わからない。あれも人為構造《アーティファクト》ではなかったかもしれない。天井にはなかった、でしょう？」

「染みが？　なかった。彼らの皮膚と……床の上にしかなかった。あといくらかは壁面にもあった……」

「もしあれが二次投影だったとすると、映像全体を覆ったはずだ」――ニグレンは言った。「だがそれも確かなことではない。こうした定着ではあまりにも偶然が多すぎて……」

「じゃ声は？　あの――うわごとは？」――ロアンは藁にもすがる思いで問い質《ただ》した。

「一つだけはっきりしていた言葉は《ママ》だ。聞こえましたか？」

「ああ。しかし他にも何かあった。《アラ》……《ララ》……――それが繰り返されていた……」

「繰り返されていたのは、私が頭頂葉全体を探ったからです」――サックスはつぶやいた。「つまり、聴覚記憶の領域全部ということです。あれが一番めずらしかった……」

「あの言葉が？」

「いいえ。あの言葉ではありません。死んでゆく人間は何について考えることもできます。彼が母親のことを考えたとしても、それはいたって普通のことです。しかし彼の聴覚領域は空っぽです。完全に空っぽ、おわかりですか？」

「いや。さっぱりわからない。空っぽとはどういうことか？」

「普通、頭頂葉のスキャンは何の結果ももたらしません」――ニグレンが説明した。「あまりにも多くのエングラム、あまりにも多くの定着された言葉が格納されているからです。これはたとえて言えば、一〇〇冊の本をいっぺんに読むようなものです。そこからはカオスしか出てきません。ところが彼の」――ニグレンは白い布の下の細長い形を見やった。「頭頂葉には何もなかった。あのいくつかの音節《シラブル》以外、いかなる言葉もなかった」

「そう。私は知覚性言語中枢からローランド裂まで調べていった。だからあれらのシラブルは反復されたのです。あれが、失われなかった最後の音声構造物でした」

「あれ以外は？　他の音声は？」

「ないんです」——あたかも忍耐力をなくしたかのように、サックスが重い装置をさあとばかりに持ち上げたので、把手《とって》の革のきしむ音がした。「要するに、ないのです。以上です。彼らに何が起こったか、それを私に訊かないでください。この男は聴覚記憶を失ったのです」

「じゃ、あの映像は？」

「それはまた別の話です。彼はあれを見た。何を見ているのかは理解できなかったかもしれない。写真機だって、何も理解はしないが、向けられた先にあるものを定着する。とにかく、彼が理解していたかいなかったか、私にはわからない」

「手伝ってくれますか、先生？」

二人の医師は装置を持って出ていった。扉が閉まり、ロアンは一人きりになった。絶望に襲われた彼は、施術台に歩み寄り、布をもちあげ、取り去ると、すでに凍結状態からもどってすっかり柔らかくなっていた死人のシャツの前を開けて、注意ぶかく胸を調べた。最初に触れた時には思わず身震いした。皮膚もしなやかになっていた。組織が常温にもどるにつれて筋肉はほぐれ、それまで不自然に持ち上がっていた首もおとなしくクッションの上に落ちていた。男は本当に眠っているようだった。

その体に謎の集団感染や中毒の形跡、咬傷《こうしょう》がないか探したが、何も見つからなかった。左手の二本の指がほどけ、小さな傷があらわれた。傷口はわずかにひらいていて、やがて出血をはじめた。赤いしずくが白いクッションの上にぽたぽたと落ちた。ロアンにとってはそれが限界だった。白い布をかぶせもせずに、部屋から走り出て、集まっていた人々にぶつかりながら、何かに追われるようにして出口に向かった。

　気密室の前でヤルクが彼を抱き止め、酸素マスクの装着を手伝い、唇のあいだにマウスピースを押し込んでくれた。

「何かわかりましたか、副艦長？」

「いや、ヤルク。何ひとつ。何ひとつわからない！」

　自分が誰といっしょにリフトに乗って降りてゆくのか、ロアンはわかっていなかった。車両のエンジンが回転を上げて唸っていた。風が強まり、砂が波状に飛んできて、船体のざらざらとした、凹凸のある表面にうちつけていた。外板のその状態のことをロアンはすっかり忘れていた。艦尾に近づくと、爪先立ちになって、ぶあつい金属にそっと触れた。船殻は岩のようだった。硬い瘤《こぶ》だらけで、朽ちた、おそろしく古い岩のようだった。トランスポーターの群れの合間に背の高いシルエットが見えた。エンジニアのガノンクだった。しかしロアンは、ガノンクが外板のこの現象についてどう判断しているのか、尋ねようとしなかった。エンジニアにしても、自分と同じことしかわからないだろう、つまりは何もわからないということだ。何ひとつ。

　一番大きいトランスポーターに乗りこんだロアンは、キャビンの隅に腰かけ、十数人の部下といっしょに帰っていった。部下たちの声がひどく遠かった。掌帆長ターナーが何やら中毒について喋っているようだったが、他の声にかき消されそうだった。

「中毒？　何の？　フィルターは全部最良の状態だったぞ！　タンクの酸素は満杯。予備の水には手がついていない……食糧もたっぷりだ……」

「俺たちが小ナビゲーション室で見つけた男の状態を憶えているか？」――ブランクが問いかけた。

「知り合いだった……。もしも指輪がなかったら見分けはつかなかった……」

ブランクの言葉に誰ひとり応じる者はなかった。基地に帰ると、ロアンはまっすぐにホーパックに会いに行った。ロアンたちより早く戻った班が、数百枚の写真を持ち帰ってしていた報告とテレビ中継とによって、艦長もすでに事態を把握していた。自分が見たものを司令官に逐一説明せずに済んだことで、ロアンは気が楽になった。

艦長は、インヴィンシブル号の周辺図とその上に写真を何枚も載せたテーブルから立ち上がりながら、探るような視線でロアンを見つめた。大ナビゲーション室にいたのは二人だけだった。

「しっかりしてもらいたいな、ロアン君。君がいま何を感じているかはわかるが、われわれにとって何よりも必要なのは正常な判断力だ。そして落ち着きだ。われわれはこの狂ったストーリーの核心をつきとめなければならんのだから」

「彼らにはあらゆる種類の安全確保の手段がありました――エネルゴボート、レーザー、迫撃砲。メインの反物質砲は艦のすぐ脇に立っていました。われわれと同じものを彼らは持っていた」――ロアンは単調な声で言った。そして突然椅子にくずおれた。「すみません……」

艦長は壁の棚からコニャックの瓶を取り出した。

「昔からの薬だが、時には役立つ。飲みたまえ、ロアン。昔はこれを戦場で使った……」

ロアンはその燃えるような液体を黙って飲みこんだ。

「私はすべてのパワー・ユニットを管理する出力計を確認しました」――彼はどことなく非難がましい調子で言った。「彼らは外部からいっさい攻撃を受けていないのです。弾丸ひとつ彼らは発しなかった。要するに――要するに……」

「発狂した？」――艦長は静かに言葉を補った。

「それすら確信が持てない。しかしそんなことがどうして起こり得るのですか？」

「航海日誌は見たかね？」

「いいえ。ガルブが持ってゆきましたが。お持ちなのですか？」

「ああ。着陸の日付以後、四件の書き込みしかない。君が調べた廃墟群に関するもの――それに……《虫》のことだ」

「どういうことです？　どんな虫ですか？」

「それはわからん。実際にはこう書いてある……」

ホーパックは机上に広げてあったぶあつい本を持ち上げた。

「《陸地に生命の徴候は一切なし。大気の組成は……》これは分析データだ……そう、ここだ……《一八時四〇分、廃墟から戻る途中の第二キャタピラー車パトロール隊は、かなりの大気中放電を伴う局地的な砂嵐に巻き込まれる。障碍はあるものの無線連絡は取れた。パトロール隊から、かなりの数の虫を発見したという報告あり、それらの虫がたかる……》」

艦長は言葉を続けず、本を置いた。

「その先は？　どうして最後まで読まないんです？」

「これがまさに終わりなのだ。ここで最後の書き込みはとぎれている」

「それ以上何もないのですか？」

「自分で見るといい」

艦長はページが開いたままの本を押し出した。悪戯書きのようなものでそのページはおおわれていた。ロアンは眼を見開き、読めない線の交錯するカオスをじっと見つめた。やがて、

「ここは《b》の文字にも見える……」——と小声で言った。

「そうだ。これは《G》か。大文字の《G》。まったく幼児が書いたかのようだ……。そう思わんかね？」

空のコップをつかんだまま、ロアンは黙っていた。それをテーブルに置くことすら忘れていた。つい最近まで懐いていた自分の野望を思った——自らインヴィンシブル号の指揮をとりたいと思っていたのだ。それが今や、この遠征の今後について責任をとらなくともいいという運命に感謝した。

「各専門家グループの長を集めてもらいたい。ロアン！　目を覚ましたまえ！」

「すみません。会議ですね、艦長？」

「そうだ。全員、図書室に集合だ」

一五分後、四面の壁を彩色琺瑯《ほうろう》で仕上げた正方形の部屋に、早くも全員が揃った。壁の裏には図書やマイクロフィルムが収納されている。コンドル号とインヴィンシブル号における各部屋の恐ろしいまでの相似こそ、何より忌まわしいことかも知れなかった。双子の艦である以上、それは当然なのだ——だがロアンは、艦内のどの隅を見ても、コンドル号で目にし、記憶に食い込んでしまった狂気の絵図を払いのけることができなかった。

ここでは一人々々が自分の定席をもっていた。生物学者、医者、惑星学者、電子工学のエンジニア、通信工学のエンジニア、サイバネティクス学者、物理学者らが半円形に並んだ肘掛椅子に腰かけていた。この場にいる一九人が宇宙船の戦略的頭脳だった。艦長は一人、半分まで降ろした白いスクリーンの下に立っていた。

「コンドル号の艦内で発見された状況については、全員がすでに情報を共有しているだろうか？」

返事は、さまざまな声の肯定的なつぶやきだった。

「これまでのところ、コンドル号周辺の防御線内で活動していた班が発見した遺体は二九。艦内で発見されたのは三四体で、その内の一体は凍眠室で冷凍されていたために完全な形を保っていた。その場から戻ったばかりのドクター・ニグレン、総合的な報告を……」

「お話しできることはあまりありませんが」——小柄なドクターは立ち上がりながら言うと、おもむろに艦長のもとへ歩み寄った。彼はホーパックより頭ひとつ低かった。

「ミイラ化された状態で見つかったのは九体だけです。司令官が言及され、別枠で調べられることになったものはこの数に含まれません。遺体のほとんどは骨格のみか、あるいは骨格の一部であり、砂の中から掘り起こしたものです。ミイラ化は艦内で進みました。非常に低湿度の空気、事実上ゼロに等しい腐敗細菌の存在、そして高すぎない温度といった好条件がそろったためです。それに対して屋外にあった遺骸は腐敗が進みました。そのプロセスは降雨期により活発になりました。ここの砂はかなり高い割合で酸化鉄、硫化鉄を含み、それらが弱い酸と反応するので……。もっとも、こうしたディテールは重要ではないだろうと思います。もしこうした反応についての精密な報告が必要となれば、それは化学者の諸君にお願いできるでしょう。ともかく、外部空間でのミイラ化が起こり得なかったのは、水分とその中に溶けていた物質の作用、さらには長年つづいていた砂の作用という副次的な条件があったからなおのことなのですが、それらはまた骨の表面が研磨された原因でもありました」

「失礼」――艦長が話をさえぎった。「ドクター、今の段階でもっとも重要なのは彼らの死の原因だ……」

「少なくとも、もっともよい状態で残っている遺体を見るかぎり、急激な死亡の形跡は一切ありません」――医者はすぐに説明をはじめた。彼は誰の方も見ておらず、ひたすら自分の顔の前に上げた手の中にある不可視の物体を観察するかのようだった。「あの状態を見ると、人々はまるで自然死をとげたかのようです」

「どういう意味かね？」

「外部からの急激な作用なしに、ということです。たがいに離れたところで別々に見つかったいくつかの長い骨は折れていましたが、そうした損傷は死後に発生したとも考えられます。その原因の特定にはより時間をかけた調査が必要です。服を身に着けていた人々の外皮にも骨格にも損傷は見られません。死因となり得ないようなかすり傷を除いて、いかなる外傷もありません」

「ではどのようにして死んだのか？」

「それはわかりません。空腹もしくは脱水状態からとも考えられます……」

「水も食糧も備蓄は充分あった」――ガルブが坐ったままコメントした。

「知っています」

　束の間、沈黙がつづいた。

「ミイラ化とはとりもなおさず生体から水分を取り去ることです」――ニグレンはあいかわらずその場にいる誰の顔も見ずに説明した。「脂肪組織というものは変化しますが、それを探知することはできる。しかし問題は……彼らには事実上脂肪がなかったことです。まるで長期にわたる断食のあとのように」

「しかし凍眠室に保存されていた体は違う」――最後列の椅子より後ろに立っていたロアンが言った。

「たしかに。しかし彼はおそらく凍結の結果死んだのでしょう。なぜかはわからないが、凍眠室に入った。そして、体温が下がる中、眠りこんだ」

「集団中毒の可能性はあるのだろうか？」——ホーパックが疑問を呈した。

「いえ」

「しかし、ドクター……それほど断定的には言えんだろう……」

「言えます。惑星上の環境では、中毒の感染経路は、あるいは気体を吸入する肺か、あるいは消化管か、あるいは皮膚です。もっともよい状態で残されていた遺体は酸素マスクを着けていました。ボンベには酸素もあった。さらに十数時間はもつ量の……」

たしかにそうだ——ロアンは思った。彼はその男を思い出していたのである。その頭蓋から剝がれた皮膚を、頰骨に残された褐色の染みを。眼窩《がんか》からさらさらと流れ出た砂を。

「彼らが何かしら有毒のものを口にした可能性はありません。そもそもここには食べられるものが何もない。陸上では、という意味です。海でのいかなる漁も彼らは試みなかった。大惨事は、着陸して間もなく発生した。廃墟に彼らが派遣した偵察隊はわずかに一隊です。それがすべてです。ちょうどいいところにマクミンが来た。ミン先生、終わりましたか？」

「ええ」——図書室の入口に立った生化学者が返答した。全員の首が彼の方を向いた。マクミンは出席者の真ん中を通って前に出て、ニグレンの横に立った。まだ実験用の長いエプロンを着けていた。

「分析をしてくれましたか？」

「ええ」

「マクミン博士は凍眠室で見つかった人間の体を調べてくれました」――ニグレンが解説した。

「何が見つかったか、早速教えてもらえますか？」

「何も見つからなかったですね」――マクミンは応じた。彼の頭髪はあまりに明るいブロンドなのか、要するに白髪《しらが》なのか、判然としなかった。あまつさえ眼も同じ色で、瞼にもそばかすがあった。しかしその細長い馬面《うまづら》も、今の瞬間、誰の笑いも誘わなかった。

「有機、無機いずれの毒もいっさいなし。あらゆる組織の酵素反応は正常、血液も基準値内。胃の中には消化された乾パンと宇宙食の残滓」

「じゃあ、どのようにして死んだのかね？」――ホーパックは尋ねたが、あいかわらず落ち着きはらっていた。

「要するに凍死です」――マクミンは答え、この時になってはじめて、まだエプロンを着けていたことに気づいた。留め金をはずし、そばにあった空席にエプロンをほうり投げたが、なめらかな生地のそれは滑り、床に落ちた。

「ではご両人の意見はどのようなものになるかな？」――艦長はねばり強く食い下がった。

「私は特に意見はありません」――マクミンは言った。「ただ言えるのは、彼らは中毒死したのではないということです」

「速い速度で崩壊する何らかの放射性物質とか？　あるいは高エネルギーの放射線は？」

「致死量に達する硬い放射線による被曝は痕跡を残します――脈管外への浸出、点状出血、血液像の変化などです。そうした異状はありません。八年前に致死量を超えた曝露が跡形もなく消えるような放射性物質というものもない。ここの放射線量は地球上よりも低い。彼らはいかなる形の放射線にも接していない。それはうけあいます」

「しかし何かが彼らを殺したのだ！」――惑星学者のボールミンが声を荒げて言った。

マクミンは黙っていた。ニグレンが彼に何ごとか耳打ちした。生化学者はうなずき、出席者の中を通って出て行った。するとニグレンも演台から降りて自分の席に戻った。

「状況はよくないな」――艦長が言った。「いずれにせよ生物学者の助けは期待できない。諸君の中で誰か何か言いたいことは？」

「あります」

原子物理学者のサーナーが立ち上がった。

「コンドル号の最期についての説明は、コンドル号自体にあります」――そう言うとサーナーは、遠くを見る力のある鳥のような眼で、全員の顔を順番に見回した。髪は黒いが、虹彩はほとんど白に近かった。

「つまり、それはあそこにある、しかし今のところ私たちにはそれを読み取ることができない。船室内の混沌、手のつけられていない備蓄、死体の状態と分布、装置の破損――このすべてが何かを意味している」

「それ以上言うことがないのなら……」――ガルブがいかにも我慢しかねるという表情で言い放っ

た。

「しばらく。私たちは闇の中にいます。何らかの道を探らねばならない。今のところ私たちにわかっていることはごくわずかです。そして私たちには、コンドル号の艦内で目にしたある種のことを思い出す勇気がないのではないかという印象を私は持っています。だからこそ、私たちは中毒とそれによって惹き起こされた集団的狂気という仮説に執拗に立ち返っていった。しかし、私たち自身のためにも――そして彼らのためにも――私たちは事実に対して無慈悲であるべきです。お願いです、と言うより、私は命令にも近い提案をします。私たちの一人々々がこの場でただちに、コンドル号で見たことのうち、何が最もショックだったかを語るべきです。まだ他の誰にも打ち明けていないことがらを。忘れなければならないと思ったことを」

サーナーは腰をおろした。ロアンは、内面の葛藤の末、浴室で見た石鹸のことを打ち明けた。つづいてグラーリェフが立って語った――甲板のいたるところに、破かれた地図や本が散らばっていて、それらの下には乾いた大便があった。

また別の者は、歯形の残る缶詰について語った。ブリキを嚙み切ろうとでもしたかのようだった。ガルブを最も強い恐怖におとしいれたのは、航海日誌に残された悪戯書きと《虫たち》についての言及だった。それだけではなかった――

「もしかりにあの《都市》にある地殻の裂け目から有毒な気体が噴き出て、風に乗ってロケットまで到達したとしたら。もしも不注意でハッチが完全に閉まっていなかったのだとしたら……」

「閉まっていなかったのは外側のハッチだけだ、ガルブさん。その証拠が気密室の砂だ。内側のハッチは閉まっていた……」

「後になって閉めたのかもしれない。有毒ガスの作用に気づいてから……」

「それはあり得ない、ガルブ。外側のハッチが開いている時に内側のハッチを閉めることは不可能だ。それぞれ順番にしか開かないのだ、不注意や怠惰を排除するために……」

「しかし一つだけ私にとって疑いの余地がないのは、それが突如として起こったということだ。集団的狂気が――宇宙空間を飛行しているあいだに精神の機能障碍が発生することはままある。しかし惑星の上ではあり得ない。しかも着陸後わずか数時間でだ。全乗組員を巻き込む集団的狂気、それは中毒の結果でしかあり得ない」

「あるいは幼児化」――サーナーが言葉を挟んだ。

「何だって？　何て言った？」――ガルブは呆気にとられていた。「それはひょっとして……冗談か？」

「こんな状況で冗談は言いません。僕は幼児化と言ったのです。誰もそれに触れないので。しかしやはり――航海日誌のあの意味不明の落書き、あのばらばらにされ、ひきちぎられた星図鑑、苦労してやっとのことで描《か》いたようなあの文字……みんな見たでしょう、違いますか？」

「だがそれはどういう意味かな？」――ニグレンが訊き返した。「何らかの正式な疾病であるということかな？」

「いえ。たぶんそんな病気はないでしょう、違いますか、ドクター？」

「まちがいなく、ない」

ふたたび沈黙がおとずれた。艦長は逡巡していた。

「もしかするとこれはわれわれを誤った方向に導く可能性もあり、死視学的スキャニングの結果はいつだって不確実なものだが、今さらもう失うものもあるまい。ドクター・サックス……」

神経生理学者は、凍眠室で冷凍されていた男の脳から得られた映像について紹介し、さらに故人の聴覚記憶に残されたシラブルについても触れることを忘れなかった。それは文字通り質問の嵐を呼んだ。出席者の十字砲火は、実験に参加していたロアンにも及んだ。だが何の結論にも達しなかった。

「その点々とした染みは《虫》を連想させるな……」――ガルブが言った。「待てよ、ひょっとすると死因は別々だったのか？　たとえばの話、何かの毒虫が乗組員を襲ったとして――所詮、ミイラ化した皮膚であれば、小さな刺し傷など見つかりやしないだろう。凍眠室で発見された男は、要するにその虫から逃げようとして、仲間と同じ運命になるのを逃れようとして……凍ってしまった」

「しかしなぜ死ぬ前に健忘《アムネジア》におちいったのか？」

「言いかえれば記憶の喪失、だな？　それは完全な確度をもって確認されたのだろうか？」

「死視学的探査の結果に確度があればの話だ」

「だが、この虫の仮説についてはみんなどう思う？」

「その問題についてはラウダの話を聴こう」

それは純古生物学の主任のことだった。彼は立ち上がり、場が静まるまで待った。

「われわれがこれまで、《虫》と呼ばれているものについてまったく議論しなかったのは偶然ではない。多少なりとも生物学の心得がある者なら、いかなる生体も、特定のビオトープの外では生きられないということは知っている。ビオトープ、すなわち、特定の環境とその中に生きるすべての生物を包含する上位概念だ。われわれの知る宇宙のどこにあってもこれは真実だ。生命は形態の膨大な多様性を生み出すか、さもなければ、そもそも発生しないかのどちらかだ。昆虫は、地上植物や、そのほかの相称的無脊椎動物の同時の発展がなければ、発生し得なかった――エトセトラ。私はここで諸君に進化の一般理論を講じるつもりはない。虫の説は不可能だと保証すれば、それで充分だろうと思う。ここにはいかなる有毒な虫も、その他の節足動物、膜翅類《まくしるい》も蛛形類《しゅけいるい》も存在しない。これらと類縁のいかなる生物もいない」

「そんなに決めてかからなくともいいだろう！」――ボールミンが声をあげた。

「ボールミン、君が私の生徒だったら、この船には乗れなかったな。私の試験は受からなかっただろうから」――ちょっとやそっとでは動じない純古生物学者がそう言うと、一座は思わずほほ笑んだ。「古生物学はどうか知らんが、進化生物学では不合格だ！」

「どうやら典型的な専門家の論争の様相を呈してきたな……時間の無駄では……？」――と誰かが

後ろからロアンにささやいた。ふりむくと、こちらに向かって意味ありげに目くばせする、日に焼けた、幅の広いヤルクの顔があった。

「ではこの土地の虫ではないのかもしれない」――ボールミンは自説を曲げなかった。「もしかするとよそから運び込まれたものかもしれない」

「どこから？」

「新星の惑星から……」

今度は全員が一斉に喋りだした。静まったころにはそれなりの時間がたっていた。

「皆さん！」――サーナーが口を開いた。「ボールミンのアイディアの出どころを知っています。グラーリェフ博士です……」

「しょうがない――著作権を否定はしない」――と物理学者は言い放った。

「すばらしい。いかにもありそうな仮説を並べたてている暇は私たちにはもうないと認めましょう。私たちが必要とするのはとんでもない仮説なのだ、と。それならそれで構わない。生物学者の皆さん！　ある宇宙船が新星の惑星からここへ、その惑星の虫をもってきたとしましょう……。はたしてその虫たちはここの環境に適応できたでしょうか?!」

「もし仮説はとんでもないものでなければならないとすれば、適応できただろう」――ラウダがその場で同意した。「しかしとんでもない仮説であっても、すべてを説明できなければ意味がない」

「つまり？」

「つまり、コンドル号の船殻外板をそこらじゅう咬んであるいたのは何ものかということを説明できなければならない。それも技術者たちから聞いたところでは、根本的な修理をしなければ、飛行できないという状態になるまで攻撃された。まさか、適応した結果、虫たちはモリブデン合金を餌にしたと君たちは考えているのか？　これは全宇宙の中でも最も硬い物質のひとつだ。ピーターセンさん、この船の外板を傷つけることができるものはあるだろうか？」

「充分に硬化してある以上、実際にはないでしょう」――チーフ・エンジニア代理は答えた。「少しくらいならダイヤモンドで孔も開けられるでしょうが、何トンものドリルと何千時間もの時間が必要になる。むしろ酸の方が有効かもしれない。しかしそれも無機の酸で、最低でも二〇〇〇度の温度と、適切な触媒がなければ作用しない」

「ではコンドル号の船殻を傷つけたのは何だとお考えですか？」

「わからない。適度な炎熱の中、酸に漬かってでもいればああなったかもしれないが、どのようにそれが為されたか――プラズマ切断機もなしで、触媒もなく――想像もつかない」

「君たちの言う《虫》の正体はそんなところだ、ボールミン」――と言うと、ラウダは着席した。

「これ以上議論をつづける意味はなさそうだ」――ずっと黙っていた艦長が口を開いた。「まだ議論するにも早すぎるのかもしれない。調査を継続するほかはない。三つの班に分かれて行動することにする。一つの班は廃墟群を担当する。二つ目の班はコンドル号を担当し、三つ目は《西砂漠》奥地の調査を数回実行する。われわれの装備で今できることとしてはこれが最大限だ。もしコンドル号のどれかの機械を動かせるようになったとしても、基地の周辺防御線から一四台以上のエネルゴボートを出すわけにはゆかない。第三水準に変更はない……」

一人目

熾火《おきび》のように熱い、すべすべとした漆黒にまわり中から包囲されていた。息苦しかった。自分の体を非物質的な力で巻きこんでいるかのようなコイル状のものを何とか押しのけようと、絶望的な動作でもがいていた。裸だった。腫れあがった喉には叫び声がこみ上げ、体はますます深みに墜ちてゆくのだが、武器を探してもどこにもなく、叫ぼうと最後の力をふりしぼった。とその時、耳をつんざくような音で夢から覚めた。ロアンは半睡状態のままベッドから跳びおりた。わかっているのは周囲が闇だということだけで、その闇の中を警報が鳴りっぱなしに鳴っていた。それはもはや単なる苦しい夢ではなかった。明かりをつけ、船内宇宙服をはおり、エレベーターめがけて走った。すべての甲板で、エレベーター乗り場は人でごった返していた。警報が鳴りつづけ、壁面ではＡＬＡＲＭの文字が燃えるような輝きを放っていた。彼は艦橋に駆けこんだ。艦長は昼間のような服装でメイン・スクリーンの前に立っていた。

「もう警報は解除した」——彼は落ち着きはらって言った。「ただの雨だった、ロアン、だが見たまえ。何ともきれいな光景じゃないか」

　なるほど、夜空の上部を映し出しているスクリーンが、無数の放電の火花で輝いていた。高所から落ちてくる雨粒が、インヴィンシブル号を覆う、ひっくり返した巨大なお碗《わん》のような、目に見えぬシールドにあたると、一瞬のうちにその一粒々々がミクロの爆発を遂げて光芒を放ち、まるでオーロラを百倍に拡大したかのような、きらきらと瞬《またた》く光によって風景全体を照らした。

「自動制御プログラムを改良しないといけませんね……」——弱々しい声でロアンは言った。もうすっかり目はさめていて、寝る気も失《う》せていた。「対消滅《アナイアレーション》を切っておくように、ターナーに言わないと。そうじゃないと、風で運ばれた一握りの砂くらいで、夜中に叩き起こされたんじゃ……」

「あれは試験的な警報だったと考えればいい。一種の訓練だったと」——思いがけず上機嫌に見えた艦長が応じた。「まだ四時だ。部屋に帰ってもかまわんのだぞ、ロアン」

「正直に言えば、その気になれないのです。でも艦長は？……」

「私はもう寝た。四時間寝れば充分だ。宇宙空間で一六年も暮らせば、人間の睡眠と覚醒のリズムは、地球上の昔の習慣とは何の関係もなくなる。調査班の安全を最大限まもるにはどうすべきか、私は考えていた。なかなか厄介な問題だ——どこへ行くにもエネルゴボートを引きずり出して、シールドを作るのか、ロアン、どう思うかね？」

「個人装備としてめいめいに発振器をかつがせることもできます。しかしそれでもすべてを解決することはできない。シールドにすっぽり入った人間は何にも触われない……ご存じのとおり。シールドの半径をあまり小さく絞れば、自分自身が火傷《やけど》しかねない。実際に見たこともあります」

「誰も上陸させず、ロボットを使って遠隔操作だけで作業をするということも考えてみた」——艦長は認めた。「まあ、数時間なら、一日くらいならそれでもいいが、どうやらわれわれの滞在も長引きそうだし……」

「ではどうするおつもりですか？」

「どの班も、バリアを張りめぐらせたベースキャンプを設営するが、個々の調査者には行動する上での一定の自由がなければならない。そうでないと、事故がないように自らをあまりに保護した結果、何の成果も得られないということになりかねない。守るべき条件は、シールド外で作業する者の背後には必ずシールドで保護された者が一名ついて、作業従事者の一挙一動を見守ることだ。人の視野から消えぬこと——これがレギスⅢにおける第一の原則だ」

「私はどの班になりますか？」

「コンドル号の班で仕事をしたいかね……？　どうやらノーだな。わかった。残りは都市か砂漠だ。選びたまえ」

「都市にします、艦長。あそこにはまだ秘密が隠されている、そんな気がしてならないのです……」

「かもしれない。では明日、と言うより、もう明けてきたから今日だが、昨日と同じメンバーで出動してくれ。アルクタンを二台追加する。手持ち用レーザー銃も少し持っていく価値はある。《あれ》は至近距離で活動するような気がするのでな……」

「《あれ》とは？」

「わかっていれば世話はない。ああ、それからキッチンも準備したまえ。われわれに依存せず、必要な場合には、艦と常時物理的につながっていなくとも仕事ができるように……」

　ほとんど熱を感じさせない赤い太陽が地平線をよぎって転がっていった。建造物のグロテスクな影が伸び、癒着した。金属のピラミッド群の谷間にある流動的な砂丘を、四六時中、風は次の場所に移動させていた。ロアンは重厚なトランスポーターの背に坐り、望遠鏡を使ってグラーリェフとチェンを見張っていた。彼らはシールドの外に出て、黒ずんだ《蜜板》の足元で、砂に足を取られながら探索活動をしていた。手持ちの光線銃を下げたベルトがロアンの肩に食い込んだ。二人の部下から目を離さず、銃をなるべく後ろに回そうとした。チェンが手にしたプラズマ・バーナーが、ほんの小粒の、しかし眩《まばゆ》いばかりのダイヤモンドのように光っている。車の中からは、規則的に反復される呼び出し信号の音が聞こえてきたが、ロアンは一瞬たりとも頭を動かさなかった。運転手が基地に対して応答しているようすが聞こえた。

「副艦長殿！　司令官から命令です！　ただちに帰艦せよと！」――昂奮したヤルクが、キューポラのハッチから首を出してどなった。

「帰艦？　なぜだ？」

「わかりません。即時帰艦の信号をずっと繰り返していて、ＥＶも四度」

「ＥＶ?!　ああ、足がしびれた！　つまり、急がねばならんということか。マイクをくれ、そして信号灯を出せ」

一〇分後、外にいた者も全員が車両内部に戻っていた。ロアンは自分の小さな隊列を、起伏の多い土地で許されるかぎりの高速で走らせた。今回連絡係をつとめているブランクが、突然ヘッドフォンを彼に渡した。ロアンは、熱せられたプラスチックの臭いがこもる金属の車内に体をおろし、換気装置から出る空気に髪をなびかせながら、《西砂漠》で働くギャラハーの班とインヴィンシブルの交信を傍受した。おりから嵐が近づいてきていた。気圧計は朝から低い数字を示していたが、ようやく今頃になって地平線の彼方から平たい紺色の雲が出てきていた。一行の頭上の空はまだ澄みきっていた。だが大気現象による通信障碍はすでに激しくなっていた――ヘッドフォンの雑音はあまりにひどく、交信はモールス信号に頼らざるを得なかった。ロアンもモールスは理解したが、傍受を始めたのが晩《おそ》すぎて、何の話かつかめなかった。唯一わかったのは、ギャラハー班も全速力で基地に向かっていること、艦上では緊急体制がしかれ、すべての医師が持ち場に着くよう命じられたことだった。

「医師が緊急体制」――もの問いたげに彼の顔を見つめているボールミンとグラーリェフに向かって、ロアンは言った。「何か事故があったらしい。だがきっとたいしたものじゃないだろう。陥没か、誰かが砂に埋まったか……」

そう言ったのも、ギャラハーたちが、予備の偵察で決められていた場所の地質学的ボーリングをすることになっていたのは、周知の事実だったからだ。だが本当を言えば、作業中に一般的な事故が起こっただけだとは自分でも信じていなかった。ロアンの班は基地からわずか六キロしか離れていなかったが、どうやらギャラハー班はもっと早く召還されたようだった。というのも、そそりたつインヴィンシブル号の黒々とした形が目に入るとほぼ同時に、まだ真新しいキャタピラーの跡を横切ったからだが、ここの風を考えれば、轍《わだち》は三〇分もすれば見えなくなるはずだった。

　外側のシールドに近づいたので、通路を開けるよう要請するつもりで艦橋を呼び出した。だが応答があるまで、妙に長いあいだ待たされた。やがて青信号が灯り、内側の防御線内に走りこんだ。そこにはすでにコンドル班がいた。ということは、ギャラハーの地質調査班ではなく、彼らが自分たちより先に帰還したのか。キャタピラー車のあるものは昇降用スロープの脇に、別の車両は通行の邪魔になる場所に停まっているという具合で、状況は混乱していた。人々は膝まで砂に埋もれながら駆けまわり、オートマトンたちはライトをぴかぴかと点滅させていた。

　すでにたそがれていた。混乱の中、何がどうなっているのか、しばしロアンは把握できずにいた。すると突然、高いところから、真っ白な眩しい光の柱がふり下ろされた。強力なサーチライトである。ロケットはさながら海洋灯台だった。サーチライトがはるか彼方の砂漠に探りあてたのは、上下に、時に左右に、揺れる光の隊列だった。まさに本物の艦隊が接近してくるようだった。ほどなくしてシールドを開ける信号が一閃《いっせん》した。走りこんできた車両の列がまだ完全に停車しないうちに、乗っていたギャラハーの部下たちが砂の上に跳び下りた。昇降用スロープから、台車に載った別の探照灯が迎え出た。両脇に追いやられ、ところ狭しと並んだ車両の間を、一台の担架を囲んだ一隊が通った。担架の上には誰かが横たわっていた。

ロアンは人の群れをかき分けて見にいった。目の前を担架が通り、彼は茫然とした。はじめは本当に何かしら不幸な事故が起こったのだろうと思ったのだったが、担架の上の男は手足を縛られていたのである。

縛《いまし》めの紐がみしみしと音を立てるほど、男は全身を使って激しく暴れながら、大きく開けた口で、獣が訴えるような、恐ろしい声を上げていた。複数のサーチライトが同時に地上を照らして描く光の円に導かれるまま、ギャラハー班は通り過ぎて行ったが、暗がりに立ちつくすロアンの耳には、依然として人間のものとは思えない鳴き声が伝わってきた。今まで聞いたことのあるどんな声にも似ていなかった。ちらちらと人影がその中で動く、白い光の輪はスロープを登りながらしだいに小さくなり、ついにはあんぐり口を開けた荷物用搬出入口に消えた。何があったのか、とロアンは人に問い質しはじめたが、周囲にいたコンドル隊の人々が知っていることは、彼の知っていることと大差なかった。

しばらくしてとうとうロアンは気を取り直し、ある程度の片づけをしておかねばならないと思った。停車していた車両の列が動きだし、エンジンを唸らせながら昇降用スロープを登っていった。エレベーター上部のランプが点灯し、その下に群がっていた人々の数も次第に少なくなっていった。ロアンはしんがりの一人として乗りこんだが、重い荷物を担ったアルクタンたちと一緒だった。ロボットたちの平静さが、彼の目には何とも底意地の悪い嘲りのように映った。ロケットの中ではのべつ幕なしに艦内放送のチャイムや内線電話の音が鳴っていた。壁にはまだ医師たちを招集する非常時のサインが赤々と点っていたが、それはしばらくして消えた――しだいに緊張が解けてきていた。一部の乗組員は下層へ降り、食堂に入っていったし、足音で充満する廊下では人々の立ち話が聞こえ、遅刻したらしいアルクタンが一人、ロボット室に向かってガシャガシャと鈍重に歩いてゆくのに出会ったりしたが、やがてすべての人間が散り散りになって姿を消した。ロアンは、まるで無力症に罹《かか》ったかのように、起こったことを理解する望みを失ったかのように、いかなる説明も不可能で、未来永劫あり得ないという確信に打たれたかのように、その場に立ちつくしていた。

「ロアン！」

目の前にガルブが立っていた。ロアンはその掛け声に正気を取り戻した。そして身ぶるいした。

「ああ、博士か……見ましたか？　誰だったんです？」

「ケルテレンだ」

「何だって?!　そんな馬鹿な」

「私はほぼ最後まで彼を見ていた」

「何の最後まで？」

「私は彼といっしょだった」――不自然すぎる平静さでガルブは言った。廊下の照明が彼の眼鏡の中で閃くのをロアンは見た。そして、

「砂漠探査班か……」とぎごちなく言い添えた。

「そう」

「で、彼に何があった？」

「ギャラハーは、地震学的な探査のデータをもとにその場所を決めていた……われわれは曲がりくねった小さな雨裂《ガリー》が連続する迷路に入りこんだ」――ガルブは、ロアンに対して語るというより、事件の起こった順序を自ら正確に思い出そうと努めているような風で、ゆっくりと語った。「そこは、水に浸蝕されて孔だらけになった、有機的な起源の柔らかい岩石だらけで、洞穴、洞窟もたくさんあり、われわれはキャタピラー車を地上に残して進むほかはなかった……。一一人いたが、互いに離れぬように歩いた。フェロメーターによればかなりの量の鉄があるようなので、われわれはそれを探した。ケルテレンは、どこかに機械が隠されているのではないかと思っていた……」

「そうだ、私にも似たようなことを言っていた……それからどうした？」

「ある洞窟のごく浅い場所で、泥の下に――そこには鍾乳石やら石筍《せきじゅん》やらもある――奴は、一種のオートマトンを見つけた」

「本当か?!」

「いやいや、ご想像のものとは違う。完全なしかばね状態で、錆びつかない合金らしく、錆びてはいないのだが、何か別のものに腐蝕され、なかば焼け焦げた、要するに残骸だ」

「しかし何か別の……」

「しかもそのオートマトン、少なくとも三〇万年は前のものなのだ……」

「どうやってわかるのだ？」

「天井の鍾乳石からぽたぽた落ちてくる水が蒸発するにつれて、そいつの上部の表面に石灰が沈殿していった。蒸発、沈殿物の形成される速度、それにその厚みから、ギャラハーみずから概算してみた。三〇万年というのは最短で見積もっての数字だ……。それに、そのオートマトンに、実のところ似ているものがあるが、何だと思う？　あの廃墟群さ！」

「だったら、それはオートマトンでも何でもないだろう……」

「いや、歩き回っていたはずなのだ。ただ二足歩行でもなく、蟹のようにでもなく、だ。どのみち調べている時間はなかった、というのもその後で……」

「何があった？」

「私はしばらくおきに人数を数えていた。シールドの中にいる私には、ご存じのように、彼らの見張りをしている義務があった……しかし全員マスクを着けているし、わかるでしょう、みんな同じように見える、宇宙服だって泥まみれになっていて色もわからない。ある時、ひとり足りないと気づいた。私は全員を集めた。そして皆で探しはじめた。ケルテレンは例の発見にとても気をよくしていて、さらにあちこち嗅ぎまわっていたのだ……。要するに奴はそうしてガリーの横道か何かに入りこんでしまったのだろうと、私は思った……。そこはそんな路地でいっぱいだったけれども、どれもみじかいし、浅いし、照明は完璧だった……。ところが、ある角の向こうからひょっくり出てきたと思ったら、もうあの状態だった。その時はニグレンもその場にいて、これは熱中症か何かじゃないかと言っていたが……」

「じゃあ、本当は何なんだ？」

「意識がない。いや、そうとも言えない。歩けるし、体も動く、ただ、意思疎通ができない。奴は言葉を失ってしまった。奴の声を聞きましたか？」

「聞いた」

「今はちょっと疲れたようだが、さっきまではもっとひどかった。われわれの顔を誰ひとり認識できなかった。最初の瞬間がいちばん恐ろしかった。《ケルテレン、どこに行ってたんだ》と呼びかけても、私の前を通り過ぎて、まるで耳が聞こえなくなったかのように、われわれの間を通り抜けて、ガリーの上の方に向かって歩いていった。その時の足取りというか、歩き方には、みんなぞっとさせられた。ひとことで言えば、何と言うか、別人になっていた。われわれの呼びかけには応じないので、みんなで追いかけた。大騒ぎだ！　簡単に言えば、奴を縛り上げないとならなかった。そうしないと連れて帰れなかった」

「医師たちは何と言っている？」

「いつものように、ラテン語で会話はしているが、何もわかっちゃいない。ニグレンとサックスは司令官のところにいるから、行って訊いてみるといい……」

　ガルブは重い足取りで、彼特有の仕方で頭をかしげて、去った。ロアンはエレベーターに乗って上に上がり、艦橋へ行った。艦橋に人影はなかったが、地図室の前を通りかかると、閉め切っていない扉の向こうからサックスの声が聞こえてきた。ロアンは入っていった。

「言ってみれば完全な記憶喪失。そんなところです」――神経生理学者はロアンに背を向け、手にしたレントゲン写真を見ながら、言っていた。机の向こうには、開いた航海日誌を前にして、艦長が腰かけていた。持ち上げられたその片手は、きっちりと巻かれた星図でいっぱいの棚に掛かっていた。彼はサックスの話に黙って耳を傾けていた。サックスはゆっくりと写真を封筒にしまった。

「アムネジア。しかし例外的な症状です。自分が誰かという記憶だけでなく、言語も、読み書きの能力も喪失している。はっきり言ってアムネジアよりもひどい。人格の完全な崩壊、消滅。最も原始的な動作のほかは、何も残っていない。歩くこと、食べることはできる。しかし、人が食べ物を彼の口に近づけたとたん、それをつかみはするものの……」

「耳は聞こえ、眼は見えている？」

「ええ。まちがいなく。しかし見えているものを理解はできない。人間と機械装置を区別できない」

「反射は？」

「正常です。それは中央の問題なので」

「中央の？」

「ええ。脳の問題です。記憶の痕跡が一挙にすべて消されたかのような状態」

「つまり、コンドル号の例の人間と……」

「ええ。まちがいありません。あれと同じです」

「私も一度だけ同じようなものを見た……」――じつに静かに、ほとんど囁くように艦長は言った。ロアンの方を見ていたが、とくに気にもしていないようだった。「あれは宇宙空間で……」

「ああ、わかりました！　まったく思いつかなかった！」――神経生理学者は声を上ずらせて叫んだ。「磁気ショックのあとのアムネジア、ですね？」

「そうだ」

「私は症例を一度も見たことがありません。病名を書物で知っているだけです。それはかなり昔、強い磁場の中を高速で通過した際に起きたんですね？」

「そうだ。と言っても――それなりに特殊な環境下で、だ。磁場の強さそのものよりも、磁場の勾配《グラジエント》と変化の起こる急激さが重要だ。空間に大きなグラジエントがあれば――実際、ジャンプと言っていいものもあり得る――はるか手前からセンサーは感知できるが、昔はそんなセンサーはなかった……」

「たしかに……たしかに……。アマーハッテンが猿と猫を使って実験をしたことがあります。非常に強い磁場の作用にさらしたところ、やがて記憶を失ったという……」

「そう、これにはもちろん脳の電気的刺戟とも共通するものがある……」

「しかし今回の場合」――サックスは声に出しながら思案した。「ガルブの報告に加えて、彼の部下全員の供述がある。強力な磁場……きっとそれには数十万ガウスが必要なのでは？」

「数十万では足りない。数百万ガウスが必要だ」――艦長はすげなく応じた。ここで初めて彼の視線がロアンの上にとまった。

「入ってドアを閉めたまえ」

「数百万?!　それだけの磁場なら艦載機器がとらえたのでは？」

「それなりになら」――艦長は応じた。「だがもしも非常に小さな空間に集中していれば――もしも、たとえばこの地球儀くらいの大きさであれば――そして外部から遮蔽されていれば……」

「言いかえれば、もしもケルテレンが巨大な電磁石の極の間に頭を突っ込んだとしたら……？」

「それだけでは足りない。磁場は特定の周期で振動していなければならん」

「しかし現場には、あの錆びた残骸のほかには磁石も機械もなかった――水に洗い流されたガリー、砂利、そして砂のほかには何もなかった……」

「洞窟はあった」――ホーパックは何気ない口調で、おだやかに付け加えた。

「洞窟はあった……磁石のある洞窟に、誰かが彼を故意に連れ込んだとお考えでしょうか――いや、それではあまりに……」

「ではどう説明する？」――会話に嫌気がさしたかのような、倦《う》んだかのような調子で、司令官は訊き返した。医師は黙っていた。

　夜中の三時四〇分、インヴィンシブル号の全甲板に長い警報音が響きわたった。人々は寝床から跳び起き、口汚くののしりながら、そして駆け出しながら服を着て、持ち場に急行した。ロアンは最初の警報が鳴って五分後、艦橋にいた。艦長の姿はまだなかった。ロアンはメイン・スクリーンに駆け寄った。東の方から発するおびただしい白い閃光が、真っ黒な夜を照らしていた。まるで一つの放射点から出てくる流星群が、一斉にロケットを攻撃しているかのようだった。ロアンはシールドを制御する計器を見やった。自動制御装置を今回プログラムし直したのは彼自身だった。雨や砂嵐に反応するはずがなかった。闇の中に沈んで見えない砂漠の方から何かが飛んできて、燃えさかるビーズのように飛び散り、シールドの表面では次から次へと放電が起こった。雨霰《あめあられ》と降ってくる謎の弾丸は、シールドの円天井の上で、あるいは炎に包まれながら跳びはね、あるいはしだいに青白くなる放物線の尾を曳いて飛び、あるいは曲面にそって水のように流れ落ちた。周囲の砂丘の頂きが瞬間的に闇の中に浮かんだかと思えばまた消えた。計器類の針は怠惰に震えていた——謎の爆撃を撃退するために一連のディラック砲が使った実効出力は比較的小さかった。司令官の足音を背後に聞きながら、ロアンはスペクトロスコープのセンサーをながめていた。

「ニッケル、鉄、マンガン、ベリリウム、チタン」——艦長は彼の横に立ったかと思うと、明るく照らし出された計器盤を読みとった。「いったいあれは何なのか、見られるものなら、大枚はたいてもいい」

「金属粒子の雨です」——ロアンはおもむろに言った。「放電量から判断するかぎり、粒子の寸法は小さいはず……」

「何とか近くで見たいものだ……」——司令官はつぶやいた。「どう思う、ひとつ冒険してみるか？」

「バリアを止めるということですか？」

「そう。ほんの一瞬。ごく一部が防御線内に入ったら、すぐにまたバリアを張って断ち切る」

かなりの時間ロアンは返事をしなかった。

「まあ、やってみますか」——彼は迷いながらもそう返答した。だが司令官がまだ制御盤に歩み寄らぬうちに、蝟集《いしゅう》する光の粒は、現れた時と同じように突如として消えた——そして、銀河系の中央に集まった星々から遠く離れて周回する、月をもたぬ惑星だけが知っている、闇が降りた。

「猟は失敗だな」——ホーパックはつぶやいた。彼はメイン・レバーに手をかけたまましばらくそうして立っていたが、ロアンに向かって軽くうなずいてみせると、出て行った。警報を解除する、呻くような信号音がすべてのデッキを満たした。ロアンはため息をつき、黒い闇に満ちたスクリーンを今一度見やると、自室に帰って寝るべく、立ち去った。

雲

人々は惑星に慣れはじめていた――たえず溶けつづけているような不自然に明るい雲がごくかすかな影をなげ、それら雲のあわいからは明るい星なら昼間でも見える、この惑星の変わることない砂漠的な相貌に。車輪や足の下で沈んでゆく砂のせせらぎに。背中を向けると、熱ではなく、いわばその物言わぬ存在感しか伝わってこないような、地球の太陽とは比べものにならない繊細な感触の、赤く、重々しい太陽に。

朝になると、調査隊はそれぞれの現場に向けて出発していった。不格好で鈍重な舟のように揺れながら、それぞれの隊のエネルゴボートの列が砂丘の谷間に消え、やがて砂煙もしずまると、インヴィンシブル号に残った者たちは、今日の昼食は何か、レーダー係の掌帆長が連絡係に何と言ったか、あるいは六年前、航行衛星テッラ5で起こった事故で片脚をなくしたパイロットの名前は何だったのか――そんな話をした。空いた燃料缶に腰かけてお喋りをする彼らの頭上にそびえる船体の影は、日時計の針のように回転しつづけ、同時に長く伸び、ついには砂に身を潜めたエネルゴボートたちの円陣にまで達する。その頃になると、彼らも立ち上がり、帰って来る仲間の姿を砂漠の彼方に探しはじめる。基地に帰った者たちはと言えば、腹をすかせ、疲れきって、それまで《都市》の金属の焼け跡で仕事に傾けていた情熱が一挙に冷め、コンドル号担当の班でさえ、一週間もたった頃には、センセーショナルなニュースをたずさえて帰艦することもなくなった。ニュースと言っても、見つかった遺骨の個人を特定できたとか、コンドル号から持ち帰ったものが（最初の頃こそ恐怖の的だったことだが）入念に梱包されて（すべての人骨やその破片を密閉容器にきちんと整理して並べる作業をほかに名づけようがあるだろうか。梱包されたものはすべて艦の底に送られた）目の前から消えた、というようなものばかりだった。その頃になると、本来は期待されてしかるべき安堵ではなく、倦怠を人々は感じはじめた。彼らはあいもかわらずコンドル号の足元の砂をふるいにかけ、艦内の隅々を念入りに捜索するうちに、まるでこの宇宙船の乗組員たちが遭遇した事件を忘れてしまったかのように、誰ともわからぬ人間の持ち物だった品物、存在しない持ち主が遺した、こまごまとした、馬鹿げた品物を蒐集することに疲れてきていた。謎を解き明かしてくれるような証拠品ではなく——それらがないのでやむを得ず——古ぼけたハーモニカだの、タングラムだの、事件に由来する神秘的な非日常性はすっかり剝ぎとられ、日常化した品物が持ち帰られ、いわばインヴィンシブル号乗組員の共通の持ち物に変わっていった。そんなことになるとは、決して信じていなかったロアンでさえ、一週間たった頃には、皆と同じようにふるまっていた。そして時折、ひとりになった時だけ、自分は何のためにここにいるのかと自問した。ここでの自分たちの活動のすべてが、一所懸命忙しくたち働いていること自体が、レントゲン検査、サンプル採集、地層のボーリング――シールドの開閉、適切に計算された射界をもたせるためのレーザー銃の調整、常時なされるべき目視確認、四六時中行う人数確認、多チャンネル通信――こういった第三行動準則をたえず遵守しながらの煩《わずら》わしい、複雑な手順の点検そのものが、そのすべてが、もしかすると巨大な自己欺瞞なのではないかと感じた。本当のところ、自分たちは何かしら新しい事件、新しい不幸を待っているのだが、そうではないと装っているだけなのではないかと感じた。はじめのうちこそ、朝になると人々は治療室の前に集まり、ケルテレンの容態に変わりはないか、知ろうとした。彼は、不可解な攻撃の犠牲者である以上に、何やら非人間的な存在、自分たちの誰とも異質の、異形の者であると思われた。あたかも彼らはおとぎ話を信じこみ、惑星の邪悪な力が人間を、自分たちの仲間の一人を、モンスターに変えたのだと、それは可能なのだと判断しているようだった。だが現実には、ケルテレンは一人の障碍者に過ぎなかった。結局判明したのは、彼の精神は新生児のように裸で、中は空っぽなのだが、医師たちが教える知識は受け入れることができ、やはりまったく幼児と同様に、徐々に喋ることができるようになっているということだった。当初は、赤ん坊の発する意味不明の音が成人男性の喉頭から出てくることで忌まわしく思われた、人間の声とは似ても似つかぬ、獣の訴えのようなものも、やがて治療室から聞こえてくることはなくなった。ケルテレンは、早くも一週間後には最初のシラブルを発音し、医師の名前は言えずとも、顔は識別できるようになっていた。

その頃、つまり二週間目に入ると、彼が正常な状態に戻ったとしても、というより、奇妙ではあるが必須の教育を終えたとしても、事故の状況について何も語ることはできないだろうという医師団の説明があり、その分、仲間たちが彼に寄せる関心も減っていった。

そうこうするうちにも、作業は順調に進んでいた。《都市》の地図、その《密林ピラミッド》の構造に関する知見が集積された。とは言え、ピラミッドの機能はあいかわらず不明だった。コンドル号の調査については、これ以上継続しても何も出てこないだろうという判断から、艦長はこれをやめた。宇宙船本体はそのまま放っておかざるを得なかった。外被の修理は――とりわけ、ほかにもより緊急な仕事がある今――技術者たちの手に余るものだったからである。ただ、エネルゴボート、トランスポーター、装甲車、そしてあらゆる種類の装備品のかなりの数をインヴィンシブル号に移送した。すっかり空になったコンドル号は名実ともに難破船となり、閉鎖された。それでも人々は、自分たち自身が、あるいは次の遠征隊が、いつかはこの巡洋艦を母港に戻してやれるだろうという希望を捨てたわけではなかった。ホーパックはコンドル担当班を北に移し、新たにレグナー班として、ギャラハー班に合流させた。ロアン自身はと言えば、すべての調査の主要なコーディネーターとなったので、インヴィンシブル号の周辺を離れることがあったとしても、みじかい時間にかぎられ、それも毎日ではなかった。

二つの探査班とも、地下水に洗われてできた雨《う》裂《れつ》地帯で、めずらしい発見に遭遇した。ロームの堆積層の間に、地質的原因でできたものでもなく、この惑星に由来するものでもない、黒ずんだ赤い物質の層が挟まれていたのである。それがどういうものかについては、専門家たちも多くを語ることができなかった。見たところ、地殻の基層をなす玄武岩の古い楯状地《たてじょうち》の表面に、何百万年か以前、膨大な数の金属片が敷かれ、それがゆるやかに酸化し、周囲との化学反応を繰り返すうちに、場所によっては赤紫色の混じった黒褐色の層になったようだった。かつてレギスの大気には、巨大なニッケル＝鉄の流星が飛び込んで散乱し、炎の雨となって降り、古い岩盤に溶け込んでいったのではないかという仮説も出された。

　これまでに探査班が掘った露頭は、地域の地層のほんの一部に食い込んだにすぎず、このあたりの地質学的構造は、練達の惑星学者も匙《さじ》をなげるほど複雑だった。一〇億年前の玄武岩まで井戸を掘った時には、その上に堆積した岩石が、かなり進んだ再結晶化にもかかわらず、有機性炭素の存在を示していることがわかった。その頃ここは海底だったのだろうと、初めは判断された。しかし今度は、正真正銘の石炭層の中に、さまざまな種類の植物の化石が見つかったのである。それも乾燥状態でないと生存できない種類の植物だった。順々にこの惑星の陸上生物カタログが書き出され、充実していった。三億年前には密林の中を原始的な爬虫類が歩いていたこともすでにわかった。そのうちの一種の脊椎と角質の顎の破片を意気揚々として学者たちが持ち帰ったことがあるが、乗組員の反応はいま一つだった。陸上での進化はいわば二段階で展開した。生物世界の最初の黄昏《たそがれ》は、およそ一億年前の時代にあたった。その時、おそらくは近い距離にあった新星の爆発で、動植物が一挙に死滅した。だが生物はその後また立ち直り、新しい形態を豊かに繁殖させた。発見された痕跡の数も状態も限られているので、詳しい分類は不可能だとしても、この惑星には哺乳類に似た形態は一度も発生しなかったと考えられた。九〇〇〇万年後、第二の星の爆発に影響されるが、今度の爆発はかなり離れた場所でのことだった。その形跡は同位性元素の形で発見された。近似計算によれば、地表におけるその時の高エネルギー放射線濃度は、大量死を招くほどのものではなかった。したがって、これ以降に堆積した地層では、より若くなればなるほど、動植物の痕跡がしだいに稀になるということは理解に苦しむ事実だった。それにかわって量が増えていったのは、平たく圧《お》し潰された《粘土》であり、輝安鉱、酸化モリブデン、酸化鉄、塩化ニッケル、塩化コバルト、塩化チタンだった。

　これら八〇〇〇万年～六〇〇〇万年にわたる金属的な地層は比較的浅いものだが、強い放射能を発する場所もあった。とは言え、それらの放射能は惑星の歴史から見れば短期的な活動だった。つまり、その時代に何かが一連の急激な、しかし局地的な核反応を惹き起こした結果、その産物が《金属性粘土》におびただしく含まれることになったということだった。《放射性鉄流星》の仮説のほかにも、色々な説が出されたが、中にはくだんの妙な《放射能生成熱源》と、琴座の惑星系のカタストロフィおよびその文明の終焉とを結び付けるような、まったくおとぎ話同然の仮説もあった。

　それによれば、レギスⅢを植民地化する試みの中、絶滅の危機に瀕した琴座の惑星から派遣された宇宙船同士の間で核兵器を使う争いが起きたというのである。しかしこの仮説もまた、遠く離れた他の場所での試錐《しすい》でも見つかったこの奇妙な金属層の規模を、充分に説明しきれるものではなかった。いずれにしても、人々の前に否応なく突きつけられたイメージは、自明なものというよりは謎に満ちたものだった――数百万年かけてこれらの金属地層ができあがっていったその同じ時代に、この惑星の陸上生物は死滅したことになるのだ。死滅の原因は放射能ではあり得なかった――推定された全放射線量を核爆発に換算しても、たかだか二〇ないし三〇メガトンに過ぎず、これを数百世紀の時間で均《なら》せば、その程度の爆発で（あくまで核爆発であり、それ以外の核反応ではないとして）生物学的進化に深刻な脅威を与えることはできないはずだった。

　金属層と例の《都市》の廃墟群との間に何らかの関連があるのではないかと疑った学者たちは、調査の継続を強く主張した。それにはしかしさまざまな困難が伴った。露頭を作っていく方式は、大量の土砂の移動を必要とした。唯一の解決法は水平坑道の掘削だったが、地下で働く人間はもはやシールドによる保護を受けられない。そうした問題があるにもかかわらず、結局作業が続けられたのは、きわめて不可思議な形状をした、何物かの錆だらけの残骸が（地下二十数メートルの酸化鉄の豊富な層で）発見されたことが影響した。その物体は、顕微鏡で見るほかないほど微細な機械の壊れた部品が腐蝕した残滓のようだった。

　インヴィンシブル号の着陸から一九日目、地質学班が仕事をしている場所の上空に、これまでこの惑星で見たことがないようなぶあつく黒々とした雲が大群をなして集まった。そして正午ごろ、地球の嵐よりはるかに激しい放電現象をともなう嵐が、堰を切ったように暴れはじめた。ひっきりなしに轟き、錯綜する雷電が天と地をつなぎ、洪水のような大水が羊腸のような雨裂谷を伝って奔流し、掘ったばかりの坑道を満たしだした。そこから撤収せざるを得なくなった人々は、オートマトンたちとともに一番大きいシールドのドームへ逃げ込んだが、そこにも数キロメートル長の電光が打ちつけた。嵐はゆっくりと西へ移ってゆき、やがて稲妻の線描だらけの真っ黒な一枚の壁となって、海の上の全水平線を覆いつくした。地質班は、インヴィンシブル号に戻る途中、砂の上に小さな黒い金属の粒が大量に落ちているのを発見した。これが噂の《虫》かと思われた。入念に集められ、艦に持ち帰られたそれは学者たちの関心を呼んだが、それらが昆虫の死骸だなどということは到底あり得なかった。専門家たちの会議が数回開かれ、そのたびに激しい論争となった。結局、雨裂谷と鉄化合物鉱床のある地域ではない、北東の方角に探査隊を派遣することが決まった。なぜならば、コンドル号にあった車両のキャタピラーに、これまで調査した地域では見つかっていない興味深い鉱物が、少量ではあるが付着しているのが発見されたからだった。

　明くる日、探査隊はエネルゴボート、コンドル号の反物質砲、トランスポーター、一二台のアルクタンを含むロボット、自動ショベルカーに掘削機といった申し分ない装備に加え、二二人の隊員と、酸素、食糧、核燃料の予備とを搭載し、レグナーの指揮の下、出発した。隊と本艦との通信は、隊が地平線の向こうに隠れるまで、音声、映像とともに超短波無線でつづけられた。その後の連絡は、インヴィンシブルが静止軌道に打ち上げた自動テレビ中継器によって可能になった。隊は一日中行軍をつづけた。夜になると円形の防御陣地をシールドの下に設営し、朝が来るとふたたび行進をつづけた。レグナーは正午ごろになって、さほど大きくなく浅いクレーターの中にある、ほとんど完全に砂に埋もれた廃墟のそばで停止する、そしてその廃墟を至近距離から調べる、とロアンに連絡してきた。その一時間後、強い空電障碍のせいで音声通信の質が低下しはじめた。通信係のメカニックたちは、受信状態がまだましな、より低い周波数帯にチャンネルを変えた。それからすぐのことだった、彼らがめざしていたのと同じ東の方角にやはり移動しつつあった遠い嵐の雷鳴が静かになったと思うと同時に、交信が突如途絶えた。その通信途絶に先だち、十数回にわたって次第に強まる傾向のフェイディングもあった。だが何より不思議だったのは、大気圏外の衛星を通じて中継されていたので、電離層からは独立していたはずの、テレビ画像の受信状態まで同時に悪化したことだった。午後一時、すべての通信は遮断された。呼び出されたメカニックはおろか、物理学者の誰も、その現象を理解できなかった。あたかも金属の壁が砂漠の上に降り、一七〇キロ離れた探査隊をインヴィンシブル号から隔絶したかのようだった。

　ずっと艦長のそばを離れずにいたロアンは、上官の不安を見てとった。はじめのうち、その不安は根拠のないもののように思われた。たまたま探査隊と同じ方面に向かっていた雷雲の独得な遮断属性が発現しただけだろうと思った。しかし、イオン化された空気がそれほど厚い層を形成し得るのか、と尋ねられた物理学者たちは、首をかしげた。やがて嵐は収まったものの、通信は回復せず、午後六時ごろ、くりかえし送りつづけている信号に何の応答もないのを見たホーパックは、空飛ぶ円盤型の有人偵察機を二機派遣した。

　一機は砂漠の上空数百メートルを、もう一機はさらにその四キロ上空を飛び、一号機に対してテレビ通信中継器の役割をはたした。ロアン、艦長、グラーリェフ、さらにはボールミンとサックスも含めた十数人のスタッフが、艦橋のメイン・スクリーンの前に立って、一号機の操縦士が視野に収めているはずのものをじかに観察した。陽はすでに西に傾いていた。深い影に埋まり、曲がりくねった雨裂谷を過ぎると、今や黒々とした縞柄模様に染まった波状の砂丘が延々とはてしなく続く砂漠がひらけた。風景にいかにも不吉な外観を与える斜陽の光の中、低空を滑るように飛ぶ一号機の下を、縁まで砂に埋もれたカルデラが時おり流れていった。それらの一部は、大昔に死んだ火山の中央火口丘が残っているおかげでカルデラだとわかったが、それ以外のものはそのよすがもない。地形は徐々に上り勾配となり、しだいに多様性も増していった。砂の波の下から背の高い岩の畝が幾筋もあらわれ、鋸歯《きょし》状の不思議な形をした鎖の集団を形づくった。孤立した岩峰は、粉砕された船の胴体や巨人の像を思わせた。斜面には、あばた状の円錐で埋まったルンゼの鋭い線が走っている。やがてついに砂はすっかりなくなり、あたり一面急峻な岩とガレ場の風景に変わった。ところどころ、遠目では河にも見える、地殻が裂けてできた溝がうねっていた。風景が月面に似てきたところで、画面の揺れや画像同期の中断といった、受信状態の最初の悪化が始まった。送波出力を上げるようにという命令が出たが、受信感度が改善したのは束の間のことだった。

　これまで白っぽかった岩が、しだいに暗い色に変わっていった。すばやく視野から逃げてゆく、累々と重なる鋭い岩峰は、毒々しい金属的な光沢の混じる褐色をしていた。目をこらすと、ここかしこにビロードのような黒い斑《まだら》が見てとれた。まるで剝き出しの巌の上に、密集した、しかし命のない植物の繁みがあるかのようだった。と、その時、それまで沈黙していた一号機の音声が入った。地質探検隊の先頭車両に搭載している自動位置通報システムの音が聞こえる——一号機のパイロットはそう叫んだ。だが艦橋で立ちつくす人々の耳にはそのパイロットの声しか聞こえず、それもレグナー班を呼び出しながら、いまにも消え入りそうな弱い声だった。

太陽はすでにすっかり地平線に近づいていた。その血染めの光の中、一号機の進路方向に、地表から上空一〇〇〇メートルまで切れ目なく、雲のようにわだかまる黒い壁が出現した。壁の背後にあったものは一切見えなくなった。ところによってはインク色、ところによっては菫色がかった緋色を金属的に光らせる、その渦まく黒色の隆起物が、もしもゆっくりとながらも規則的に動いていなかったとしたら、人はそれを世にも見なれぬ形状の山岳だと思ったかもしれない。水平な太陽光線を浴びたその山腹には、いくつもの洞窟が口を開けていた。どの洞窟も理解不能な点滅する閃光に満ちあふれ、まるでそこではきらきらと輝く黒い氷の微晶体が群れをなし、狂おしく激しく旋回しているかのようだった。見ていた者は、はじめ雲の方が一号機に向かって動いてくるように思われたが、それは錯覚だった。その奇妙な障壁に向かって速度を一定に保ちながら動いているのは空飛ぶ円盤の方だった。

「ＴＬ４から基地へ。雲より上に上がるべきですか、どうぞ」——一号機パイロットの押し殺したような声が響きわたった。一瞬おいて艦長は応じた——

「ナンバー・ワンよりＴＬ４へ、雲の前で停止せよ！」

「ＴＬ４より基地へ、停止する」——間髪を入れずにパイロットは答えた。ロアンには、その言葉に安堵が聴き取れたような気がした。一号機からその驚くべき雲の壁までの距離は、わずか数百メートルしかなく、壁は左右両方向に、まるで地平線を覆いつくそうとするかのように延びていた。巨大な、石炭から生まれたかのような、不可能な、なぜなら垂直にそそり立つ海が、いまやスクリーンの大部分を占めていた。海の壁に対して一号機は動いていなかったが、突如、重々しく波打つその塊りが、長い、はためく帯状の触手を何本も伸ばしてきて、誰ひとり声を上げる間もなく、画面を覆い、暗転させた。映像は乱れ、震え、画面いっぱいに消えゆく放電の糸を残し、それを最後にかき消えた。

「ＴＬ４、ＴＬ４！」——オペレーターが呼んだ。

「こちらＴＬ８」——それまで一号機からの通信を中継していただけの二号機から、突然パイロットの声がした。「ＴＬ８より基地へ、映像を送りますか？　どうぞ」

「基地よりＴＬ８へ、映像を送れ！」

スクリーンいっぱいに、狂おしく渦まく黒い電流のカオスが映し出された。それは前の映像と同じだったが、高度四キロの地点から見たものだった。隆起した地上の山脈の形状に沿って、雲が長い均一な堤防のように横たわり、あたかも山への接近を阻止しているかのようだった。雲の表面は、怠惰な感じではあるが動いていて、どろどろの物質が凝固しはじめているようにも見えた。だが一瞬前にそれが呑みこんだはずの一号機の姿はどこにもない。

「基地よりＴＬ８へ、ＴＬ４の声は聞こえているか、どうぞ」

「ＴＬ８より基地へ、聞こえない、バンドを変える、混信に注意、ＴＬ４、こちらＴＬ８、応答せよ、ＴＬ４、ＴＬ４！　ＴＬ４の応答なし、赤外線バンドに変える、注意、ＴＬ４、こちらＴＬ８、応答せよ、ＴＬ４の応答なし、雲のレーダー探査を試みる……」

　うす暗くした艦橋では、人の息すら聞こえなかった。誰もが固唾《かたず》をのんで見まもっていた。映像は、放置されたかのようにまったく変わらず、インクの海に浸った孤島のような岩稜が、黒い海の上に突き出たままである。高い上空では、金色に染まった羽毛のような雲が燃えつきようとし、太陽の円盤はすでに地平線に触れている。数分後には夕闇が訪れようとしていた。

「ＴＬ８より基地へ」――沈黙していた十数秒の間に声変わりしたかのようなパイロットの声が伝わってきた。「レーダーは完全金属反応を示しています、どうぞ！」

「基地よりＴＬ８へ、レーダー画像を映せ、どうぞ！」

　スクリーンが暗くなり、消え、しばらく内容のない光で輝いていたが、やがて緑色になり、何億という光の点が瞬いた。

「雲は鉄でできていたか」――誰かがロアンの背後で言ったというより、ため息をついた。

「ヤゾン！」――艦長がどなった。「ヤゾンはいるか?!」

「います」――立っていた者の中から核物理学者が進み出た。

「これを温めてもいいかな……？」――スクリーンを指しながら、艦長は落ち着きはらって尋ねた。

誰もがその意味を悟っていた。ヤゾンは返事に手間どった。

「ＴＬ４に対して、防御シールドを最大に広げるよう警告しないと……」

「馬鹿を言うな、ヤゾン。交信不能だ……」

「四〇〇〇度までなら……それほどリスクはないかと……」

「ＯＫ。ブラール、マイクを！　ナンバー・ワンよりＴＬ８へ、レーザーを雲に向けて準備せよ、出力は小、中心点で一〇億エルグまで、方位角に沿って連続照射！」

「ＴＬ８、一〇億エルグまで連続照射」――パイロットから即座に返答があった。一秒間、何も起こらず、その後、光ったと思うと、スクリーン中央下部を占める雲の色が変わった。最初ぼやけるような感じだったものが、今度は赤くなり、そして滾《たぎ》った。その場所に、燃える壁を持つすり鉢状の渦ができ、雲のほかの部分がその穴へ吸い込まれるかのように落ちていった。やがてその運動もやむと、雲の中にぽっかりと大きな円形の口が開いた。その窓を通して、散乱した岩の集積も見えた。煤煙に似た細かな黒い塵が、空中を舞っていた。

「ナンバー・ワンよりＴＬ８へ、照射効率を最大にする高度まで降りよ！」

　二号機のパイロットは命令を復唱した。雲は、できあがった裂け目の周囲にあわただしく土手を築きながら、樹状突起のようなものを延ばしてその裂け目を塞ごうとしたが、そのたびに突起を炎が包むので、引っ込めた。そんな状態が数分つづいていた。これ以上状況をひきのばすことはできなかったが、最大出力で雲を攻撃する決定も、艦長には下せなかった。なぜならその奥には一号機がいるかもしれないからである。ホーパックが何に賭けているかはロアンにも想像がついた。雲の中にぽっかりとあいた何もない空間へ一号機が逃げ込んでくれることを期待していたのである。だがＴＬ４は一向に現れなかった。ＴＬ８は目も眩《くら》むようなレーザー・ビームで黒い渦の縁《へり》を攻撃しながら、ほぼ不動の態勢で宙に浮いていた。その頭上の空はまだかなり明るかったが、地上の岩々は、雪解けの増水のように徐々に翳を濃くしていた。陽が沈もうとしていた。すると、谷間に凝集しつつあった闇が、突如として凄まじい閃光の中にはためいた。噴火の渦をすかして見た火山の喉のような、赤味を帯びて汚れたその闇が、わななく不吉な帳《とばり》で視野のすべてを閉ざした。もはや一つに溶け込もうとする闇しか見えず、その奥には炎が燃えたぎり、火花を散らしていた。雲を形成する物質が——それが何かはわからないが——呑みこんだ一号機を攻撃し、そのバリア・シールドに衝突しては、猛烈な炎をあげながら焼かれているのだった。

　ロアンは艦長の顔を見た。ゆらめく炎の照り返しを受けたその顔に表情はなく、司令官は死んだように立っていた。黒い渦巻とその奥で炎を上げて時おり勢いを強めながら四方に燃え広がる火災が、スクリーンの中央にあった。遠くには、そそりたつ岩峰が、今この瞬間、言いようもなく地球上の光景に似た最後の光の冷たい紅色の中、緋色の光を浴びた全身を見せていた。地球の光景を想わせるだけに、雲の内部で起こっていたそのスペクタクルはなおのこと信じ難かった。ロアンは待った。艦長の顔は何も表していない。しかし決断しなければならないはずだ。二号機を一号機の救援に向かわせるか、それとも一号機のことは運を天にゆだねて、二号機にそのまま北東へと飛行をつづけさせるか。

　すると予期せぬことが起こった。雲の中に閉じ込められた一号機の操縦士が正気を失ったか、あるいは機体に何らかの故障が発生したか、眩く輝く中心をもつ閃光が、黒い大渦を刺し貫いたかと思うと、その爆発で揺り動かされた雲が、全方向に長い筋を描いて吹き散ったのである。その衝撃波は強烈で、爆風に飛ばされたＴＬ８の跳躍と同期するかのように画面全体が揺れた。やがて黒雲は元へ戻り、凝集し、もはやそれ以外には何も見えなくなった。

　艦長は身をかがめ、マイクに向かって何ごとか通信士に囁いたが、あまりの小声に、ロアンにも内容は聞き取れなかった。だがそれはただちに通信士によって、半ば叫ぶような声で復唱された――


「アンチプロトン準備！　最大出力、雲に対し、連続照射！」

　パイロットも命令を復唱した。とその瞬間、二号機の背後で起きていることを映すサイド・スクリーンを見守っていたメカニックが、大声を上げた――

「気をつけろ、ＴＬ８！　上昇しろ！　上だ！　上だ!!!」

　それまで何もなかった西の空から、ハリケーンの機敏さで、黒く渦まく小さな雲が近づいて来ていた。それは束の間、大きな雲の脇の一部を形成していたが、次いで切り離され、猛烈な勢いで伸ばした何本もの腕をたなびかせながら、急角度で上昇してきた。基地からの警告の一瞬前にこの現象に気づいたパイロットは、垂直上昇して高度を稼いだが、雲の方も黒い腕を突き上げるようにして追ってきた。パイロットがその腕から腕へと狙いを定めて砲撃し、それを正面から受けた一番手前の黒い雲は二つに分裂し、さらに黒くなった。画面全体が突然震えだした。

　ラジオ電波が送信されていた領域に雲の一部が侵入し、基地と偵察機の通信を妨害したその瞬間、おそらくパイロットは初めて反物質砲を使ったのだと思われた。その攻撃を受けた惑星の大気が一瞬にして火の海となった。西の空の紫の夕焼けは吹き飛ばされるようにかき消えた。ジグザグの放電模様を通して、大きな雲はしばらくぼんやりと見えていたが、二番目のさらにすさまじい爆発が起こると、雲の上にあって煙を吐いていた柱が膨張し、白くなった。水蒸気とガスの渦の中にかすんでゆく、錯雑した岩々の上へ、爆発で生じた真っ赤に滾る炎の滝が降り注いだ。そしてそれが人々の見た最後の映像だった。次の瞬間、画面は揺れ、放電の火花に射貫かれて、消えた。うす暗くされた艦橋で、何もない白いスクリーンだけが、見つめる人々の極度に蒼ざめた顔を照らしながら、光りつづけていた。

　ホーパックは二機の偵察機を呼び出しつづけるよう、通信士に命じると、ロアン、ヤゾンそのほかの部下とともに隣接する船室に移動した。

「あの雲は、諸君の考えでは、何だ？」――艦長は前置きもなしに尋ねた。

「金属粒子で構成され、均一の中心を持つ、遠隔操縦された、一種の懸濁物質」――ヤゾンが言った。

「ガルブ？」

「私もそう思う」

「何か提案はあるかね？　ない？　では話が早い。チーフ・エンジニア、スーパーコプターは、うちのものとコンドル号から運んできたものと、どちらの状態がいいかね？」

「両方とも状態は良好です、艦長。しかし個人的にはわれわれのものに賭けたいと思います」

「わかった。ロアン、君はたしか、私の思い違いでなければ、バリアの傘から出てみたいと言っていたな……。それにはいい機会だ。一八人の隊員にオートマトンを二セット、レーザーとアンチプロトンを持ってゆきたまえ……ほかにも何かあったかね……？（誰も返事をしなかった）そうだな、今のところ反物質砲より完璧なものは発明されていない……。四時三一分、つまり日没と同時に出発し、レグナーが最後の報告で言っていた北東部のクレーターを見つけてもらいたい。そこでシールドを開けて着地してもらう。そこまで行く途中、武器を使う場合は何に対しても最大距離で照射して構わない。待機も、観察も、実験も不要だ。照射出力の節約も無用。私との連絡がつかなくなっても、任務は続行してほしい。そのクレーターを見つけたら着陸したまえ。ただし人間の上には降りないように……彼らはこのあたりにいるだろうと思う……」

　彼は壁一面をおおう地図上のある点を指した。

「この赤で囲んだ地域だ。これは単なるスケッチだが、これよりましなものがない」

「艦長、着陸後、私は何をしたらいいのですか？　彼らを探しますか？」

「それは君の判断にまかせる。ただ一つだけ覚えておいてほしい――この場所から五〇キロの圏内に入ったら、いかなる標的に対しても照射しないということ。下にわれわれの仲間がいるかもしれん」

「いかなる地上の標的に対してもということ？」

「すべてだ。この境界線までは」——艦長は地図上に示された地域を、さっと二つの領域に分けた。

「自分の破壊的武器を攻撃に使ってもいい。だがこの線から向こうでは、バリアによってのみ自分を護ることだ。ヤゾン！　スーパーコプターのシールドはどれだけ耐えられる？」

「一センチ平方あたり一〇〇万気圧でも」

「《でも》とはどういう意味だ？　私に売りつけるつもりかね？　何気圧か、訊いている。五〇〇万か？　二〇〇〇万？」

ホーパックはこれらすべての言葉をまったく落ち着きはらって発した。こうした態度こそ、艦内ではいちばん恐れられていたものだった。ヤゾンは咳払いした。

「二五〇〇万気圧まで試験済みです……」

「それなら話は別だ。ロアン君、聞いたかね？　もしもこの境界線まで雲に追い詰められたら、逃げてもらいたい。一番いいのは上空だ。まあ、いずれにせよ、私もすべてを予言できるわけではない……」——ホーパックは腕時計に目をやった。

「出動から八時間後、あらゆるバンドを使って呼び出しを開始する。もしそれがうまくゆかなければ、トロヤ衛星なり、光学的手段なりを使って通信を試みる。レーザーでモールスを打つ。それも機能しないという話は聞いたことがない。もっとも、これまで聞いたことがあること以上のことをわれわれは予見しなければならんが。もしレーザーでも駄目なら、三時間後に現地を発って帰艦してくれ。もし私がいなかったら……」

「自身で出かけることをお考えですか？」

「まだ話は終わっていないぞ、ロアン。違う。自分から出かけてゆく気はないが、何もかもわれわれ次第ということはあり得ん。もしも私がここにいなかったら、惑星周回軌道に入ってもらいたい。これまでにスーパーコプターでやったことはあるかね？」

「はい、二回、琴座のデルタ星で」

「わかった。では、多少複雑だが、充分可能だということは知っているわけだ。軌道は静止軌道でなければならない。詳しいデータは出動までにストレームから受け取ってくれたまえ。その軌道上で三六時間、私を待つ。もしもその間に私から連絡がなければ、地上に戻り、コンドル号の稼働を試みたまえ。どういう状態かは知っている。だがそれ以外の可能性は一切ないだろう。うまくいったら、コンドル号で《基地》に帰り、一連の事件について報告してもらいたい。何か質問はあるかね？」

「はい。もしも、あの雲を操っている司令部を見つけることができたら、その司令部と接触を試みてもいいでしょうか？」

「それも君の判断にまかせる。いずれにせよ、リスクは良識の範囲内に収めなければならん。むろん私にも何もわからないが、どうもその司令部は惑星表面にはないような気がしている。それにその存在自体がそもそも疑わしく思える……」

「どういう意味ですか？」

「われわれはすべての電磁スペクトルで常時無線傍受をしている。もしも何者かが電磁波を使ってあの雲を操縦しているのだとすれば、その信号も記録できているに違いない」

「司令部が雲の内部にあるかもしれません……」

「あり得ることだ。わからん。ヤゾン、電磁波とは無関係な遠隔操作の方法は存在し得るだろうか？」

「私の意見をお尋ねですか？　いえ。そういう方法はありません」

「《私の意見》？　それ以外の何を私が尋ねる？」

「私が知っていることと、実際に存在していること、存在し得ることとは同義ではありません。私たちはそういう方法を知らない。それだけです」

「テレパシー……」――誰か後ろの方に立っている者が口をはさんだ。

「そのことについて私が言えることは何もありません」――ヤゾンはそっけなく応じた。「とにかくすでに知られている宇宙の範囲内では、そのような現象は発見されていません」

「諸君、無駄な議論に時間を費やすわけにはゆかん。部下を招集してくれたまえ、ロアン、そしてスーパーコプターの準備だ。軌道の黄道に関するデータは一時間後、ストレームが渡す。ストレーム君、遠点《アポジー》五〇〇〇の静止軌道を計算してくれたまえ」

「了解です、艦長殿」

艦長は艦橋のドアを少し開いた。

「ターナー、どうだ？　だめか？」

「反応なしです、艦長殿。雑音だけです。空電が多く、それ以外は何もありません」

「放出スペクトルの痕跡もゼロか？」

「ゼロです……」

ということは、われわれの偵察機はもはや自分の武器を使わなかった——戦闘をやめたということか——ロアンは思った。もしもレーザー砲で、あるいはせめて電磁誘導砲で交戦したとすれば、インヴィンシブル号のセンサーなら、数百キロ離れていても感知したはずだった。

切迫した状況展開にあまりにも心を奪われていたロアンは、艦長から与えられた自分の任務の心配などしていられなかった。そもそもその時間がなかった。その夜ロアンは一睡もしなかった。スーパーコプターのあらゆる装備を点検し、何トンもの燃料を追加補給し、食糧、武器を積みこみ、ぎりぎりで定刻に間に合った。七〇トンの二階建てマシーンは、砂煙を巻き起こしながら宙に浮かんだ。そして北東をめざしてまっすぐに飛んだ。地平線の向こうから紅い太陽が円盤の縁《へり》を覗かせた。出発してすぐに、ロアンは高度一五〇〇〇メートルまで上昇した。成層圏であれば速度を最大にすることも可能で、黒雲に遭遇する確率はより低かった。少なくとも彼はそう判断した。その判断が正しかったのか、それとも偶然が幸いしたのか、一時間足らずのうちに、彼らは低い陽光を浴びながら、砂に埋もれたクレーターめがけて着陸を開始した。クレーターの底はまだ闇に覆われていた。

機体の下に噴出する熱気流が砂煙を巻き起こさぬうちに、モニターを監視しているオペレーターたちが操縦室に報告を送って注意を促した。クレーター北部に不審なものが見えると言う。高度五〇〇メートルで、重たい機体が、下に張られた目に見えぬスプリングに乗ったかのように軽く揺れて停止し、問題の地点の詳細な観察がはじまった。

拡大画面では、灰色の背景に細かい四角形が、鋼鉄色のより大きな四角形を囲んで幾何学的正確さをもって配列されているのが見てとれた。ロアンも、ともに操縦桿を握っていたガルブ、ボールミンも、それらがレグナー隊の車両であることを確認した。

彼らは時をおかず、しかしあらゆる用心を怠ることなく、あまり遠くない地点に着陸した。スーパーコプターの伸縮自在な《脚》がまだ作業を止めずに規則的なスクワットをくりかえす中、タラップが下ろされ、移動式シールドに保護された偵察車両が二台、送り出された。クレーターの内側は、縁《ふち》がぎざぎざの平たい鉢を思わせた。中央火口丘は黒褐色の溶岩の殻に覆われていた。

偵察隊は一・五キロを——現場までの距離はおおよそそれくらいだった——数分かけて走った。無線通信の状況は申し分なかった。ロアンは先頭のトランスポーターにいるガルブと会話した。

「隆起はもうすぐとぎれる——じきに奴らが見えるだろう」——ガルブは何度もそうくりかえした。

そしてしばらくして大声を上げた――

「いたぞ！　見えた!!!」

　そしてやや落ち着いて言った――

「万事問題なさそうだ。一、二、三、四――マシーンは全部ある――しかしどうして日向《ひなた》にあるんだ？」

「で、人は？　見えるか？」――マイクの上で、眼をしばたかせながら、ロアンが尋ねた。

「見える。何か動いている……人が二人……おう、もう一人……そして、誰かが日陰に寝ている……奴らが見えた、ロアン！」

　ガルブの声が遠ざかった。自分の車の操縦士に向かって何か言っているのが聞こえた。鈍い物音がして、有煙の照明弾を打ち上げたことがわかった。ガルブの声が戻ってきた――

「挨拶しに行く……煙がちょっと奴らの方に吹き流された……じきに消えるだろう……ヤルク……何だあれは？　何！　どういうことだ……おい！　お前ら！」

　どなり声がキャビンを満たし、とぎれた。ロアンの耳に、弱まりつつあるモーターの音が聞こえ、やがてそれが消えると、走る足音、何やら不明瞭な、遠すぎて聞こえない呼びかけの声のようなもの、どなり声が一度、二度と伝わってきた後、静まりかえった。

「ハロー！　ガルブ！　ガルブ！」――ロアンはしびれた唇を動かし、呼びつづけた。砂を踏む足音が近づき、スピーカーの中で軋む音がした。

「ロアン！」――息せき切った、これまでと打って変わったガルブの声が響きわたった。「ロアン！　ケルテレンと同じだ！　正気じゃない、俺たちの顔もわからないし、何もしゃべらない……ロアン、聞こえるか?!」

「聞こえている……みんな同じか？」

「たぶん……まだわからないが、ヤルクとターナーが一人一人順番に調べている」

「何だと、バリアは……？」

「切られている。ない。わからんが、自分たちで切ったんだろう」

「何か戦闘の跡は？」

「いや、何もない。マシーンは置かれたままで――どれも無傷だ――人間は寝ころんだり、坐りこんだりしているが、揺さぶっても姿勢を変えない――どうした？　あれは何だ?!」

長く尾を曳く、獣が哀願するような声の混じった、はっきりとしない物音がロアンの耳に届いた。彼は歯を食いしばったが、内臓を絞めつけるような吐き気をこらえることができなかった。

「何てことだ、グラーリェフじゃないか！」――ガルブの叫び声が響いた。「グラーリェフ！　どうした！　俺がわからんのか?!」

ガルブの息が高まり、キャビン中を満たした。

「奴もだ……」――絞り出すようにガルブは言った。そして力の回復を待つかのように、いっとき沈黙した。

「ロアン……わからん、はたして俺たちだけでやれるかどうか……。全員をここから連れ出さないと。加勢を送ってもらいたい」

「すぐに送る」

一時間後、悪夢のような行進は、スーパーコプターの金属の胴体の下で停まった。出動時二二名だった人間のうち一八名しか残っておらず、四名の行方は知れなかった。大部分は無抵抗でおとなしく従ったが、発見された場所を離れることを嫌がった五人は、力ずくで連れて来るほかなかった。スーパーコプターの下層甲板に作られた仮設病室に、五台の担架が入っていった。仮面のように無表情で、凄まじい印象を与える他の一三人は別の部屋に入れられ、壁に作り付けられたベッドに寝かされたが、抵抗はしなかった。自分では赤ん坊のように何もできず、靴も服も脱がしてやらねばならなかった。ロアンはベッドの間の通路に立って黙ってその場面を見ていた。ほとんどの者が受動的でおとなしいのに引きかえ、無理やり連行されてきた者は恐ろしい声を上げて喚《わめ》き、泣いた。

遭難者たち全員の世話を医師にまかせると、ロアンは、動かせるすべての装備を稼働して、残りの行方不明者の捜索に派遣した。装備は今や大幅に増えた。放棄されていた車両には自分の部下たちを乗りこませ、動かした。そうして最後のパトロールを送り出した時である、キャビンの通信士が彼を呼んだ。インヴィンシブルと連絡がついたのである。

連絡がついたことを不思議に思っている暇はなかった。すでにどんなことも不思議に思う能力すらなくなっていたようだった。ロアンはこれまでの経過をてみじかに艦長に報告した。

「誰がいないのかね？」――艦長は知りたがった。

「レグナー自身、それにベニクセン、コロトコ、ミードです。偵察機ＴＬ４、ＴＬ８の方はどうです？」――ロアンが訊き返した。

「ニュースは一切ない」

「雲は？」

「今朝、三人組のパトロールを出した。一時間前に戻って来た。雲の跡形もない」

「何も？　全然ないのですか？」

「ない」

「偵察機も？」

「ない」

ラウダの仮説

ラウダ博士は、艦長のキャビンのドアをノックした。入ってゆくと、艦長は写真測量図に何か書き込んでいるところだった。

「何かな？」――ホーパックは頭も上げずに尋ねた。

「ひとつお話ししたいことがあって」

「急用かね？　一五分後に出動だ」

「さあ、急用かどうか。今ここで起こっていることが、わかり始めたような気がしてね……」――ラウダは応じた。

艦長はコンパスをわきに置いた。二人の目が合った。生物学者ラウダは、司令官より若くはなかった。いまだに飛ぶことを許されていること自体が不思議だった。よほど本人が希望してのことだったろうと思われた。学者というよりは、年季のいった機械工に見えた。

「そんな気がするだけだろう、博士？　承ろう」

「海には生物がいる。海の中にはいるが、陸上にはいない」

「どうして？　陸上にも生物はいた。ボールミンが痕跡を発見したじゃないか」

「そうです。だがそれは五〇〇万年以上も前のものだ。その後、陸上に生きていたものはすべて死に絶えた。私が今から言うことは、艦長、おとぎ話じみて聞こえるだろうし、私にも証拠と言えるものは何もない、だが……こういうことです。かつて、何百万年も前の昔、ここに他の天体から来たロケットが着陸したと仮定してください。新星のあたりから来たのかもしれない」

　ラウダはしだいに早口になったが、冷静だった。

「ご承知のように、琴座《リラ》のゼータ星が爆発する以前、第六惑星には知能をもつ生物が住み、高度に発達した技術文明を有していた。たとえばそのリラ人たちの偵察船がここに着陸して、カタストロフィに遭遇したとする。あるいは何か別の不幸な事件にいたって、その中で乗組員全員が死んだ。たとえば原子炉の爆発とか、連鎖反応とか……いずれにせよ、レギスにたどり着いた時、その難破船のデッキには生きている者は一人もいなかったとする。助かったのは唯一……オートマトン。われわれのものとは違う、人間の形をしていないオートマトンだ。そもそも、リラ人だっておそらく人間の形はしていなかった。ともかくオートマトンは助かって、船から出ていった。それは最悪の環境でも生き延びる能力のある、高度なホメオスタシスを有する機械だった。今やその彼らに命令を下す者、つまり主人は誰もいない。彼らの一部、リラ人に最も近い精神構造をもった連中は、もしかすると宇宙船を修理しようと頑張ったかもしれないが、そうすることに何の意味もない状況になっていた。しかしご存じのように、修理ロボットは、自分の仕事に属するものを修理しつづける。それが誰かの役に立つのか否かと関わりなく。しかしその後、別の種類のオートマトンに打ち負かされ、それに支配されるようになった。あるいは、もしかすると、もともとここにいた動物が彼らを攻撃しようとしたかもしれない。ここにはトカゲに似た爬虫類がいた。肉食の動物もいた。あるタイプの肉食動物は、動くものは何でも攻撃する。オートマトンはそれらと戦いはじめ、勝利をおさめた。彼らも闘争には備え、訓練しなければならなかった。そしてこの惑星の環境に最もよく適応するように変容していった。私の考えでは、鍵となる点は、オートマトンたちが必要に応じて、自身と異なるものを生産する能力を持っていたということです。つまり、たとえば翼竜たちを退散させるためには空を飛ぶメカニズムが必要だった。一切の具体的なことは私ももちろんわからない。ただ、もしも自然の進化という環境下であれば、そういう状況も想像できるという意味です。空飛ぶトカゲはいなかったかもしれない。穴を掘る、地下に棲む爬虫類がいたのかもしれない。私にはわからない。大事なのは、時間がたつにつれ、陸上にいたそれらの機械は環境に対して申し分なく適応していったということ——そしてこの惑星のあらゆる動物的生命形態を打ち負かすことに成功したことだ。植物的形態も」

「植物も？　それはどう説明する？」

「それは私にもよくわからない。色々な仮説を披露することもできるが、今それをしたくはない。それに私は、一番大事なことをまだ言っていなかった。この惑星にいる間に、その機械の子孫たちは、何百世代を経て、自分たちの起源となった機械とは――つまりリラ文明が生み出した機械とは似ても似つかぬものになってしまった。おわかりかな？　つまり、生命なき進化が始まった。機械装置の進化だ。ホメオスタットの中心原理とは何か？　変化しつづける状況にあっても、最悪の、これ以上はないという不利な環境にあっても、生き延びることだ。自己組織能力を有する金属製システムの進化におけるその後の形態にとって、主要な危険は決してこの土地の動物や植物によってもたらされはしなかった。彼らが獲得しなければならなかったのはエネルギー源であり、代替部品や後継機を製造するために必要な材料だった。その結果、金属の鉱脈を探す一種の鉱業が発達した。われわれが仮想する宇宙船に乗ってここへやって来た、彼らの祖先が利用していた駆動力は原子力だったに違いない。だがレギスには放射性元素がまったく存在しない。つまり彼らのエネルギー源は閉ざされていた。別のものを探さねばならない。厳しいエネルギー危機がおとずれ、その時点で、同類同士の争いにいたったのだろうと、私は考える。生き残るための、生存をかけての闘争。進化はそもそもそれに基づくものだ。淘汰に。知的には上位にありながら、生き残る能力のない、たとえばより多くのエネルギーを消費する図体の大きな装置は、知的には発達していないが、よりエネルギー効率がよく、無駄の少ない装置との競争に勝てなかった……」

「ちょっと待ちたまえ。空想的であることはさておいても、進化においては、進化のゲームにおいては、神経システムがより発達した生物がつねに勝ち残ってきたんじゃないかね？　この場合は神経システムではなく、いわば電気システムのようなものだろうが、原理は変わらんだろう」

「それは、艦長、それが言えるのは、この惑星で自然発生した、均質な有機体についてであって、他の宇宙空間から来たものについてはあてはまらないでしょう」

「わからんな」

「要するに、地球上の生物がその中で機能してきた生化学的環境は、現在も過去もほとんど同じだった。藻類、アメーバ、植物、下等動物、高等動物、どれもほぼ同一の細胞から構成され、ほぼ同一の代謝――タンパク質代謝を行っている。それだけ平等なスタートラインであれば、差異化の要因となるのはたしかに艦長のお言葉通りだ。唯一ではないけれども、最も重要な要因の一つではある。しかしここでは状況が違った。レギスに到着した、最高度に発達した機械類は、自分が備蓄していた放射性物質からエネルギーを得ていたが、より単純な装置、たとえば何か小さな修理用システムなどは太陽光電池を持っていたかもしれない。そうするとその小さい装置の方が高度に発達した装置よりもはるかに有利になる」

「だがその高度な方は、劣った方から太陽電池を奪えるじゃないか……とにかくその議論はどこに行き着くのかね？　議論する価値がないということはないのかな、ラウダ？」

「いや、ここが大事なところだ、艦長、きわめて重要な点だ。複数の状況が偶然かさなりあって生まれた例外的な環境によって、いたって特殊な、生命なき進化が始まったと私は考えている。てみじかに言えば私の見方はこうだ――その進化の中で勝利したのは、第一に、みずからを最も効果的に小型化していったシステム、第二に――定着型システムだ。第一の方がいわゆる黒い雲の起源となった。彼らはきわめて小さな似非《えせ》昆虫のようなもので、必要に迫られると、いわば共通の利害のためには、連結して大きな上位のシステムになることができる。まさに雲の形態をとるのだ——と、私は考える。動くことのできる機械たちの進化はその方向に進んだ。それに対して定着型の機構は、いわゆる《都市》の廃墟がわれわれに見せてくれている、あの奇妙きてれつな増殖物の起源となった……」

「ということは、あれは都市ではないと？」

「もちろん違う。都市などではなく、みずからの器官を通して太陽エネルギーを取りこみ、自己増殖する能力をもつ、命なき構造物の、定着型装置の集合体だ……あの三角形のパネルで太陽光エネルギーを吸収しているのだろうと私は推測している」

「つまりあの《都市》は依然として活動しているというお見立てかね？」

「いや。何らかの理由であの《都市》は、より正確に言えば《金属の森》は、生存競争に負けて、今や単なる錆びついた残骸にすぎなくなっているというのが私の印象だ。形態だけが残った。惑星の全陸地を支配したのは動けるシステムだった」

「なぜ？」

「わからない。私も色々と計算をしてみた。もしかすると、過去三〇〇万年の間に、レギスⅢの太陽はそれ以前より速く冷えていったのかもしれない。その結果、例の巨大な定住性《組織体》はもはや充分な量のエネルギーを太陽からは受け取れなくなったということもあり得る。まあ、単なる漠然とした推理だが」

「仮にお説の通りだとして、あの《雲》は何らかの司令塔を、惑星の地上ないし地下に持っていると推測できるだろうか？」

「そのようなものは存在しないと思うね。ひょっとしたら、あのマイクロメカニズムたち自身が、特定の仕方で合体した時そういう司令塔に、《生命なき頭脳》のようなものになるのかもしれない。離合集散できるというのは彼らにとって有利なことで、ふだんは緩やかな群れを形成していることで、つねに太陽光を浴びていることもできるし、本物の嵐の雲を追いかけていって、気象的放電現象からエネルギーをもらうことだって考えられないことじゃない。しかし危険が迫った時には——存在をおびやかす急激な変化があった時には、合体する……」

「とは言え、何かがその合体反応を始動させねばならないし、そもそも、全体の体制についてのおそろしく複雑な記憶は、《分封《ぶんぽう》》の間、どこに保存されるのだ？　電気的頭脳は、みずからのすべての構成要素より《賢い》わけだろう、ラウダ。脳が解体されたら、その要素たちはどうやってみずからの場所に戻れるのか？　まずは脳全体の見取り図ができあがっていないと……」

「必ずしもそうではない。それぞれの構成要素が、他の要素とじかに連結した際の記憶を保存していれば充分でしょう。たとえば、要素一号が、特定の表面を使って別の六個の要素と合体するとすれば、七個のそれぞれが同じことを《知って》いればそれでいい。個体の一つ一つに保存される情報は取るに足らないわずかなものであっていい。ただそれ以外に必要なのは、ある種のトリガー、ある種の合図――《危険、注意！》といったようなもので、それに対応して、すべての要素が適切なコンフィギュレーションを組めば、たちまち《脳》が出来上がる。しかし、こんなのは原始的な図式だ、艦長。実際はもっと複雑だろうと思う。要素はかなり頻繁に破壊されるだろうが、そのことが全体のパフォーマンスに影響を及ぼしてはならないし……」

「わかった。そこまでのディテールを考察しているひまはない。その仮説の中に――われわれのための何らかの具体的な提案が見えているかね、博士？」

「ある意味では見えていますが、それはネガティヴな提案です。何百万年という機械の進化、そして人間がいまだかつて銀河系の中で出会ったことのない現象。ひとつの根本的な問題に目を向けていただきたい。われわれが知っている機械はすべて、自らにではなく、誰かに奉仕するよう、作られている。だから人間的な観点からすれば、レギスに繁茂する金属のジャングル、あるいは鉄製の雲のような存在はナンセンスです――もっとも、たとえば地球の砂漠におけるサボテンも、同様に《ナンセンスな存在》と呼べる。しかしその彼らが、生物との闘争に理想的に適応した存在だということに、本質的な問題はあります。私の印象では、彼らが相手を殺害していたのは、ここの陸上が生命体で溢れていた、ごく初期の闘争の時代だけではないかと思えるのです。やがて、殺害行為に費やすエネルギーは経済的ではないことがわかった。それで彼らは別の方法を用いるようになった。その結果がコンドル号の破局であり、ケルテレンの事例であり、さらには――レグナー隊の全滅だと……」

「どんな方法かね？」

「どういう仕組みのものか、私にもはっきりとは言えない。ただ個人的な判断を言うとすれば、ケルテレンのケースは——人間の脳が保存するほぼ全情報の消去だった。おそらくは動物の脳に対しても有効でしょう。あのような障碍を負った生物は、放っておけば死ぬしかない。これは、殺害するよりも単純で、手っ取り早く、経済的な方法です。このことから私が引き出す結論は、残念ながら、悲観的なものです。と言ったのではまだ足りないかもしれない……。われわれは、彼らとは比べものにならないほど不利な状況に置かれている。それも同時にいくつかの理由で。まず、生き物を滅ぼすのは、技術的な機構や装置を壊すよりはるかに容易だ。つぎに、彼らは進化する過程で、生物とも、また同時に自分たちの金属製の《兄弟たち》、つまり知能あるオートマトンたちとも闘争してきた。つまり彼らは二つの前線で同時に、生物が自己防衛のために用いたあらゆる機械とも、ものを考える機械たちが発揮した知性のあらゆる発現とも、戦争を遂行してきた。数百万年におよぶその競争の帰結は、彼らの破壊活動の驚異的な普遍性と完璧さとなってあらわれている。彼らを打ち負かすには、実際問題、すべてを殲滅《せんめつ》するほかはないだろうと思う一方、それはほとんど不可能だ……」

「博士はそう思うのかね？」

「そうです。つまり、もちろん、それなりに資源と手段を集中させれば、惑星全体を破壊することもできるだろうが……それはわれわれの任務ではないし、われわれの力も及ばないことは言うまでもない。状況は、類を見ない特別なものです、なぜなら——私の見るところ——本当はわれわれの方が知的に優位にある。彼ら機械たちは決して素晴らしい知力を持っているわけではなく、単にこの惑星の環境に……知能を有するすべてのもの、生きているあらゆるものを滅ぼすことに、みごとに適応しているだけのことなのだ。そして彼ら自身は生命を持たない。ゆえに、彼らにとっては無害なことが、われわれにとっては致命的になることもある」

「奴らに知能がないという確信はどこから？」

「ここで私は、わからないと言ってごまかすこともできるが、はっきり言いましょう。他のことはともかく、そのことだけは正に確信がある、と。なぜ彼らに素晴らしい知力があるとは言えないのか？　それはそうでしょう！　もしあったら、とっくの昔にわれわれは片づけられている。われわれが着陸してからレギスで起こったすべての事件を順番に思い浮かべて見てください。彼らの活動にこれといった戦略プランがないことに気づくでしょう。その時々の状況に応じて攻撃してきているに過ぎないでしょう」

「だが……レグナーとわれわれとの通信を妨害したり、偵察機を攻撃したり……」

「いやいや、あれは何千年も昔と同じことを繰り返しているだけだ。彼らが根絶《ねだ》やしにした、より高等なオートマトンだって、正にたがいに電磁波で交信しあっていたに違いない。情報交換の無効化、通信の寸断、それこそ彼らが最初にとった手段の一つでしょう。それに、そうした解決法は、ある意味では巧まずして自然に出てきた。なぜなら、金属の雲ほど完全に電波遮蔽能力のあるものは世の中にないから。さて今となっては？　われわれはこれからどうしたらいいのか？　われわれはまず自分たちとわれわれのオートマトン、われわれの機械を護らなければならない。これらの装置なしではわれわれは二進《にっち》も三進《さっち》もゆかなくなる——ところが連中には、何をするにも完全な自由がある。現場において、再生するために必要な事実上無尽蔵の資源があり、仮にわれわれがその一部を破壊しても、自己増殖する力があり、何よりも彼《か》によりも、生命にとっては致命的ないかなる手段も、彼らを害することができない。そこでどうしても必要になるのは、われわれが所有する最も過激な手段、すなわち反物質砲で攻撃することだ……それでも、彼らのすべてを照射することはできない。照射された彼らがどうしたか、ご覧になったでしょう？　要するにばらばらに散開するだけだ……しかもわれわれの方はつねにシールドの中にいなければならず、それが戦略を制限する。一方、彼らは思いのままに縮小したり、居場所を変えたり……だから、仮にこの大陸で彼らを打ち破ったとしても、別の陸地に移るでしょう。だがそもそも——彼らを全滅させることがわれわれの目的ではない。われわれはここを去るべきだと、私は思う」

「なるほど」

「そう。と言うのも、われわれが敵とみなしている相手が、生命のない進化の産物であって、おそらくは非精神的な存在であるとするならば、コンドル号やその乗組員の仇討《あだう》ちだとか意趣返しだというようなカテゴリーで問題を捉えるべきではないからです。それはまるで、船と乗員を沈めたと言って海原を鞭で打つようなもの」

「もしも事実がそうであったとすれば、あなたの言うことには大いに道理がある」――ホーパックは立ち上がりながら言った。そして色々と線を引いてある地図に両手を突いた。「だが結局は仮説だ。仮説を持って帰るわけにはゆかん。必要なのは確信だ。仇討ちではなく確信だ。正確な分析であり、事実の確定だ。もし確定できれば、もしもインヴィンシブルの保存容器にその――本当に存在するとすれば、空飛ぶ機械的動物の――サンプルを格納できたなら、その時はもちろん、これ以上ここですべき仕事はないと、私も認める。その後の対応を決めるのは、《基地》の仕事だ。ちなみに、その物体が永遠にこの惑星に留まるという保証はない。さらに進化を重ねて、銀河系のこのあたりの航行にも脅威となることだって考えられないことではない」

「もしそうなることがあり得るとしても、今日明日の話ではなく、数十万年、どちらかと言えば数百万年後のことでしょう。艦長、どうやら艦長は依然として、われわれが思考能力のある敵と一対一で対峙しているかのように理解しているようだ。かつて知能を持った存在の道具でしかなかったものが、その主人が消え去るとともに自立し、数百万年の時の経過を経て、事実上は惑星の自然環境の一部と化したと言っていい。機械進化の及ばぬ海中には生命体が残ったけれども、それが陸地に上がることを進化が許さない。それで説明がつくのが、大気中のささやかな酸素濃度であり――酸素を供給するのが水中の藻類だから――大陸表面の外観です。それが砂漠のままであるのは、彼らが何も建設せず、いかなる文明も有さず、そもそも自己以外には何もなく、いかなる価値も創造しないからです。自然もまた、評価も価値も創造しない。あれらの構築物は、単に自己自身でしかなく、彼らは存続し、その存続を続けるために活動するだけなのだ……」

「われわれの二機の偵察機が消滅したことはどう説明できるだろうか？　バリアに護られていたはずだ……」

「バリアは別のバリアで粉砕することができる。それに、艦長、一人の人間の脳に保存された全記憶を瞬時に消去するためには、彼の頭部の周辺に一時的にせよ法外な強度の磁場を成立させねばならないけれども、そんなことはわれわれにでさえ、艦内のあらゆる装備を使っても実現できない。それをするには何か巨大な変換器、変圧器、電磁石が必要になる……」

「連中はそういうものを持っていると？」

「とんでもない！　何も持っていないのです。彼らはそれぞれ一個の煉瓦に過ぎない。それらを集めて必須のものを組み立てるのが、その時々の必要だ。危険が迫ったという信号が来る。たとえば電界の変化とか、何らかの変化によって探知された何ものかがあらわれる……すると、飛行体の群れは即座に例の《雲脳》のようなものに編成され――こういう敵はすでに来たことがある、その時にはこれこれのやり方で対処した結果、敵は倒された――という集団的記憶がよみがえり、その対処法をまた繰り返す……」

「わかった」――かなり前からもう老生物学者の言葉を聞いていなかったホーパックは言った。

「出撃を遅らせる。会議を招集する。大きな議論になって、情熱的になった学者たちが口角泡《こうかくあわ》を飛ばすのは目に見えているので、本当はやりたくはないが、ほかに仕方がない。ではラウダ博士、三〇分後、メイン・ライブラリーで……」

「ぜひ、私がまちがっていると、皆に証明してもらいたい。そうすれば、艦長、本当に満足した人間が艦内に一人ふえることになる……」——博士は落ち着いてそう言うと、入って来た時と同じく静かに船室を出て行った。ホーパックは背筋をのばし、壁の通信装置に歩み寄ると、艦内連絡のスピーカー網のボタンを押しながら、すべての学者たちを順番に呼び出していった。


　集まってみると、専門家の大部分はラウダと同じように推理していることが判明した。彼はただその推論をきわめて明快に表現した最初の人間だったのだ。唯一はげしい論争が戦わされたのは、《雲》に精神性があるかないかという点をめぐってだった。サイバネティクス学者たちはどちらかと言えば、それが戦略的活動をする能力を有する、思考するシステムであるとみなしたがった。ラウダは厳しく批判された。だがその批判の熱心さはラウダの仮説が惹き起こしたというよりも、ラウダが仲間とではなく先に艦長とその仮説について議論したということに起因するものだということを、ホーパックは察知していた。船員たちとの絆も決して弱いものではなかったが、学者たちは艦内において《国家の中の国家》のようなものを形成していて、そこでは自分たちの行動に関するある種の不文律が守られていたのである。

　主任サイバネティクス学者のクロノトスは、ラウダの考えによれば知力を持たない《雲》が、どのようにして人間を攻撃することを学習したのか、と問うた。

「それは簡単な話だ。何百万年もほかのことは何もしていなかったのだから。私が言うのは、レギスの先住者たちとの戦いのことだ。相手は中枢神経系をもつ動物だった。彼らは、地球で昆虫が獲物を攻撃するのと同じように攻撃することを学んだ。ハチはキリギリスやカブトムシの神経節に毒を注入することができるが、それと同じような正確さで彼らは攻撃できるようになった。それは知力ではなく、本能だ……」

「偵察機をどう攻撃すればよいかということは、どこから知ったのか？　これまで偵察機に出会ったこともないのに……」

「それはわれわれにはわからぬことだぞ。最前から言っているように、彼らは二つの前線で同時に戦ってきた。レギスの住人であった生ける者たちと、生命なき、他のオートマトンたちを相手に、だ。そのオートマトンたちは当然のことながら攻守の目的でさまざまな種類のエネルギーを使わざるを得なかった……」

「しかしその中に空飛ぶ機械がなかったとすれば……」

「博士のおっしゃりたいことは見当がついた」――副主任サイバネティクス学者が口を挟んだ。

「その大型自動機械、マクロオートマトンたちは相互協力の目的で意思疎通をしていたので、孤立させ、分断することで彼らを滅ぼすことはもっとも容易なことだった。したがって通信の妨害こそ最良の策だった……」

「知能の存在を仮定せずに、《雲》のそれぞれの行動形態を説明できるのか、と問うているわけではない」――クロノトスは応じた。「われわれはオッカムの剃刀《かみそり》に従う必要はないのだ。われわれの課題は、少なくとも今は、最も経済的な方法ですべてを説明できるような仮説ではなく、最も安全な活動を可能にするような仮説を作り上げることだ。そのためにはむしろ《雲》には知能があるかもしれないと認めた方が、より大きな慎重さを確保できる。われわれの行動がより用心深くなる。それに対して、もしもわれわれがラウダの言う通り、雲には知能がないと仮定して行動し、現実には知能があった場合、その過《あやま》ちを法外な対価で支払うことになるのは火を見るより明らかだ……。これを私は、理論家としてでなく、戦略家として言っているのだ」

「君が誰を打ち負かしたいのか――雲かそれとも私の方か、わからんが」――ラウダは冷静に応じた。「私も慎重さの欠如には反対だ。だが雲に知能があるとしても、それは昆虫が有する知能以上のものではない。それも一匹の昆虫ではなく、たとえば、蟻の群れが有する知能だ。もしそうでなかったら、われわれはもうこの世にいなかっただろう」

「証明してほしい」

「われわれは雲にとって最初のヒト型の敵ではなかった。彼らにはすでに経験があった。われわれより先にここにはコンドル号が来たことを思い出してもらいたい。シールドの内部に侵入するには、あの微視的な《虫》であれば、砂にもぐりこめばそれで充分だ。バリアは地表までしか有効ではない。コンドル号のシールドを経験した彼らは、それに対する攻撃法を学習できた。ところが彼らはそんなことをしようともしなかった。あるいは《雲》が馬鹿なのか、あるいは単に本能的に行動していたけなのか……」

　クロノトスは引き下がらなかったが、そこでホーパックが割って入り、議論の続きは後回しとなった。会議の中で蓋然性が非常に高いと認められたことから帰結する、具体的な提案を出してくれ、と艦長は要請した。磁場の作用を不可能にする金属製のヘルメットをかぶることで皆を保護できないかとニグレンは尋ねた。だが物理学者たちは、それは有効ではないという結論に達した。強いバリアは金属の内部に渦電流を発生させ、ひいてはそれでヘルメットが高熱になる、火傷をしそうになれば、当然それを脱ぎ捨てるだろうが、その結末は言わずもがなだった。

　すでに夜になっていた。ホーパックは部屋の隅でラウダや医師たちと話し合い、サイバネティクス学者たちは別の場所に集まっていた。

「より知能の高い、そのマクロオートマトンたちが勝てなかったというのはやはり例外的だ」――と誰かが言った。「進化は複雑化に、恒常性や情報という問題の改良に、情報の利用といった方向に向かうという規則から見れば、例外だ……」

「それらのオートマトンははじめからすでに高度に発達していて複雑化していたからこそ、勝ち目がなかったのだ」――ソーラハンは反論した。「いいかい、彼らは自分たちを建造したリラ人たちとの協働作業という目的のために高度に専門化していた。ところがそのリラ人たちがいなくなると、彼らは司令官を失い、言ってみれば障碍者になってしまった。それに対して今日《こんにち》の《虫》たちの祖先となった形態は（その頃すでに存在したとは言っていない。むしろそれはあり得ないと思う。もっと後になって発生したに違いない）、それらの形態は相対的に原始的で、だからこそかえって彼らには多くの発達の道がまだ残されていた」

「もしかするとさらに重要な意味をもつ要因も働いたかもしれない」——グループに合流したサックス博士は続けた。「われわれの相手はメカニズムだが、生きた動物、生きた生体組織がたとえば傷を負ったあとに自らを再生するような、自己修復能力のようなものをメカニズムが見せることは決してない。マクロオートマトンがもしも他の個体を修理できたとしても、それには道具が要るし、整備工場がまるまる必要になる。したがってそういう相手に対しては、そういう道具から切り離せば、身動きを取れなくさせられる。そうしてオートマトンたちは、自分たちよりはるかにダメージに強い、かつ神出鬼没の怪物たちの、ほぼ無防備な餌食になっていった……」

「それはじつに興味深い」——突然ソーラハンが口を開いた。「だとすれば、オートマトンというものが本当にユニヴァーサルであるためには、われわれのようなやり方ではない、まったく違う仕方で製造されなければならない——互換性のある、小さな基本の煉瓦のようなもの、似非細胞のようなものから出発しなければならないということだ」

「それはそれほど新しいことではない」——サックスがほほ笑んだ。「実際の生物の進化はそのように行われているし、しかもそれは偶然の産物ではない……。だから、《雲》がそのような相互に交換可能な要素から成り立っているということも、間違いなく偶然ではない……。これは材料の問題だ——ダメージを被ったマクロオートマトンは、高度に発達した産業にしか生産できない部品を必要とするが、わずか数個の鉱石やサーミスタ、その他の単純な装置で出来ているシステムは、一つ破壊されても何ら損失にならない、なぜなら何十億もある似たようなものの別の一個でただちに穴埋めできるからだ」

これ以上期待すべきものはないと見たホーパックは、その場をあとにしたが、議論に熱中する会議の参加者たちはほとんど誰もそれに気づかなかった。彼は《生命なき進化》の仮説についてロアン隊の隊員たちに説明するため、艦橋におもむいた。クレーターの中にいるスーパーコプターとの連絡がとれた頃には、すでに真っ暗だった。ガルブがマイクに向かって報告した。

「ここには七人しかいません。そのうちの二人はあの不幸な被害者たちに付き添っています。ほかは今、ここにいる通信士を除いて眠っています。で……シールドは万全です。ただロアンがまだ帰ってきません」

「まだ帰っていない?! いつ出かけた?」

「午後六時頃です。六台のマシーンと残りの隊員全部を連れて……陽が沈んだら戻るという約束でした。太陽は一〇分前に沈みました」

「ロアンとの無線連絡はとれているのか?」

「一時間前にとれなくなりました」

「ガルブ? どうしてすぐに報せなかった?!」

「例の深いガリーの一つに突入するので、しばらく連絡はつかなくなるからと、ロアンがあらかじめ言っていたので。谷の斜面には例の金属の気色悪いものが生えていて、ひどい反射だから、実際、信号をつかまえるのは無理です……」

「ロアンが戻ったらただちに報告するように……責任問題だ……こんな調子では、あっという間に全員失う……」

艦長はまだ喋っていたが、それをガルブの叫び声がさえぎった——

「来ました、艦長！　光が見えます、斜面を登っています、あれはロアンだ……一——二——いや、車両は一台だけだ……すぐにすべて報告します……」

「待っている」

地上すれすれのところで揺れ動くヘッドライトの光が、一瞬おきにベースキャンプを照らしたかと思うとまた起伏に隠れて見えなくなるのを見たガルブは、近くにあった信号拳銃をひっつかみ、上に向けて二発撃った。効果はてきめんだった——寝ている者は全員とび起き、車両が弧を描いて近づくと、司令部で見張っていた通信士がシールドの壁に入口を開いた。地面の上に青い光で指定された道を埃だらけの車が進入し、やがてスーパーコプターの駐機場となっている砂丘の前で動かなくなった。それが何と偵察・通信用の三人乗り小型水陸両用車であると見てとったガルブは、戦慄を覚えた。エンジンがまだ完全に停止しないうちに、破れた宇宙服を着た一人の男が転がり出たが、その顔があまりに泥と血で汚れているので、誰なのかはわからなかった。男が口を開いた——「ガルブ」——男は学者の腕にしがみつきながら呻いたが、脚からくずおれそうになった。他の隊員が駆け寄り、男を支え、怒鳴った——

「何があった?!　先遣隊はどこだ……?」

「かれ——らは——もう——いない……誰も……」——ロアンは囁くように言い終え、仲間たちの腕にぶら下がり、気を失った。

　夜中の一二時頃、医師たちは彼の意識を取り戻すことに成功した。アルミニウムの仮設小屋に設けられた酸素テントの中で彼が語ったことは、三〇分後、ガルブによってインヴィンシブル号に電文となって送られた。

ロアン隊

ロアンが率いていた隊は、二台の大きなエネルゴボート、四台のオフロード用キャタピラー車、そして小型の水陸両用車から編成されていた。ロアンはその水陸両用車に、運転手ヤルクと掌帆長ターナーとともに乗っていた。隊は、第三水準の規則に定められた順序で行動していた。先頭を行くのは無人のエネルゴボート、二番手はロアンの偵察用水陸両用車、続いて――二人ずつ隊員を乗せた四台の車両、そして最後尾を二台目のエネルゴボートがつとめた。先頭と最後尾のエネルゴボートがバリアを張って、全隊列を保護するドームを作っていた。

ロアンがこの遠征を決めたのは、まだクレーターの中にいる間に《電気犬》たちを――つまり嗅覚センサーを――使って、レグナー隊の四人の行方不明者の足跡を見つけることができたからだった。もしも見つけ出せなければ、彼らは子供以上に無力なまま、岩だらけの道なき道を彷徨し、飢えや渇きで死んでしまうだろうことは火を見るより明らかだった。最初の数キロは、センサーの表示にまかせて走った。その間に通過した、このあたりでは幅が広く浅くなっている雨裂谷の一つの入口で、七時ごろ、彼らは足跡を発見した。涸れつつある水流が残した泥の上にくっきりと押された跡だった。日中はわずかに干上がる軟らかな泥の中、理想的な形で残された、三つのタイプの足跡が判別できた。四番目の足跡もあったが、それは岩の間をちょろちょろとかすかに流れる水で洗われ、不鮮明だった。特徴的な模様のそれらの足跡は、谷の奥へと向かったと思われるレグナー隊が履いていた重い靴によるものだということを物語っていた。しばらく行くと岩場になって足跡は消えたが、それでロアンの気持ちが萎《な》えることはなかった。なぜなら、谷の斜面は、奥へ行けば行くほど急になることを知っていたからで、記憶喪失にみまわれた逃亡者たちがその斜面をよじ登るということはありそうになかった。急角度で折れまがる角《かど》があまりに多く、見通しの悪い谷だったが、もう少し奥へ進めばきっと彼らに会えるだろうとロアンは期待していた。てみじかな打ち合わせの後、一行は先へと進み、異常に密集した奇妙な金属の繁みが両側の斜面に生えている場所まで来た。繁みは一メートルから一・五メートルの丈で、ブラシ状の苞《ほう》の発達した代物だった。それは、剝き出しの岩に走る、黒っぽい土が詰まった亀裂から立ち上がっていた。はじめのうちは一本、二本だったが、先へ行くにつれてしだいに数が増え、やがて両側の斜面とも上から下までびっしりと、錆びた金属ブラシが並んだような均質な繁みの層でおおわれていった。谷底では、巨岩の下に隠れるようにして一すじの水が流れていた。

《繁み》の中のあちこちに洞穴《どうけつ》の入口が見えた。水の細流がそこから出ているものもあれば、乾ききったものも、あるいは乾いているように見えるだけのものもあった。入口が低い場所にある洞穴の内部を、ロアン隊はサーチライトで照らしながら覗いてみた。そのうちの一つで、ごく小さな三角形の微晶体が大量に見つかった。その一部は天井からしたたり落ちる水に浸かっていた。ロアンはそれを手のひら一杯拾うと、ポケットにしまった。しだいに傾斜がきつくなる谷間を、一行は一・五キロほど進んだ。それまでのところキャタピラーも坂道を何の問題もなくこなしていたし、二ヶ所で流れの脇の泥の上にふたたび足跡を見つけたこともあって、捜索は順調かと思われた。しかし、ある角を曲がると、スーパーコプターとの通信状態が一気に悪化した。それは金属の繁みのせいだろうとロアンは思った。谷底の幅が約一二メートル、上部は二〇メートルほど開いた雨裂谷の斜面は、場所によっては垂直に近い壁が切り立っていたが、その壁ですら、硬く黒い毛皮のような鉄線の繁みで全面的におおわれていた。

　車両の隊列は、二ヶ所でかなり広めの岩の門をくぐり抜けたが、通過には多少時間がかかった。というのも、バリアを担当するメカニックたちは、バリアが岩に触れぬよう、充分正確に範囲を狭める必要があったからだった。ここの岩石は浸食によって非常にもろくなっていて、ひびも入っているので、岩の柱をバリアがかすっただけでも、大きな雪崩をひきおこしかねなかった。一行が心配したのは自分たちのことではなく、行方不明者たちのことだった。どこか近くにいるかもしれない彼らをそうした岩の崩落が傷つけ、危《あや》める可能性もあったからだ。

　無線通信ができなくなって一時間ほどたった時のことである。磁気センサーの画面にたくさんの輝点があらわれた。それらのパルスがどの方向から来ているのか知ろうとしたが、方位計はあらゆる方角をいっぺんに示し、一見すると壊れたかのようにふるまった。強度計と偏波機を使ってようやくつきとめたのは、磁場が動揺している原因は谷の壁をおおう例の繁みだということだった。この時初めて、その繁みのようすがこれまで通ってきた部分の谷とは違うことに一行は気づかされた——表面に錆びがなく、灌木はより背が高く、大きく、黒く、鉄線というか枝というか、その表面には奇妙な瘤のようなものが一面付着していた。ロアンはシールドを開けるというリスクを冒してまで繁みを調べることはないと判断した。

インパルス計と磁場センサーがいよいよ多様な動きを示す中、隊は若干速度を上げた。視線を上に向けると、黒い密林の上の空気が、まるで高温に熱せられて陽炎《かげろう》となったかのように、あちこちで揺らいでいるのが見てとれた。二つ目の岩の門を過ぎると、風にたなびく煙のような、微《かす》かなリボン状のものが繁みの上を旋回していた。それが一体何なのかは、あまりに高所のことなので、双眼鏡を使ってもわからなかったが、ロアンの車を運転する、非常に目のいいヤルクは、あの《煙》は小さな昆虫の群れのようだと言った。

ロアンはすでに焦燥を感じていた。捜索活動は予想以上に時間がかかっていて、うねうねとした谷間の終わりは依然として見えないからだった。代わりにそれまでより速く走ることはできた。谷底に累々として横たわっていた巨岩はなくなり、水の流れも岩陰に隠れたのか、ほとんど目につかなくなった。ただ車両を停めた時だけ、静まりかえった中を、見えない水のせせらぎが辛うじて聞き取れるだけだった。

次の角を曲がると、これまでよりも狭い岩の門が待ち受けていた。計測してみると、バリアを張ったまま通過はできないということがわかった。シールドは当然ながらその寸法を自由に決めることはできない。そして形も球体か楕円体か双曲体か、何らかの回転体になる。前回の隘路《あいろ》では、シールドを絞り、押しつぶした（もちろん目には見えない）高高度気球のような形にして何とか切り抜けたのだった。

だが今回はどう工夫しても無理そうだった。ロアンは物理学者のトマンと、二人のバリア係と相談し、一時的に、しかも部分的にバリアを止めて、突破することに決めた。最初に通過するのはバリア発振器を切った無人エネルゴボートで、通過後すぐにスイッチを入れ、円い楯の形状の前部シールドを作る。つづいて四台の大型車両とロアンの小型偵察車は、頭上だけシールドが空いている状態で通過する。最後に隊列を閉めるエネルゴボートは、岩の門を通過後ただちに自らの《楯》をすでに先頭車が作っている《楯》に連結して完全なシールドを復元するという作戦だった。

すべて作戦通りに進み、四台のキャタピラー車の最後の車両が岩柱の間を通過していた時である。不可思議な衝撃が空気を揺さぶった——どこか近くに岩でも落ちたかのような、しかし音ではない、あくまで衝撃だった——ブラシが密集したような谷間の壁から煙が立ちのぼり、その中から真っ黒い雲が這い出たかとみるや、驚異的な速さでロアンの隊列に襲いかかった。

ロアンは、大きなトランスポーターをすべて自分の車より先に行かせようと思って脇に停車し、その最後の車両が通過するのを待っていたところだったが、突然目に入ってきたのは、黒が爆発したかのような斜面と、隊列前方で上がった巨大な閃光だった。そこにはすでに難所を通過しおえてバリアを張って待っている一台目のエネルゴボートがあったのだが、それを急襲した雲の塊りがシールドにぶちあたって炎上したのだった。だが雲の大部分は炎の上空へ舞い上がったかと思うと、今度はすべての車両の上に同時に雪崩《なだ》れてきた。ロアンはヤルクに向かって、後ろのエネルゴボートにバリアを張らせ、前のシールドと接続させるよう命じた。この状況では岩の崩落などには構っていられないからである。ヤルクは命令を実行しようともがいたが、結局後ろのシールドは作れなかった。おそらくは——後になって主任エンジニアがコメントしたところでは——装置内のクライストロンが過熱していたせいだった。ただ、もしもヤルクがもう数秒間長く誘導電流を通していたら、発振器も《かかった》に違いなかったのだが、気の動顛したヤルクは稼働をふたたび試みるかわりに車から飛び降りてしまったのである。ロアンはヤルクの服の端をつかまえたが、パニック状態の相手はそれを振り切って、もと来た道を引き返そうと逃げ出した。ロアンがバリア発振器に飛びついた時にはすでに手遅れだった。

　トランスポーターの乗員たちも慌てふためいて車両から飛び出し、四方八方へと駆け出したが、その姿も実のところ、荒れ狂う雲の渦のせいでほとんど見えなかった。その光景のあまりの非現実さに、ロアンはもはや何もしようともしなかった（そもそも何もできなかった——バリアを張れば仲間たちを傷害することになるし、彼らはまるで金属の繋みに隠れ場を求めるかのように斜面をよじ登っていった）。いつ自分も同じ運命にあうのか、彼は取り残された車の中で立ったまま、そう思いながらじっと待っていた。背後では射撃用キューポラから半分まで身を乗り出したターナーがコンプレッション・レーザー銃を上に向けて撃っていた。だが今や雲の大部分があまりに近い距離にあり、その攻撃には意味がなかった。ほかの車両とロアンとの距離は六〇メートルもなかった。その間の空間で、不幸な仲間たちは、まるで黒い火焔に身を包まれたかのように、地面の上を七転八倒してもがいていた。彼らはきっと叫んでいたに違いなかったが、叫び声は聞こえない。先頭のエネルゴボートが張ったバリアの表面では、あいかわらず無数の襲撃者の群れが身を焼き、炎を上げて顫動《せんどう》しつづけ、エネルゴボートの轟音と雲が発する長い低音の唸り声によって、他のすべての音も声もかき消されたからだった。

　ロアンは水陸両用車から上半身を外に出し、隠れようともせず立ちつくしていた。それは悲壮な勇敢さゆえのことではなかった。自身があとになって繰り返し説明したように、単に、隠れることを――そればかりか、いっさい何も――考えなかっただけなのだ。

　脳裡に焼きついたその光景が――黒い雪崩の下になった仲間たちが――突如として、驚くべき仕方で変容した。岩の上を転げまわったり、鉄線の繁みの中へ逃げてもぐり込もうとしたりということを彼らはやめたのである。そしてゆっくりと立ち上がり、あるいは坐り込んだ。それに対して、雲の方は分散し、あちこちに竜巻上の形態を取ってまとまり、人間たちの頭上にいわば局所的な渦を形成すると、一瞬、その人間の胴体あるいは頭部のまわりをさっと旋回した後、遠ざかり、騒がしく唸り声を上げながら、しだいに高く、谷間の空間を上昇してゆき、しまいには暮れゆく空の光も遮るほどに舞い上がったかと思うと、今度は静かで単調な、ひきのばされたノイズを発しながら、あるいは岩稜の中にもぐりこみ、あるいは黒いジャングルの中へ吸い込まれ、姿を消した。じっとして動かぬ人間たちの間の地べたに、ここかしこわずかに残された黒い点のようなものの他は、数秒前まで起こっていたことの現実性を物語るものは何ひとつなかった。

依然としてロアンは、自分が助かったことも信じられなければ、どうして助かったのかという理由も理解できぬまま、ターナーを目で探した。だが射撃者用のキューポラは空だった。いつどのようにかはわからないが、掌帆長はそこから外へ飛び降りたに違いなかった。見ると、ごく近くの地上に、彼は伏せっていた。見開いたままの眼は前方を見つめて動かず、レーザー銃の銃床を胸に押しあてたままである。

ロアンは車を降り、隊員一人々々の状態を見て回った。誰も彼を認識しなかった。誰ひとり口も利かなかった。大半は落ち着いているようだった。石の上に横になったり、腰かけたりしていたが、その中には二、三人、立ち上がって車に近づくと、その側面を盲人の手つきのようにぎごちなく撫でまわしだす者もいた。

ヤルクの親友で優秀なレーダー操縦士のジャンリが、まるで生まれて初めて機械というものを目にした未開人のように、口を半開きにして、トランスポーターのハッチを開閉する把手を動かそうと試みていた。

次の瞬間ロアンは、コンドル号の艦橋の仕切り壁の一つに焼け焦げた丸い穴があった意味を理解することになった。地面に膝をついて、ボールミン博士の両肩をかかえ、まるでそうすれば博士を正気に返らせることができると確信しているかのように、全力で必死に揺さぶった刹那、博士の頭の近くで菫色の炎が音を立てて立ちのぼったのである。少し先の地面に坐り込んでいた仲間が、自分のヴェイル銃をホルスターから抜き、知らず知らず引き金を引いたのだった。ロアンはその隊員にどなったが、男は何の反応も示さなかった。花火が好きな子供のように、閃光が気に入ったのだろうか、核弾倉を空にする勢いで銃を連射しだした。空気が熱を帯びて悲鳴をあげた。ロアンは地面に突っ伏して岩の間に這っていった。とその時、激しく地団太を踏むような音が響きわたり、曲がり角の向こうから、息を切らし、顔を汗で輝かせた男が駆けてきた。ヤルクである。彼はそのまま、ヴェイル銃をおもちゃにして遊んでいる狂人にまっすぐ向かっていった。「とまれ！　伏せろ！　伏せるんだ!!!」——ロアンはありったけの声をふり絞ってどなったが、事態がわかっていないヤルクが足を停めぬうちに、ビームは彼の左肩に命中した。剝がれた肩がそっくりそのまま宙を飛び、凄まじい傷口から血が噴き出した時のヤルクの顔をロアンは見てしまった。銃を撃った方は何ごともなかったかのようにしているが、撃たれたヤルクは無限の驚愕の表情でまず自分の血まみれの断端を見、次に捥《も》がれた腕を見やり、体をくねらせると倒れた。

　ヴェイル銃を手にした男は立ち上がった。だんだん熱くなってきている銃から放たれる連続的な光線が、二酸化ケイ素の煙の臭いがする火花を、まるで火打石のように岩の上で散らすのをロアンは見た。男はよろよろと歩いた。それは、まさしくガラガラを持った乳児の動きだった。隣り合って地べたに坐っていた隊員二人の間の空気を縫うようにビームが貫通したが、その眩い閃光にも二人は瞬きひとつしなかった。次の瞬間にはどちらか一人がまともにビームを顔に喰らうに違いない。ロアンは――またしても決断ではなく反射だった――自分のヴェイル銃をホルスターから抜くと、撃った。ただの一度である。相手はとっさに引っこめた両手で激しく胸を打ち、銃が石の上に音を立てて落ちると、その上に男自身が顔から倒れ込んだ。

　その時点でロアンは飛び起きた。夕闇がたれこめようとしていた。一刻も早く全員を基地に運ばなければならない。あるのは小型水陸両用車だけである。二台あるトランスポーターのどちらかを動かそうと思って見ると、一番狭い岩の関門で互いに衝突していて、それらを引っ張り出そうと思えばクレーンが必要だった。最後尾のエネルゴボートは無事だったが、載せられるのはせいぜい五人であり、隊員は全部で――生きてはいるが、意識に異常をきたした――九人だった。一番いいのは、全員を一ヶ所に集めてロープで縛り、どこかへ逃げたり、互いに傷つけあったりしないようにしておいてからシールドを作り、自分は単独で帰って応援を求めるという案だった。彼は誰も同乗させなかった。水陸両用車はまったくの無防備であり、万一攻撃されたらというリスクは、自分だけ負えばいいと思った。

　その異様な作業を終えた頃にはあたりは闇だった。隊員らはまったく無抵抗で縛られた。水陸両用の偵察車両で広い場所に出られるように、彼は最後尾のエネルゴボートをどかし、二基のバリア発生器を設定し、体を縛った全隊員をシールド内に入れた上で、遠隔操作でスイッチを入れ、帰途についた。

こうして着陸から二七日目にして、インヴィンシブル号の半数近い乗員がすでに行動の自由を失っていた。

敗北

真実の物語がすべてそうであるように、ロアンの話はきてれつで、辻褄が合わなかった。雲はなぜ彼とヤルクを襲わなかったのか？　偵察車両から出るまでは、ターナーも攻撃されなかったのはなぜか？　なぜヤルクは最初は逃亡し、やがてまた戻って来たのか？　この最後の問いに答えるのは比較的容易だった。パニックがおさまり、冷静に考えてみると、基地まではおよそ五〇キロもあるが、背負っている酸素だけでその道のりを歩き通すのは無理だとわかった——というのが皆の推理だった。

　その他の問いは謎のままだった。それらに対する答は、すべての乗員にとって生死に関わる重要なことではあったが、考察や仮説は行動に場所を譲らざるを得なかった。

　ホーパックがロアン隊の現状を知った時には真夜中を過ぎていた。三〇分後、彼は出動した。

　宇宙巡洋艦をある地点から、わずか二〇〇キロしか離れていない別の地点に移すのは割に合わない仕事だった。船体を垂直に保ったまま下に噴射しつづけ、しかも比較的おそい速度で移動しなければならないが、それはかなりの燃料を消費することを意味した。そういう仕事に対応していないトランスミッションは、ひっきりなしに電気的オートマトンによる介入を必要としたが、ともかくも鋼鉄の巨人は、まるで穏やかに波打つ海面によって支えられてでもいるかのように、軽く体を揺らしながら夜の闇を動いていった。レギスⅢの地上でこれを見ていた者がいたとすれば、それはきっと世にもまれな光景と映ったことだろう——吐き出す炎の反映を浴びてわずかに浮かび上がるその形は、闇の中をすべるように移動する炎の柱を想わせた。

　正しいコースを保つことも容易ではなかった。修正するために、一度大気圏外まで上がり、それからまた艦尾を下にして大気圏に突入するということもあった。

　それらのことだけでも艦長の頭を充分悩ませたが、加えて、目的のクレーターは薄い雲の下に隠れていて見つけづらかった。最終的には、まだ夜が明ける前、インヴィンシブル号はクレーターの内部、元のレグナー隊基地から二キロの地点に降り立った。スーパーコプター、トランスポーター、仮設小屋が周辺防御線内に配置され、重装備の救助隊が正午近く、ロアン隊の生存者——健康ではあるが意識障碍のある全員を運んで来た。艦内の本来の治療室ではもはや空床がなくなり、二つの船室が追加で充当された。それが済んでようやく、学者たちはロアンの命を救った謎の究明にとりかかった。もしも精神に異常をきたした男が銃を手にするという悲劇的な事情がなかったならば、その謎はヤルクをも救ったはずだった。

　それはおよそ理解しがたいことだった。二人とも、服装にせよ携行していた武器にせよ、外見上ほかの隊員たちとは何ら変わるところがなかったのだ。ターナーとともに三人が一台の小型車両に乗っていたということも、格別の意味を持つとは考えにくかった。

　ホーパックはまた同時に、これからどうするかというジレンマとも向かい合っていた。状況はすでにかなり明らかになってきており、コンドル号の悲劇的な結末を説明するとともに、レギスⅢからの撤収を正当化するに足るデータをもって、《基地》に帰投しようと思えばできないことはなかった。学者たちが何より首をひねったのは、金属製の似非昆虫の存在、岩の上に定住する金属の《植物》と似非昆虫との共生、そして最後に雲の《精神性》という問題だったが、そもそもその《雲》が一つなのか、複数なのか、そして小さな雲が全部合体して一つの大きな、均質の雲を形成し得るのか、ということすらわからない。だが艦長としては、それらの議論すべてを考慮に入れたとしても、たとえ一時間でも長くこの惑星に留まる理由にはならなかった。留まるただ一つの理由は、いまだにレグナー班の四名が、班長を含めて行方不明であるということだった。

　行方不明者たちの足跡《そくせき》は、ロアン隊を雨裂谷に向かわせた。たとえレギスの生命なき住人たちが彼ら四人に対して何もしなくとも、無防備な徘徊者たちがそこで命を落とすだろうことに疑いの余地はなかった。したがって、捜索すべきはやはりその周辺一帯だった。合理的な行動能力を奪われた不幸な者たちがあてにできるのはインヴィンシブル号による救助だけだった。

　合理的な推論を重ねた結果、唯一決まったのは捜索範囲だった。狭い谷と洞窟ばかりのこの地域で、不明者たちがクレーターから数十キロ以上遠ざかるのはあり得ないことだった。装備された酸素は残り少ないはずだったが、この惑星の大気を呼吸しても死の危険はないと医師らはうけあった。また彼らが陥っている状態を考えれば、血中に溶解したメタンによる意識障碍の可能性ももちろん大した意味はもたなかった。

　捜索地域は広大ではなかったが、地勢はきわめて難しい、見通しのきかないものだった。枝分かれした細かい谷、岩の割れ目、地下の空洞、洞穴などのすべてをくまなく探すとすれば、たとえ条件が良かったとしても何週間もかかりそうだった。紆余曲折する谷の岩の下には、水流によって浸食された地下の廊下や洞窟が、隠れた第二のシステムを形成していたが、地上と地下はところどころで接続しているに過ぎなかった。行方不明者たちがそうした隠れ家にひそんでいることは充分あり得たが、全員が一ヶ所に集まっていると期待するには無理があった。子供であれば一緒にいようとするだろうが、記憶を失った大人たちは子供よりも無力だった。その上、一帯は黒い雲の本拠地だった。インヴィンシブル号の強力な武装も、技術的な手段も捜索にはさほど役立つものではなかった。最も確かな防備であるエネルギー・バリアによるシールドは、この惑星の地下回廊の中ではまったく使い物にならなかった。というわけで、ただちに撤収するか、危険を伴う捜索活動を始めるか、状況は二者択一を迫っていた。撤収はもちろん行方不明者にとっては死刑宣告に等しかった。捜索が現実的な成果をもたらし得るのは、今後わずかに数日、せいぜい一週間以内のことだ。それ以上長期のあいだ捜索したところで、見つかるのは本人たちではなく、その遺骸でしかないだろう――と、ホーパックにはわかっていた。

翌朝早く、艦長は専門家たちを招集し、状況を説明した上で、彼らの助けを期待していると述べた。今や彼らは、ロアンが上衣のポケットに入れて持ち帰った《金属の昆虫》を所有していた。そしてほとんど徹夜でそれを調べた。はたしてそれらの虫を根本的に無力化できるチャンスはあるのかどうか、ホーパックは知りたがった。そして何がヤルクとロアンを《雲》の攻撃から救ったのかという問いもふたたび検討された。

会議中、《捕虜》たちはガラス容器に閉じ込められ、テーブルの中央という名誉ある場所を占めていた。調べる過程で壊れたものもあり、残ったのはわずかに十数個だった。それはアルファベットのYの字を思わせる、正確な三回対称の形をしていて、鋭い尖端をもつ三本の腕が、中央の膨らみの中で結合していた。明かりの下では石炭のように黒いが、光の反射によっては青みがかったりオリーヴ色がかったりする玉虫色で、それはちょうど、ダイヤモンドのローズ・カットのような微細な面から成る、地球の昆虫の腹部に似ていた。内部には顕微鏡でしか見えない大きさの構造物が内蔵されていて、それはどの個体にも共通していた。構造物のエレメントは、砂粒の何百分の一という小さなものだったが、一種の自律的な神経系統を構成していて、なおかつその中にも、部分的には互いに依存することのない系を識別できた。

腕の内部には《虫》の運動を司《つかさど》るシステムであることを示す、さらに小さな構造物があった。虫は、腕の微細結晶構造の中に、一種の汎用バッテリーであると同時にエネルギー変換器でもあるようなものを蔵していた。虫のようなこの微晶体は、それが外部からどのような圧迫を受けるかによって、ある時は電場を、ある時は磁場を、あるいは交互に入れ替わるエネルギー場を発生し、比較的高い温度にまで本体中央部を温めることができた。その時貯まった熱は一方的に外部へと放射され、それによって惹き起こされた空気の運動は、ジェット噴射のように働いて、微晶体がどんな方向にも浮上することを可能にしていた。一個々々の微晶体は飛んだというよりは、宙にただよったという方が近く、少なくとも実験室での実験の中では、自らの飛行を正確に制御はしていなかった。一方で、腕の先端を他の個体の腕と接触させることで集合体を形成し、参加する個体数が増せば増すほど、その空力学的能力は向上した。

一個の微晶体は三個の微晶体と合体した。その上さらに、一本の腕の先端で他の微晶体の中央部と連結することもでき、それにより、拡張可能でかつ重層的な集合体を構築することが可能だった。連結は必ずしも接触だけで行われるのではなく、腕の先端どうしが互いに近づくだけで、発生した磁界が、集合体全体のバランスを保持した。一定数の《虫》が集まると、集合体は多くの規則性を発揮しはじめ、外部刺戟による《挑発》に応じて、運動の方向、陣容、形態、内部インパルスの頻度を変えることができた。ある種の変化が生じると、指令の向きがひっくり返り、金属の微晶体たちは互いに引きつけ合うかわりに、分散しはじめ、《個体離脱》状態に移行した。

運動を統御するそのようなシステム以外にも、黒い微晶体はもう一つのシステム、と言うよりシステムの断片のようなものを内蔵していた。それはより大きな全体の一部をなすものらしかった。膨大な数の個体が合体して初めておそらく成立するらしいその上位システムこそ、《雲》としての活動の本来的駆動力だった。だが学者たちの認識はここで終わっていた。上位システムがどこまで、どのように積み上がるものなのかはわからず、とりわけ雲の《知能》の問題は闇にとざされたままだった。直面する問題の解決が難しければ難しいほど、一つの全体に合体する個体の数は多くなるだろうとクロノトスは推量した。それはなかなか説得力がある言葉ではあったが、サイバネティクス学者にしても、情報科学者にしても、そのような構造は聞いたことがなかった。すなわち、意図の規模に対して自らの規模を合わせることのできる、いわば《自在に成長する脳》だった。

　ロアンが持ち帰ったサンプルの一部は損傷していた。しかしそれ以外のものは典型的な反応を見せた。個々の微晶体は音もなく宙に浮かび、飛び回ることも、降下し、刺戟の発生源に接近することも、あるいはそれを回避することもできた。しかしそれ自体にはまったく危険性がなく、破壊されそうになっても（研究者たちはこれを化学薬品や熱やエネルギー場や放射線で破壊しようと実験した）いかなる種類のエネルギーも発することがないので、地球上で一番弱い甲虫《こうちゅう》を相手にするのと変わらず、滅ぼすことができた――違いはと言えば、そのクリスタル＝メタリックとも言うべき外殻はそう簡単に圧し潰せる代物ではないということだけだった。ところがこの《虫》たちは、合体して比較的小さな集合体になっただけでも、たとえば磁界の作用に曝されると、それに堪え得る磁界をみずから発生しはじめ、熱せられると紫外線によってその熱を除去しようとした。学者たちが使える微晶体は一握りしかなかったので、それ以上の実験はできなかった。

　艦長の質問に対しては、主任たち全員を代表してクロノトスが答えた。学者たちは研究の継続に必要な時間を要求した——そして何より、大量の微晶体の確保を願った。そのため、問題の雨裂谷の奥に調査隊を派遣して、行方不明者を捜索すると同時に、少なくともこれら似非昆虫を数万個採集するという計を案じた。

　ホーパックは提案に応じた。だがこれ以上の人命を危険に曝すわけにもゆかないので、これまでいかなる作戦にも参加したことのない機械を雨裂谷に派遣することにした。重さ八〇トンのその自走式特殊用途車両は、高度の放射能汚染や高熱、高圧といった条件下で使われるべきものだった。正式名称ではなく、《独眼巨人《キュクロプス》》というニックネームで呼ばれていたその機械は、巡洋艦の一番深い船倉に密閉され、貨物ハッチの起重装置に繋がれていた。基本的には惑星表面で使うものではなかった。実のところ、インヴィンシブル号の《キュクロプス》はいまだかつて稼働されたことさえなかった。そんな究極的手段に訴えざるを得ない状況は——この空飛ぶ基地の総トン数から見ても——めったにあるものではなかった。何かのために「《キュクロプス》を派遣する」と言えば、乗組員たちのジャーゴンでは「悪魔に用事を頼む」くらいの意味合いであり、どこかで《キュクロプス》が敗北したというような話は、誰も耳にしたことがなかった。クレーンで引っ張り出されたマシーンは昇降用スロープ上に据えつけられ、メカニックやプログラム技術者が整備を急いだ。通常のエネルギー場を発生するディラック発振器のシステム以外に、マシーンは球形の反物質砲を備え、特定の方向、あるいは全方角に一挙にアンチプトロンを放出することができた。硬い外殻に覆われた腹部に組み込まれた発振器は、エネルギー場を干渉させることで《キュクロプス》を地上数メートルまで浮き上がらせるので、地表の状態や車輪、キャタピラーの存在に煩わされることがなかった。前面ではやはり装甲した鼻面《はなづら》が開き、その開口部から吻管《ふんかん》が出てきた――これは伸縮自在の一種の《手》であり、局部的な孔を穿《うが》って鉱物サンプルを採集するなど、さまざまな作業ができた。《キュクロプス》には強力な無線局もテレビ中継器も装備されていたが、自己統御可能な電子脳のおかげで、自律的な行動もとれた。ピーターセン技師の作戦班に属する技術者たちが、適切に調整したプログラムをその脳に書き込んだ――雨裂谷の中ではマシーンとの連絡がとだえるだろうと、艦長は見越していたのだ。

　プログラムには、捜索の結果見つかった行方不明者たちをどのように自らの内部に収容するかという手順も書き込まれていた。まず自分のシールドを有効にしたままで、彼らと自らを保護するため、外側に第二のバリアを張りめぐらせ、その上で内側のバリアを開いて乗りこませるというものである。また自分を攻撃してくる微晶体をなるべくたくさん取り込み、持ち帰る任務も課された。反物質砲は、防御シールドも圧し潰されそうになるという脅威が迫った時にのみ、最終手段として使う予定だった――対消滅反応は、当然のことながら周辺全域を汚染することになり、ひょっとすると戦闘地域からそう遠くないところにいるかも知れない行方不明者の命をも脅しかねないからだった。

　全長八メートルの《キュクロプス》は、「ずんぐりむっくり」した形状で、胴体の直径は四メートルを超えていた。岩の割れ目などの空間が狭くて進入できないとわかれば、《鋼鉄の手》を用いるなり、エネルギー場を使うなりして、岩をずらし、あるいは粉砕して入口を広げることができた。シールドがなかったとしても彼に損傷を与えることは難しかった。と言うのも、本体を包むセラミック＝ヴァナジウムの装甲の硬度は、ダイヤモンドに匹敵したからである。《キュクロプス》内部には、救助された隊員たちの介護にあたる一体のオートマトンがいて、さらに彼らのための寝床も用意されていた。すべての装置の点検が終わると、重厚な装甲に身を固めた《キュクロプス》は、降ろされたスロープの上を妙に軽々と滑って下り、目に見えぬ力で吊り上げられてでもいるかのように——たとえ全速で動いても砂埃を立てないので——インヴィンシブル号のシールドに開けられた、青い標識信号で示された通路を通過したかと思うと、艦尾に集まった見物人たちの視野からあっというまに消え去った。

　ほぼ一時間、《キュクロプス》と艦橋との間の視聴覚通信は申し分なく機能していた。岩壁の比較的幅広い裂け目を、倒壊した教会の塔のような大きなオベリスクが部分的に塞いでいた。それを目にしたロアンは、攻撃はこの奥の谷間《たにあい》で起こったのだったと思い出した。最初にごろごろと巨岩が集積しているあたりでスピードが心もち落ちた。スクリーンの前に立っている人間たちの耳には、ぶあつい岩石層の下に隠れた細い水流が立てるちょろちょろという音まで聞こえてきた——《キュクロプス》の原子力駆動システムはそれほど静かに働いていたのだ。

　通行しやすい平坦な部分を過ぎ、錆びつきつつあるジャングルの迷路に《キュクロプス》がさしかかった時刻は二時四〇分だったが、その時点までは音声も映像も受信できていた。無線技術者たちの奮闘もあって、その後も相互に四件の報告まではやり取りできたものの、五件目の報告にはすでに歪みが生じていた。ただ、それでもその内容は推測することができた——捜索隊は順調に前進している、と《キュクロプス》の電子脳は伝えていた。

　この段階でホーパックは、あらかじめ決めてあった手筈どおり、テレビカメラを搭載した一機の探査機をインヴィンシブル号から発射した。探査機は急角度で空へ舞い上がり、数秒もたたぬうちに見えなくなった。代わって司令部には信号が送られはじめ、一マイル上空から見た、独特な趣《おもむ》きの風景がスクリーン上に映し出された。ぎざぎざとした岩が一面にひろがる大地を、錆びついた黒い繁みがまだらに覆っていた。一分後、その画面の下の方に、鋼鉄の拳のように輝く《キュクロプス》が大きな谷間の底を滑空してゆく様子がはっきりと見えた。ホーパックもロアンも、専門家グループのチーフたちも、艦橋のスクリーンの前に集まっていた。受信状態は良好だったが、悪化することも途絶することも可能性としてはあったので、中継機としての代わりを務めることになるかもしれない探査機は、複数台がスタンバイの状態で待機していた。もし《キュクロプス》が攻撃を受けた場合、きっと直接の通信は中断されるだろうが、少なくとも上空から彼の挙動は見ていることができるとチーフ・エンジニアは考えていた。

《キュクロプス》の眼には映るはずもなかったが、探査機が高所を滑空しているおかげで、スクリーンに見入る人間たちの視野は広大で、マシーンの前方すでに数百メートルに迫った地点には、岩の門に挟まれるようにして放棄され、行く手を阻んでいる二台のトランスポーターが映っていた。

《キュクロプス》は、任務完了のあかつきには、衝突してくっついてしまっているこれらのキャタピラー車も牽引して帰途につくことになっていた。

空《から》のトランスポーターは上空から見ると、緑っぽい小箱のようだった。そのうちの一台の脇には、ロアンが銃で撃った男の死骸が、部分的に炭化した人形のように見えていた。

両脇に柱が聳《そび》えるその岩の門が現れる曲がり角の直前で、《キュクロプス》は停止し、谷底にまで達する勢いで繁茂する、たてがみのような金属の密林に向かって近づいていった。その動きを、人々は固唾を呑んで見守った。《キュクロプス》はシールドの前面に狭い隙間をあけ、そこから吻管を外に突き出した。大砲の砲身を延ばしたようなその吻管には、先端にぎざぎざのついた掌《て》があり、それを使って繁みをとらえ、一見すると造作もなく土台の岩から引き剝がすと、バックして、後ろ向きのまま谷底に這い下りた。

作戦は滞《とどこお》りなく完了した。谷間の上をホヴァリングする探査機のおかげで基地とのコミュニケーションがとれる《キュクロプス》の脳は、おびただしい黒い《虫》の蝟集する《サンプル》を容器に格納したと伝えてきた。

惨劇のあった場所まであと一〇〇メートルという地点に《キュクロプス》はたどり着いた。そこには、しんがりだったエネルゴボートが岩の上に尻餅をつく格好でじっとしていた。岩の関門には、くっついてしまった二台のトランスポーターが挟まったままで、さらにその先には二台目のエネルゴボートが停まっていた。あるかなしかの微妙な空気の顫動は、ロアンの部隊が敗走した後も、置きざりにされたエネルゴボートが、変わらずバリアを発生しつづけているということを物語っていた。《キュクロプス》はまずそのエネルゴボートのディラック発振器を遠隔操作で切り、次に噴射の出力を上げて浮上し、傾いた二台のトランスポーターの車体をうまくかわしながら空中を平行移動すると、関門の向こう側に降下して、大きな岩の上に停まった。と、その時、スクリーンを見つめていた一人が、警告の叫び声を発した。その声は、雨裂谷から六〇キロ離れたインヴィンシブル号の艦橋に響きわたった。と同時に谷間では、両斜面を覆っていた黒い獣毛が煙《けぶ》り立ち、はるばる地球から来た車両の上に、波打って襲いかかっていった。そのあまりの勢いに、最初の瞬間にしてすでに《キュクロプス》は、まるでタール状の煙の外套をすっぽりと被《かぶ》せられたかのごとく、姿が見えなくなった。だがすぐさまその下から放射状の光が閃き、ぶあつい雲の層を貫通した。《キュクロプス》がその恐るべき武器を使用したわけではなかった――襲撃してきた雲の発するエネルギー場と独眼巨人のエネルギー・シールドが衝突したにすぎなかった。すると雲は突如、いわば物質化されたかのように、犇《ひし》めき蠢《うごめ》くぶあつい黒の層で身を塗り固めた。そして一個の巨大な溶岩の泡のように膨れあがったかと思うと縮み、膨らんだと思うとまた縮んだ。その奇妙な果たし合いのゲームは一時《いっとき》つづけられた。映像を見つめる者たちには、彼らの視線からは隠れているものの、マシーンが無数の襲撃者たちを懸命に追い払っていると思われたが、相手の数はどんどん増える一方で、次から次へと新しい雲が谷底めがけて雪崩れ降りてくるのだった。もはやシールドの輝きも見えず、ただただ無音の静寂の中、生命はないが強大な、二つの力の凄まじい格闘がつづいていた。やがてスクリーンの前に立っていた一人が溜息をついた――顫《ふる》えていた黒いドームが、同じく黒い逆円錐形の漏斗《ろうと》の下に姿を消したのである。雲は一種の巨大な竜巻に変わり、その竜巻は、付近で一番高い岩峰よりもさらに高く成長し――同時にその足は依然として敵に貼りついたまま――上部は、直径一キロもあろうかというメールストロームとなって、青っぽい色をちらちらと閃かせながら、狂ったような速度で回転した。誰一人声を発しなかったが、雲はそのようにして、種皮の中の種のようにマシーンがひそむ、シールドのドームを圧し潰そうとしているのだということは誰もがすでに悟っていた。

艦長が隣に立っている主任エンジニアに向かって、はたしてシールドはもちこたえられるかと問おうとして口を開きかけているのを、ロアンは眼の端で見た――しかし艦長は口を利かなかった。間に合わなかったのだ。

黒い竜巻、雨裂谷の壁、ジャングル――すべてが瞬時になくなった。そこにあるのは、まるで岩の裂け目の底に、火山が口をあんぐり開けて、炎を上げているような光景だった。煙が、煮え返る溶岩と粉砕された岩石の立ちのぼる柱が、そして――白いヴェールをまとって次第に高く上昇してゆく巨大な、おそらくは沸騰した水流から発したのであろう水蒸気の塊りが、テレビ中継機の浮かんでいる高度一・五キロの上空まで到達した。《キュクロプス》が反物質砲を発射したのだった。

艦橋に立ちすくんでいた人間たちの誰一人として身じろがず、口を開くこともなかったが、と同時に、誰もが復讐心の満たされる快感を禁じ得なかった――それが馬鹿げたものだと思っても、快感は弱まることがなかった。雲はようやく自分にふさわしい敵を見つけたのだと言うこともできた。《キュクロプス》とのあらゆる交信は、彼が反撃に出た瞬間に途絶え、それ以降は、七〇キロメートルの震える大気を通して、飛行探査機が超短波で伝えてくる画像以外、人々に見えるものはなかった。鎖《とざ》された谷間で白熱する戦いについては、艦橋の外にいる人間たちも知るところとなった。アルミの仮設小屋を解体するのに忙しくたち働いていた乗組員たちはその手を休めた。北東の地平線の際《きわ》が輝き、まるで第二の太陽が、それもすでに天頂に立つものよりも強力な太陽が、そこから昇ってくるかのようだった。だが次の瞬間、その輝きも、重たげなキノコの形をまとって立ちのぼる、煙の柱によってかき消された。

　探査機の操縦を担当しているメカニックたちは、戦いの火柱から機体を避難させ、高度四キロまで上昇させねばならなかった。そこまで上がってはじめて、絶え間ない爆発によって生じる激しい乱気流の圏外に出ることができた。だがそうなると、谷を鎖している巨岩も、毛むくじゃらの両側の斜面も、その中から出現した黒い雲それ自体さえもが見えなくなった。スクリーンの大部分が、火焔や煮えたぎる煙でおおわれ、その中を、燃えながら飛ぶさまざまな残骸の放物線が、縦横無尽に走っていた。偵察機に備えられた音響センサーは、弱まったり強まったりしながらも間断なくつづく轟音を伝えていて、まるで大陸のかなりの面積が地震に襲われたかのようだった。

　壮絶な戦いがなかなか終わらないことは驚異的だった。谷底や《キュクロプス》の周囲は、数十秒のうちに極度の高温に達していたに違いなく、岩が沈み、崩れ、溶岩と化し、事実、緋色に輝く溶岩の流れは地表に溝を掘りながら、戦いの中心から数キロ手前の谷の出口に向かって、すでに移動をはじめているのが見てとれた。反物質砲のスイッチが故障でもしたのかと、少しの間ホーパックは考えた。あれほど圧倒的な敵に対して、雲がいまだに攻撃をつづけているというのは考えられないことだった。しかし彼の新しい命令に応じて、探査機がさらに高度を上げ、対流圏にまで達しようとした時、スクリーンに映ったものは彼が間違っていたことを証明した。

　今や視界は四〇キロメートル四方にまで広がった。雨裂浸蝕によって傷だらけになっているその地域で、驚くべき動きが始まっていた。視点からの距離が遠いというだけの理由で、一見すると緩慢なテンポではあったが、黒い染みにおおわれた岩の斜面から、陥没した穴や洞窟から、次から次へと新しい黒色の塊りが飛び出してきては上昇し、飛行しながら合体し、集中し、戦いの中心めがけて舞い降りていくのである。数分の間は、ひきもきらずに攻勢を強めるその黒い雪崩は、原子の炎を圧倒し、窒息させ、その質量によってだけでも抹殺するのではないかと思われたが、ホーパックは人間の手で建造されたモンスターの余力を知っていた。

　一瞬も静まることのない、連続して耳を聾《ろう》する音響がスピーカーから流れ、艦橋を満たした。同時に、高さ三キロもあろうかという火焔が、雲の巨大な図体を下から上まで刺し貫き、ゆっくりと、炎の風車とでも言うべき形状を作りながら回転しはじめた。大気は何枚もの面に分節されて震え、熱によって屈曲した。そして同時に、熱源の中心も移動をはじめた。

《キュクロプス》は、なぜかはわからないが後ろ向きのまま下がりはじめ、かといって攻撃の手は片時も休めることなく、雨裂谷の出口に向かって徐々に退却していった。もしかすると彼の電子脳は、核爆発によって岩壁が土台から崩壊する可能性を考慮したのかもしれなかった。その場合、マシーンの上にすべてがのしかかることになり、たとえそんな重圧からも脱出できるとしても、活動の自由が妨げられることには変わりないからだ。いずれにせよ、戦いつづける《キュクロプス》はより広い空間に出ようと奮闘していた。煮えくり返るようなカオスの中、彼の武器が放出する炎はどれなのか、どれが大火災の煙なのか、どれが雲の残骸で、どれが倒壊する岩の尖塔の破片なのか、見分けもつかなくなっていた。

　大惨事の規模はこれでクライマックスを迎えたと思われた。ところが次の瞬間、信じられないことが起こった。画面が炎上し、目が痛いほどの怖ろしい白熱状態にまで熱せられたかと思うや、何十億という爆発によってスクリーン全体が痘痕《あばた》に覆われたのだ。そして新たな反物質砲の威力が海潮《うしお》のように満ちる中、《キュクロプス》の周囲にあるものはすべてが消滅した——空気も、物体の残骸も、蒸気もガスも、煙にいたるまで——何もかもが、最も「硬い」、すなわち高エネルギーの放射線に変貌し、谷を二つに裂き、キロメートル立方の空間に雲を対消滅の抱擁によって幽閉した上で、あたかも惑星内部のカタストロフィによって打ち上げられたかのように、上空へ飛んでいった。

　この恐るべき衝撃の中心から七〇キロは離れていたインヴィンシブル号の体がゆらゆらと揺れ、地震の波は砂漠を走り抜け、昇降用スロープの下に停まっていたトランスポーターやエネルゴボートの位置がずれ、数分後には、山地からびゅうびゅうと音を立てて硬質な強風がやってくると、車の背後に隠れようとする人々の顔を瞬間的な熱で焼き、つむじ風のような砂の壁を持ち上げながら、さらにその先へ、広い砂漠へと突進していった。

爆心地から当時一三キロは離れていた探査機だったが、何かの破片がテレビ装置に当たったようだった。通信は途切れはしなかったが、受信画像には大量のノイズが混じり、画質がかなり低下した。一分がたち、煙がやや脇へ流れると、目を凝らしたロアンに、戦いの次の段階が見えた。

戦いは終わったとロアンは少し前に思ったのだが、そうではなかった。もしも攻撃側が生物であったなら、これだけの大量死に遭えば、次に控えた隊伍は退却するか、少なくとも燃えさかる業火を避けて待機することになったに違いなかった。ところが、生命なき者同士のこの戦いでは、原子の炎は消えず、ただその主要な打撃の形態と方向を変えただけだった。この時初めてロアンは理解した、と言うよりむしろ言葉なしで憶測した――かつてレギスⅢの砂漠の表面で、一方のロボットたちが他方のロボットたちを粉砕しようとしてくりひろげた闘争がどのようなものだったかを。生命なき進化はどのような形態の淘汰を進めてきたのか、そして似非昆虫たちこそが最も正しい適応を遂げた者として勝利したのだというラウダの言葉の意味を。同時にまた、こんなことは過去にもすでにここで起こっていたに違いないということが脳裏をかすめた。微晶体の内部で太陽エネルギーによって定着された、破壊し得ない無機質の記憶、何兆という個体によって構成される雲の記憶は、これと似たような衝突についての知識を蓄えているに違いない、と。似たような一匹狼たち、重厚な装甲を備えた巨人たち、ロボット族の原子のマンモスたちを相手に、何万年も前、これらの生命なき芥子粒《けしつぶ》のような者たちは立ち向かい、勝たねばならなかったのだ。何もかもを破壊する炎を前にすれば、岩をも焼き尽くすエネルギー放射を前にすれば、彼らは一見すると無に等しかった。その彼らの生き残りを可能にしたもの、巨大なモンスターたちの鋼板が朽ちた藁束のように切り刻まれ、かつては精密な電子のメカニズムだったに違いないものの骸骨が累々と砂中に横たわる広大な砂漠の上を引きずり回されるにいたった原因——それは何かしら信じがたい、名状しがたい勇気のようなものではなかったのか、仮にもそんな言葉を、あの巨大な雲の微晶体に対して使えるとしての話だが——。だが他にどんな言葉があるというのか……？　これまでの大量犠牲に直面してなお、雲がとりつづける行動を目撃したロアンは、わが意に反して、感嘆を禁じ得なかった……

　事実、雲は攻撃をやめようとはしなかった。上空から見える全域にわたり、雲より上に顔を覗かせている岩稜は、今やわずか一、二の最高峰だけだった。そのほかのすべてが、雨裂が錯綜する地域全体が、氾濫する黒い波の下にあった。三六〇度のあらゆる地平の果てからここをめがけて疾駆してきたそれらの黒い波が流れ込む先は、すり鉢状の炎の淵である。そしてその底、その中心には、熱に震えるシールドのほかは何も見えない《キュクロプス》がいた。一見すると無意味で巨大な犠牲を払ってまでするこの雲の攻勢には、しかしチャンスがないわけではなかった。

　艦橋のスクリーンが映し出すスペクタクルを前に、力なく立ちつくすすべての人間、そしてロアンには、状況の把握ができていた。たしかに《キュクロプス》が使えるエネルギーは事実上無尽蔵だったが、こうして対消滅の連続砲火が続くうちは、強固な安全装備にもかかわらず、たとえ放射をはねかえす反射ミラーがあっても、恒星の温度に達した熱のごくごく一部は射出装置に伝わり、懐かしいわが古巣に戻ってくるので、マシーンの内部温度はしだいに上昇せざるを得ない。攻撃は、だからこそこれほど執拗に激しく続けられ、だからこそ全方向から一挙に仕掛けられているのであり、雨霰とばかりに死のダイヴィングをつづける微晶体たちと反物質の衝突が《キュクロプス》の装甲外殻に近いところで発生すればするほど、それだけ彼の装置は、すべてが強烈に発熱した。もし内部に人間がいたとすれば、とっくの昔にもちこたえられなくなっていただろう。もしかするとセラマイト製の装甲はすでにサクランボ色に光っているかもしれなかった——だが艦橋の人間に見えていたのは、煙のドームの下で脈打つ炎の青い水玉だけだった。それは一歩々々ゆっくりと谷の出口に向かって這うように動いていた。戦闘地が南に移動してきたことで、雲が最初の襲撃におよんだ三キロ北方の場所は、すでにすっかり露わになっていた。スラグと溶岩の層に覆われ、焼けただれたおぞましいばかりの地表のいたるところで、灰と化した繁みの残骸が、粉砕された岩にぶらさがり、その中には溶けて金属の土くれとなった、熱波に撃たれた微晶体たちが閉じ込められていた。

　ホーパックは、それまで耳を圧する音で艦橋を満たしていたスピーカーを切るように命じ、《キュクロプス》内部の温度が電子脳の耐えられる限界を超えた場合、何が起こるか、とヤゾンに尋ねた。

学者は少しも逡巡しなかった。

「反物質砲が停止されます」

「エネルギー・バリアは？」

「バリアは停止しません」

燃えさかる死闘の場は、すでに谷間《たにま》の入口を出た平野に移っていた。インクのような海が沸騰し、膨張し、渦を巻き、あんぐり開いた火口に向かって死の跳躍を遂げていた。

「多分もうじきだ……」——スクリーン上で嵐のように渦まく混沌が無声化された静寂の中、クロノトスが言った。さらに一分が過ぎた。と突然、炎の渦の輝きが弱まった。雲が遮ったのである。

「ここから六〇キロです」——ホーパックの質問に答えて、通信係が言った。艦長は警報を発令した。全乗員が持ち場に着いた。インヴィンシブル号はスロープ、人員用リフトを格納し、すべてのハッチを閉めた。スクリーン上に新しい輝きがあらわれた。炎の渦が戻ってきた。今や、雲はそれを攻撃していなかった。かろうじて雲の切れ端が火焔にとらえられてあちこちで光を放つだけだった。それ以外の雲はすべて平野から雨裂谷の地域へと退きはじめていた。そして翳に満ちた密林の奥へと帰っていった。画面を見つめていた人々の目に《キュクロプス》の姿が映った。一見、何事もなかったかのようだった。それはあいかわらず後ろ向きでゆっくりと後じさりしていった。周囲にあるものを片端からすべて——岩も砂も砂丘も、連続的に破壊しながら。

「なぜ反物質砲を停めないんだ⁉」——誰かが大声で言った。すると、まるでその声が届いたかのように、独眼の巨人は砲火を止め、一八〇度向きを変えると、次第に速度を上げながら砂漠へと進んでいった。飛行探査機は高度を保ちながらその後を追った。やがて人々は、一本の火の糸のようなものが信じがたい速さで自分たちの顔の方へ飛んで来るのを目にした——そして《キュクロプス》が探査機を狙って砲撃したのであり、今自分たちに見えているのは、放射で消滅した空気の粒子だと悟るより早く、それが画面を飛び出し、艦橋の中で爆発するのではないかと怖れるあまりに身震いし、反射的にのけぞった。画像は瞬時のうちに消え、スクリーンは何もない光で満たされた。

「探査機を撃ち落としたぞ！」——制御盤に向かっていたメカニックが叫んだ。「艦長殿！」

ホーパックは次の探査機を飛ばすよう、命じた。《キュクロプス》はすでにインヴィンシブル号に近づいて来ていて、新しい探査機が上昇したかと思う間もなく、その姿が目に入った。新たな糸状の閃光——その探査機も破壊された。その画面が消える寸前、探査機の視野のうちに人々は自らの艦を認めた。《キュクロプス》はすでにここから一〇キロと離れていないのだ。

「狂ったか」——別のメカニックが昂奮した声で言った。その言葉がロアンの精神の中でなにごとかを啓示した。司令官の顔を見ると、彼も同じことを考えているのだということが悟られた。無意味で泥沼のような夢によって、手足も頭も、体全体が鉛に浸されたような感覚があった。だが命令は下された——三機目、つづいて四機目、と司令官は探査機の打ち上げを命じた。《キュクロプス》はクレイ射撃の名手よろしく、それらを順に破壊していった。

「出力全開」——ホーパックはスクリーンから目を離すことなく言った。

チーフ・エンジニアは、まるで和音をつかむピアニストのように、両手で制御装置のキーボードを打った。

「六分後、発射出力」――エンジニアは告げた。

「出力全開」――ホーパックはまったく同じ口調で繰り返した。室内は静寂につつまれ、エナメルで仕切られた継電器《リレイ》がブーンと唸る、ミツバチの巣がめざめたような音まで聞こえた。

「原子炉格納容器が冷たすぎて」――チーフ・エンジニアが言いかけるとホーパックは相手に顔を向け、やはり声を大きくすることなく、三度同じことを言った――

「出力**全開**」

エンジニアは黙ってメイン・スイッチに手を伸ばした。艦内の奥でみじかい山羊の鳴き声のような非常警報が鳴りわたり、乗組員が戦闘部署に駆けてゆく足音が、遠いスネアドラムの音のように呼応した。ホーパックはふたたびスクリーンを見つめていた。誰も声を発しはしなかったが、あり得ないはずのことが起こったことを誰もが理解していた――司令官が自分の《キュクロプス》と戦おうとしていることを。

計器のインジケーターが点滅しながら、隊伍を組む兵卒たちのように勢ぞろいした。出力計の窓には、はじめ五桁、次いで六桁の数字が現れた。どこかで何かのケーブルが火花を散らしていた――オゾンの臭いが漂ってきた。艦橋の後部では、メカニックたちがたがいに指でサインを送りながら、どの制御システムを稼働するのか、打ち合わせていた。

何番目かの探査機が、打ち落とされる寸前に送ってきた画像には、岩だらけの土地をかき分けるように進む《キュクロプス》の鼻面が映っていた。画面はふたたび目に痛いような銀白に戻り、何も見えなくなった。もう間もなく、モンスターはじかに目視できる範囲に現れるはずだった。視界を広くするために艦の舳先よりさらに上へ外部カメラをのばした。それを操作する装置の前には、レーダー班の掌帆長がすでに待機していた。通信係は次の探査機を打ち上げた。《キュクロプス》はどうやらまっすぐ母艦をめざしているのではないようだった。バリアを張りめぐらせたドームの下で、隙なく密閉されて微動だにせず立つ、完全な臨戦態勢のインヴィンシブル号――その艦首から、等間隔で探査機が飛び散るように出ていった。ロアンはインヴィンシブル号が反物質砲の砲撃にもちこたえられるとは承知していた。だが衝撃エネルギーは吸収せねばならず、その分、自分たちの予備エネルギーの損失になる。この状況で最も良識ある行動はと言えば退却、つまり静止軌道に向けて出発することだろうと思われた。彼は今か今かとそんな命令を待っていたが、まるで《キュクロプス》の電子脳が我に返るのを期待するかのように、ホーパックは黙っている。それはロアンの理解を超えていた。そして実際、砂丘の合間を音もなく滑るように移動するその黒い形態の動きを、重い瞼の下から観察していた艦長が尋ねた――

「呼び出しているか？」

「はい。交信不能です」

「《ストップ》と送れ」

メカニックたちは制御盤を前に動きまわった。二度、三度、四度と彼らの掌の下で光線が飛び交った。

「応答しません、艦長」

なぜ出航しない？——ロアンには理解できなかった。——敗北を認めたくないのか？　ホーパック！　何とナンセンスな！　動いた……。今度こそ——今度こそ命令を出す。

だが艦長は一歩うしろへ下がっただけだった。

「クロノトス？」

サイバネティクス学者が歩み寄った。

「奴らはあれにいったい何をしたと思う？」

《奴ら》という言葉にロアンは驚いた。まるで本当にものを考える敵を相手にしているかのような言い方だった。

「自律系回路はクライオトロンに依存しています」——クロノトスはそう答えたが、これから自分が言うことはあくまで推測の域を出ないと匂わせていた。「温度が上昇し、超伝導性が失われた……」

「博士、それは推測なのか、それとも事実なのか？」——艦長は訊いた。

それは奇妙な会話だった。全員が自分の前方を、スクリーンを見つめていた。もはや探査機を介さずに直接見えている《キュクロプス》は、滑らかに動いてはいたが、それは必ずしも確信に満ちた動きではなく、時々コースをはずれ、まるでどこに向かうべきか、決めかねているようだった。もはや不必要な探査機に向かって、彼は命中するまで何度か撃ちつづけた。落下する探査機は、人々の目に明るすぎるほどの照明弾のように映じた。

「ただ一つ私に想像できるとしたら、共振です」――ややためらった後にクロノトスは言った。

「もしも彼らの場が脳の自己刺戟傾向と重なったら……」

「バリアは？」

「バリアは磁場を遮断できない」

「残念だな」――艦長はコメントした。

人々の緊張はしだいにほぐれていった。いまや《キュクロプス》が母艦に向かっていないことは明らかだった。一分前には最短だった両者の距離が増大していった。人間の管理下から抜け出た機械は、無際限に広がる北方の砂漠へと去った。

「チーフ・エンジニアが私の代理をする」――ホーパックは言った。「諸君には下へ降りてもらいたい」

長い夜

ロアンは寒さで目がさめた。まだ寝ぼけたまま、顔をシーツにうずめ、毛布の下で身を丸めた。両手で顔を覆おうともしたが、体をつつみこむ冷気はいよいよ鋭くなるばかりだった。もう目を覚まさなければならないことはわかっていたが、なぜかその瞬間を先延ばしにしていた。突如、真っ暗闇の中でロアンは身を起こしてベッドに腰かけた。氷のような空気が顔にまともに吹きつける。立ち上がり、小声で悪態をつきながら、空調のスイッチをまさぐる。寝る時はあまりに暑苦しかったので、冷房を最大にしておいたのだった。

小さな船室の空気はゆっくり温《ぬく》もってきたが、毛布の下で半ば坐るようにしているロアンはもう寝つけなかった。腕時計の光る文字盤を見た――艦内時刻で三時。またしても三時間しか眠れなかった――腹立たしかった。そしてあいかわらず寒かった。会議は長びき、解散したのは零時ごろだった。あれだけ喋って何にもならなかった、と思う。今こうして暗闇に坐っていると、もしも《基地》に帰れるのなら、もしもこの忌々《いまいま》しいレギスⅢについて、この惑星の生命なき悪夢について、生命はないながらもそれなりによくできた悪夢について、いっさい何も知らずにいられるのなら、喜んで何でも投げ出そうと思う。戦略家たちの大部分は周回軌道に戻るべきだと助言したが、主任技師と主任物理学者だけが初めから、可能な限り長く留まるべきだと言うホーパックの主張に同調した。レグナー隊の四名が見つかる確率は一〇〇〇分の一か、あるいはもっと少ないかもしれなかった。仮に遭難死していなかったとしても、昨日の戦闘地域からは相当離れていなければ、核汚染地獄から逃れることはできなかったに違いない。はたして彼らのことだけが理由で艦長は出航しないのか、そこには何か他の要因が働いてはいないのか？——それを知ることができるのなら、何でも惜しみなく与えようとロアンは思う。《基地》の穏やかな光の中で、無味乾燥な報告書の言葉で読まれるとすれば、ここで本当に起こったことも、まったく違う印象しか与えないに違いない——強襲用車両や機械の半数を失い、反物質砲を備えた《キュクロプス》という主力の武器を失ったと（以後この独眼の巨人は、この惑星に着陸するあらゆる宇宙船にとって追加的なリスクとなるだろうことも）、殺された者の数は六名、そのうえ乗員の半数以上は入院患者として、長期にわたって、もしかすると一生、宇宙飛行の任務には就けなくなった者として連れ戻ったと——そう報告しなければならないのだ。そして仲間や機械を、最高の武器も失って、逃げたのだと——帰還とは言うものの、こうなれば単なる逃亡とどこが違うのか——顕微鏡が必要なほどちっぽけな微晶体から、小さな砂漠の惑星の産物から、地球文明がとっくの昔に追い越したリラ文明の命なき遺物から逃げてきたのだと！　しかしホーパックはそんなことを気にする男だろうか？　もしかすると、なぜ出航しないのか、自分でもわからなかったのか？　あるいは何かに期待していたのか？　だがいったい何に？

もっとも――生物学者たちは、これら命なき昆虫たちも、自分たちの武器を用いて打ち破れる可能性があると提案した。この種《しゅ》はこれまで進化してきたのだから、これからの進化を引き受けてやればいいと、彼らは論じた。まずは、捕獲した相当数の個体に対して突然変異を、繁殖に際して次世代に引き継がれ、微晶体という種全体を無害化するような、特定のタイプの遺伝的変異を導入しなければならない。それはかなり特殊な変異でなければならない。何らかの利点をもたらすと同時に、その新しい種、変種が、そこを突けば倒せるような何らかの弱点、アキレス腱を持つように誘導する変異だ。だがそれはまさに典型的な理論家のお喋りだった――その突然変異がどのようなものであるべきか、どんな変異をどのようにひきおこすのか、昨日の戦いよりもさらに悲惨な敗北を喫しかねない次の戦いに踏み込まずに、どうやってあの呪わしい微晶体を大量に捕獲するのか、そういうことに関して彼らはまったく頓着しないのである。仮にすべてうまくいったとしても、その第二の進化の効果をいつまで待つことになるのか？　一日や一週間の話ではないだろう。それまでは、メリーゴーラウンドよろしく、レギスの周りを一年、二年、ひょっとすると一〇年も回りつづけなければならないのか⁉　どこから見ても、すべて無意味なことだった。ロアンは空調の設定で度が過ぎたと感じた――今度はすでに暑すぎるのだ。立ち上がり、毛布をほっぽり、顔を洗い、着替えて部屋を出た。

エレベーターはなかった。ボタンを押し、跳躍する階数表示の光に照らし出された仄暗い明かりの中で待ちながら、眠れぬ夜々と緊張に満ちた日々のたまった重みを頭に感じながら、こめかみを打つ血液の音を通して、宇宙船の夜の静寂に耳を澄ました。時おり、目に見えないダクトの中で何かが意味不明のつぶやきを発し、低層の甲板からはアイドリングを続けるトランスミッションの押し殺した唸りがたちのぼってきた——彼らは依然として離陸準備完了状態にあった。ロアンが立っていた踊り場の右手からも左手からも、垂直な井戸を昇ってくる、金属の味がする乾いた空気の流れが吹きつけた。エレベーターのドアが開き、乗った。八階で降りた。一列に並んだ青い照明に照らされた廊下が、船殻に沿って曲がりながら続いていた。足を上げるべき場所では反射的に足を上げ、水密隔壁の高い敷居をまたぎ越し、どこへというあてもなく歩くうちに、主原子炉で働く男たちの影が目に入った。室内は暗く、制御盤の何十というメーター類が仄かに灯っているだけだった。男たちは制御盤の前に並べた肘掛けに坐っていた。

「生きとらんね」——一人が言った。誰だかロアンにはわからなかった。「賭けるか？　半径五マイル以内で五〇〇〇レントゲン。あいつらはもうおらんさ。心配するな」

「じゃ何で俺たちはここにいる？」——別の男がぼそっと言った。声ではなく、重力計制御という男の持ち場から察して、それが掌帆長のブランクだとロアンは察した。

「おやじさんが帰りたくないからさ」

「おまえなら帰るか？」

「ほかに何ができる？」

その場は暖かく、空気中にはある独特な臭いがただよっていた。装置が稼働している時に大量のプラスチックや船殻の鉄板が発する臭いを消すために空調機から出てくる、人工的な針葉樹の芳香剤だ。結果として、すべてが混じり合い、この八階周辺以外にはない臭いになっていた。ロアンは隔壁に張られた発泡樹脂のクッションに背をもたせ、坐っている男たちからは見えない場所に立っていた。隠れたわけではなかった——ただ会話に首を突っ込みたくなかったのだ。

「奴は今にも来そうだな……」——みじかい沈黙のあと、誰かが言った。そう言った男の顔が、体を前に傾けた時に一瞬覗いた。半分ピンク色で、半分黄色いのは、さまざまな色のついた、制御盤のランプのせいだった。それらのランプを通して、原子炉の壁が、自分の足元で体を丸めている人間たちを見つめているようでもあった。奴とは誰のことか——会話をする男たちと同様、ロアンにもわかった。

「俺たちにはバリアもレーダーもある」——掌帆長は嫌々《いやいや》応じた。

「近くで一〇億エルグでもぶっ放されてみろ、バリアはどうなる」

「レーダーが近づかせない」

「俺にそれを言うか？　俺は奴を自分の倅《せがれ》のようによく知っとる」

「だからどうなんだ？」

「アンチ・レーダーもあれば、干渉システムも……」

「しかし奴は調整が狂っているじゃないか。電気狂人だ……」

「たいした狂人だ。艦橋にはいたのか？」

「いや。ここにいた」

「だろうな。俺はいたんだ。奴が俺たちの探査機を片っ端からやっつける様子を見られなかったのは残念だな」

「つまり、どういうことだ？　奴らが調整し直したのか？　もう奴らに操られているってことか？」

　誰もが《奴ら》と呼んでいる――ロアンは思った。まるで本物の生きている、考える力のあるものであるかのように……

「陽子《プロトン》に訊いてみな。狂ったのは通信だけだという話だ」

「じゃあ、なぜ俺たちを攻撃する必要がある？」

　ふたたび沈黙がひろがった。

「今どこにいるのか、わからないのか？」――艦橋にはいなかった男が尋ねた。

「わからん。最後の報告は一一時だったと、クラリクが教えてくれた。砂漠をうろうろしていたらしい」

「遠いのか？」

「なんだ、びびったか？　ここから九〇マイルってところか。奴なら一時間もかからん。もっと早いかもな」

「もう無駄話はそのへんで充分だろう？」——掌帆長ブランクが怒気を含んで口を挟んだ。色とりどりに明滅するランプを背景に、ブランクの鋭いプロフィールが浮かんでいた。

男たちは皆おし黙った。ロアンは踵をめぐらし、来た時と同じようにそっとその場を離れた。途中、二つのラボの前を通った。大きい方は消灯されていたが、小さい方では照明が灯っていた。その光が天井際の明かり取りから廊下に流れ出ていた。ロアンは中を覗いた。円卓に着いていたのはサイバネティクス学者と物理学者たちだった——ヤゾン、クロノトス、サーナー、リヴィン、ソーラハン、そしてもう一人、誰かが、同僚たちに背を向けて、斜めになった隔壁の陰で、大電子脳のプログラミングをしていた。

「……エスカレーション的戦略として二案ある。一つはアナイアレーションで、いま一つは自己破壊。それ以外は環境システム的なものだ」——そう語っているのはソーラハンだった。ロアンは敷居をまたがずにいた。またしても立ったまま盗み聞きである。

「エスカレーション的第一案は、雪崩プロセスを作動させることで成り立つ。必要なのは反物質砲であり、これを谷に進入させ、谷間に留まらせる」

「一台はすでに行ったな……」——誰かが茶化した。

「もし電子脳を持たない機械であれば、たとえ温度が一〇〇万度まで上がっても活動できる。必要なのはプラズマ砲だ。プラズマは天文学的数字も怖れない。雲は前回と同じようにふるまうだろう

——相手を谷間に埋めて窒息させようとし、相手の制御回路との共振に入ろうとするだろう、ところがそこには、亜原子粒子反応以外にはいかなる回路もない。より多くの材料が反応に放り込まれれば、それだけ反応も過激化する。そうして一ヶ所におびき寄せ、この惑星のネクロスフィア全体を消滅させる……」

　ネクロスフィアか……——ロアンは思った。なるほど、あの微晶体は非生命体だからな——さすがは学者だ。いつでも何か美しい、新しい名前を考えつく……

「一番私が気に入っているのは、自己破壊の案です」——ヤゾンが言った。「しかしみんなはそれをどう想定しているんです？」

「それはまず、奴らを二つの別々の大きな《雲＝脳》統合体に結集させ、その後《ご》その両者を衝突させ——それらが互いに相手を生存競争上の敵だとみなすように導く……」

「わかりますが、どうやってそれをやるんです？」

「簡単ではないが、可能なことだ。仮に雲は単なる疑似的脳にすぎず、推論能力を欠いているとしたら……」

「しかしより確実なのは、放射線量の平均を下げるという環境システム案です……」——サーナーが言った。「惑星の半球それぞれに対して五〇から一〇〇メガトンずつの水素弾が四つあれば足ります——全部で八〇〇にもなりません……。海の水は蒸発して雲の被覆を厚くし、反射能《アルベド》は上昇し、定住性の共生体は、繁殖に必要な最小エネルギーすら彼らに提供できなくなります……」

「その計算は不確かなデータに基づいています」——ヤゾンは抗議した。専門家たちの論争が始まったのを見て、ロアンはドアから身を離し、散歩に戻った。

自室に帰るのに、彼はエレベーターのかわりに、通常は誰も使わない鋼鉄製の階段を使った。甲板を順に横から眺めながら、登ってゆく。修理工場では、動かなくなって黒ずみつつある大柄なアルクタン・ロボットたちの周囲で、ド・フリース班の修理工たちが溶接機の火花を散らしているのが見えた。遠くから見ただけだったが、艦内病室の壁に並んだ丸い舷窓《げんそう》には、菫色の仄暗い光が灯っていた。白いエプロン姿の医師が一人、音もなく廊下を進み、その後ろから小型のオートマトンが光沢をおびた道具一式を運んでいた。誰もいない真っ暗な食堂、クラブ・ルーム、図書室を通りすぎ、ロアンはとうとう自室のある階にたどり着いた。艦長の船室の前を過ぎる時には、ここでも盗み聞きしたいような気持ちに駆られて立ち止まったが、滑らかなドアの向こうからはいかなる音も一条の光も漏れては来ず、舷窓は銅の頭が付いたねじでしっかりと密閉されていた。

自分の船室に戻ってみると、あらためて疲労を感じた。肩が重く垂れさがる。ベッドに腰かけ、靴を脱ぎ捨て、うなじに組んだ両手に頭をのせる。そうして腰かけたまま、終夜灯でほんのり照らされた低い天井を見つめた。その水色の表面を真ん中で二つの部分に分けるように、ラッカーの亀裂が走っている。

艦内を巡回したのは義務感からでも、他人の会話や生活に対する好奇心からでもなかった。ほかでもない、思い出したくない映像がたちかえってくる、夜のこの時間帯が怖ろしかったのだ。すべての記憶の中でも最悪なのは、ほかの人間を殺させまいとして、自分が至近距離から撃って殺した人間の記憶だった。そうせざるを得なかったのではあるが、だからと言ってそれだけ気が楽になるわけではない。今この明かりを消せば、またあの同じ場面が見えるだろう、あの男がうすぼんやりとした笑みを浮かべ、掌《たなごころ》の上で心許《こころもと》なく揺れるヴェイル銃の銃口に導かれ、一歩々々進む様子が、地面に横たわる左腕のない死体をまたぐ様子が――見えるだろう。

　その死者はヤルクだった。奇蹟的に助かったあとに、あれほど馬鹿げた死を迎えるために戻ってきたのだ。そしてその一秒後には、彼の死骸の上に、胸の部分を裂かれ、煙のたちのぼる宇宙服を着たもう一人の男が倒れ込むのだった。目の前で勝手に展開するその映像を止めようとしても無駄だった。そればかりか、オゾンのきつい臭いや、汗まみれの手で握りしめていた熱い銃把《じゅうは》の反動を感じ、やがて息切らしながら引っぱってゆくことになる仲間たちのもの哀しい呻き声が聞こえた。彼らを一人々々、まるで藁束のように縛らねばならなかった時、そのたびに、攻撃された衝撃で突如として視力を奪われたような、見知った顔が見せる、絶望的な無力さの表情が間近にあった。

　がたっと音がした。本が落ちたのだった。まだ《基地》にいる頃に読み始めた本で、読み終えたページに白紙のカードを挟んであったが、その後は一行も読んでいなかった。そんな暇はなかった。彼はベッドの上で姿勢を正した。雲の全滅作戦を立てていた戦略家たちのことを思い出し、軽蔑の微笑に口元が歪んだ。どれもこれも、無意味だ……彼らは滅ぼしたいと言っているが……たしかに自分たちも、われわれも皆、あれらを滅ぼしたいと思ってはいるが、そうしたところで誰を救うことにもならない。レギスは無人だ。人間が探すべきものは何もない。ではこの執拗な復讐心はどこからくるのか？　仲間たちは、嵐や地震に命を奪われたと同じではないのか？　われわれは、誰かの意図的な計画や、何らかの敵意に行く手を阻まれたわけではなかった。生命なき自己組織プロセス……それをわれわれが当初、待ち伏せする敵だと、最初にコンドル号を闇討ちし、次に自分たちを攻撃した相手だと勝手に考えたからと言って、たったそれだけの理由で、それを滅ぼすためにあらゆる力やエネルギーを無駄にするだけの価値はあるのか？　宇宙は、人間の理解の外にあるようなこうした途方もない現象を、どれだけたくさん自らのうちに秘めていることか？　自分たちの理解と矛盾するすべてのものを粉砕するために、どこへ行くにも大量破壊兵器を宇宙船に積んでいなければならないのか？　学者たちはネクロスフィア、つまり死の圏域と名づけたが、そうであれば、生命なき進化はネクロエヴォリューションだ。もしかするとリラ人には何らかの主張があったのかもしれない。レギスⅢは彼らの力が届く範囲にあった。太陽は新星に変貌するだろうと、彼らの天文物理学者が予言した時、この惑星を植民地にしたいと考えたのかもしれない……それが彼らの最後の望みだったのだろうか。自分たちもそんな状況にあったら、もちろん戦っただろう、あの黒い結晶体の一族を打ち負かそうとしただろう。しかし今は……？《基地》からは一パーセクも離れ、地球からも何光年と離れた場所で、いったい何の名においてわれわれは、次々と仲間を失いながら、ここに駐留しているのか、復讐などはあり得ないことなのに、戦略家たちはなぜ夜な夜な最良の殲滅法を探し求めるのか……

もしも自分の目の前にホーパックが現れたら、この場で洗いざらいぶちまけよう。「最大の犠牲を払っての征服」だとか、「人類の英雄的な生存」だとか、死地に送りこまれたからこそ命を落とした同志たちの死に報いたいという願望だとか——そのどれもが何と滑稽であると同時に狂っていることか……。自分たちは要するに慎重じゃなかったのだ、自分たちの武器や計器に信頼をおき過ぎたのだ、間違いを犯したからこそ、その報いを受けているのだ。自分たちが、自分たちだけが悪いのだ。弱い光の中で、眼を閉じながら、彼はそう思ったが、まるで瞼の裏が砂で一杯になったような、焼けるような痛みがあった。人間は到るべき高みにまだ達していないのだ、「銀河系中心主義」と麗しく命名され、以前から称揚されてきた姿勢にふさわしい成熟を、人間はまだ遂げていないのだ——と、この時点でロアンは言葉もなく悟った。本来その姿勢は、自分に似た者のみを探し求め、そういう者のみを理解することではなく、自分たちのものではない事柄、非・人間的な事柄には介入しないことをこそ意味するのだ。虚空を占有する——いいだろう、何のいけないことがあろう、だが、現に存在するものを攻撃するな——相手は、何億年もの時間をかけて、自らの存続の平衡を、誰にも従属せず、放射能の力と物質の力以外の何ものにも従属せぬ、能動的で活動的な存続の平衡を、作り上げてきたのだ。動物、あるいは人間と呼ばれる蛋白質の結合体の存続に比べて、より良くもより悪くもない存続の平衡を。

　そうした崇高な銀河系中心主義に満たされ、いまや宇宙に存在するすべての形態をあまねく理解したかと思われたロアンを、神経に突き刺さる針のように襲ったのは、繰り返し鳴らされつづける、非常警報の甲高いサイレンだった。

　一秒前の彼の考え事はすべて、全甲板を覆うその執拗な音によって掃き捨てられ、消えた。次の瞬間、ロアンは廊下に飛び出し、仲間たちの疲れた足音の重いリズムの中、人々の温かい吐息に包まれ、ともに走った。そしてエレベーターにたどり着く前に、彼は感じた——何かの感覚によってでもなく、自分の身体を通してでもなく、言わば自分がその一分子となった船体そのものを通して、一見はてしなく遠く、かすかな、しかし巡洋艦の胴体から艦尾の開口部までを貫いて走る打撃を、何ものにもひき較べることのできない力の衝撃を感じた。そしてその衝撃を、インヴィンシブル号よりさらに大きな何ものかが受け取り、やわらかに撥《は》ね返した——ロアンはそれも感じた。

「奴だ！　奴だ！」——走り回る人々の中から叫び声が聞き取れた。乗組員は順にエレベーターの中へと消え、扉がシューッと音を立てて閉まった。自分の番が待てない者たちは、ドシドシと地響きを立てながら、曲がりくねる階段を走った。しかし入り混じる声、呼び声、掌帆長らのホイッスル、繰り返される警報のサイレン、そして上の甲板から聞こえてくる足音の中、第二の、無音の、その分さらに強烈な、次の被弾の衝撃のようなものが伝わってきた。廊下の照明は、明滅したかと思うと、また新たに明るくなった。エレベーターがこれほどのろい乗り物だとはロアンは思ってもみなかった。彼は無意識に力いっぱいボタンを押しながら立っていたが、その横にはもはや一人の人間しかいなかった。サイバネティクス学者のリヴィンだ。エレベーターが止まり、飛び降りるロアンの耳に、想像し得るかぎり最も細い、それ以上高い音は人間の耳には聞こえない——ロアンはそれを知っていた——音域の笛のような音が聞こえた。それは、巡洋艦を支えるすべてのチタンの桁や梁が一斉に上げた呻き声のようだった。インヴィンシブルが砲火に対して砲火で返答したのだと悟った彼は、艦橋に飛び込んでいった。

だがそれは実は戦闘の終わりだった。スクリーンの前では、その光り輝く画面を背景に、黒々と、大きな艦長が立っていた。天井の照明は——意図的にか——消されていた。スクリーンの上から下へ走り、視界を全面的に妨害している縦縞を透かして、下部は地面に着き、上部はでっぷりとした塊根状のぶあつい層を全方向の地平線に向かって突き出した、一見するとまったく動きのないキノコ雲が、朦朧として浮かんでいた。爆発が、第三次防御線上で《キュクロプス》を原子にまで解体し、滅ぼしたのだった。空中には、溶解しつつある爆発の恐るべき、ガラス状の顫動が依然として漂っていた。その中をメカニックの単調な声が聞こえてきた——

「ゼロ地点で二〇、六〇〇……防御線で九、八〇〇……陣地内で一、四、二二……」

陣地内で一四二〇レントゲンということは、シールドが放射に破られたということだ……——ロアンはそう理解した。そういうことが可能だとは知らなかった。しかし主出力計の盤面を見た瞬間、艦長がどれだけの力を使ったのか、悟った。このエネルギーで、中程度の大きさの内陸海を煮立てることができた。仕方ない——二度、三度の砲撃をしなければならなくなるリスクをホーパックは冒したくなかったのだ。やり過ぎだったかもしれないが、少なくとも今回、敵は一人だけだった。

その間、スクリーン上では驚くべき現象が起きていた——巻き毛のようでもあり、カリフラワーのようでもある巨大なキノコ雲の頭部が、最も銀色をした緑色から深い杏色《あんずいろ》やカーマイン・スカーレットにいたるまで、虹のようなあらゆる色に染まって燃えていた。砂漠は——今になってロアンは気づいた——まったく見えなかった。厚い霧となって数十キロ上空にまで舞い上がった砂が、砂漠を覆いつくしていた。砂の霧は波打ちながら宙にとどまり、もはや本物の海に変わったかのようだった。メカニックはあいかわらず計測値の数字を読んでいた——

「ゼロ地点で一九、〇〇〇……防御線上で八、六〇〇……陣地内で一、一、ゼロ、二……」

《キュクロプス》に対する勝利は完全な沈黙によって迎えられた。たしかに、自らの、それも最強の構成員を打ち破ったとしても、それは特に祝賀に値するものではなかった。人々は三々五々散っていったが、その間もキノコ雲は大気の中を成長しつづけ、突如としてその雲頂で最前とは違うパレットの色彩で燃え上がった。今度は、まだ地平線の下にいる太陽の光線があたったのだった。すでにキノコ雲は氷でできた絹雲の最も高い層を超え、それを見おろし、藤紫の金色、琥珀色、プラチナ色に変わった。それらの輝きは波となってスクリーンから抜け出て艦橋全体にゆきわたり、白くエナメルを塗った制御盤の盤上に、誰かが地球の花々の色を溶かして広げたかのように、艦橋を変幻させていった。

ロアンはホーパックの服を見て今一度不思議に思った。艦長はコートを着ていたのだ——一番最近で言えば、それは《基地》での送別式で着ていた、雪のように白い礼装用コートだった。きっと手当たり次第につかんだものを羽織ったのだろう。両手をポケットに突っ込み、こめかみに白い髪の毛を立たせた彼は、その場にいた部下たちを見回した。

「ロアン君」——意想外にやわらかな声で、艦長は言った。「来てもらえるかね」

ロアンは近寄り、反射的に気をつけの動作をした。すると艦長は体を回転させてドアに向かった。そうして二人は、艦長が前を行き、ロアンがその後ろについて廊下を歩いていった。換気用のシャフトからは送風のノイズに混じって、下層の甲板を満たす大勢の人間たちの、どことなく怒気を含んだ、低い呟きのような声が伝わってきた。

会話

ロアンは艦長の船室に入っていった。呼ばれたことに驚いてはいなかった。実のところ、船室に来ることはめったになかったが、最近ではクレーターの基地に単独で帰還したあと、インヴィンシブル号に呼び出された時もホーパックは自室で応接した。こういう招待は概してろくな用事ではなかった。もっともその時は、雨裂谷の惨事にあまりにも衝撃を受けていて、艦長の怒りを恐れることすら忘れていた。実際には一言の譴責《けんせき》もなく、ただ、雲の攻撃に際して起こった当時の状況を事細かに質問されただけだった。その会話には医師のサックスも同席していて、ロアンが助かったのは《意識混濁》に陥っていたからではないかという推理を披露した——つまり、脳の電気的活動を阻害する一種の麻痺状態にあったために、ロアンはすでに攻撃を受けて無害化された対象の一人であると雲が判断したというのだった。運転手ヤルクについては、逃げながらたまたま攻撃範囲の外へ出たという、純粋な偶然に救われたのだろうというのが神経生理学者の見立てだった。ところがターナーは、ほとんど最後まであきらめずに自身や味方を護ろうとしてレーザー銃を撃ちつづけた、つまり本来の義務に忠実だったわけで、それがかえって仇となり、死因となった、なぜならば、彼の脳は正常に働いていたために、雲の関心を呼んだというのである。雲は、人間の言葉で言えばもちろん盲目なのであり、雲にとっての人間とは、大脳皮質の電気的ポテンシャルが活性化している時にしかその場にいることが察知できない、動きまわるある種の物体に過ぎなかった。ホーパックと医者は、適当な薬品を投与して《人工的麻痺状態》を作り出すことで隊員を保護できないかという可能性について話し合いまでしたが、そうした《電気的カムフラージュ》の現実的な必要が生じてから薬を投与したのでは、薬が効くまで時間がかかり過ぎ、かと言って意識混濁状態の隊員を作戦行動に送り出すこともできないとサックスは認めた。つまるところ、ロアンに対してあれこれなされた検査は、具体的な結果をもたらさずに終わっていたのだ。もしかするとホーパックはもう一度この件に戻りたいのだろうとロアンは判断した。自分の部屋より倍の広さはある船室の中央で、彼は立ち止まった。壁には艦橋との直接連絡装置や艦内連絡網のマイクが何列も並んでいたが、それらを除けば、宇宙船の司令官がここに何年も住んでいることを物語る材料は何一つなかった。ホーパックはコートを脱ぎ捨てた。下にはズボンとメッシュのシャツを着ていた。広く毛深い胸板の白い毛が網目からはみ出していた。彼は佇立《ちょりつ》している訪問者に対してやや横向きに腰かけ、ロアンの知らない、革表紙の擦り切れた小型の本以外には何も載っていない机に、重い両手を突いた。自分の司令官が読んでいる、自分の知らないその書物から、司令官自身に視線を移した瞬間、まるで彼を初めて見たような気がした。額に持っていった片手が顫えているのを隠そうともしない、死ぬほど疲れ切った人間がそこにいた。部下として働きはじめてすでに四年目になるこのホーパックという人物を、自分は実はまったく知らないのだと悟り、はっとした。艦長の船室には、なぜ個人的な品物がひとつもないのか、子供時代や家の思い出として人が宇宙に持って来る、ちょっとした、時に滑稽な、あるいは無邪気な品物がなぜ一切ないのか――そんなことについては、これまで考えてみようとも思わなかった。ホーパックはなぜそういうものを持たないのか、なぜ地球に残してきた近しい者たちの顔を写した古い写真か何かを壁に貼ってないのか――それがこの瞬間に理解できたような気がした。ホーパックは初めからずっとここにいたのだ。地球は彼にとって故郷ではないのだ。しかし彼は今、そのことを生まれて初めて悔いてはいないだろうか？　彼のがっしりとした肩、腕、背中に老いは見えない。老いは手の皮膚にしかなかった。指の関節の上でもなかなか皺《しわ》の寄らぬ、ぶあついその皮は、指を伸ばすと白くなった。自分の指がわずかに顫えているのを、一見するとどうでもいいというかのような、疲れた関心をもって眺めた彼は、あたかもこれまでは自分と無縁だったものを初めて確認したかのようだった。ロアンはそれを見ていられなかった。だが司令官は、頭をわずかにかしげ、ロアンの眼を見ながら、まるではにかんでもいるかのような笑みを浮かべて呟いた――

「やり過ぎだった、か？」

　その言葉というより、それが言われた口調と艦長のふるまいそのものに、ロアンは啞然とした。返事はできなかった。そして佇立したままでいると、相手は毛深い胸を広い手のひらで撫ぜ、付け足した――

「それでもよかったかもしれん」

そして数秒後、まるでホーパックらしからぬ率直さで打ち明けた――

「どうしていいか、わからなかった」

衝撃的な言葉だった。たしかに、もう何日も前から、自分たち全員同様、艦長もまた無力だと知っているような気がしていたが、この瞬間に初めて、本当にそう知っていたわけではなかったと悟った。艦長は他のどんな人間よりも数手、先を読んでいる、なぜなら、そうでなければならないからだと、実は信じていただけなのだと思い知らされた。突如として、司令官についての真実が、いわば二重の意味で曝露されたのだ。と言うのも、ロアンの目の前にはホーパックの半ば裸のトルソーがあり、顫える手を持つ、この疲れきった肉体の存在は、これまで一度も彼の意識に到達しなかったものであると同時に、その発見が真実であることを裏づける言葉をも耳にしたからだった。

「掛けたまえ、ロアン」――司令官は言った。ロアンは腰かけた。ホーパックは立ち上がり、洗面台まで歩いてゆき、水で顔とうなじを洗い、ざっとそれを拭くと、威勢よく上衣をはおり、ボタンを留め、ロアンの正面に坐った。強風に吹かれた時のようにやや涙の量の多い、いつもの蒼白い眼で相手を見すえると、あたかも仕方なくそうするかのように、尋ねた――

「君の例の……不可侵権はどうなった？　調べてもらったかね？」

ああ、そのことだったか……――という思いがロアンの脳裡をよぎった。彼は咳払いした。

「たしかに、医師らに調べてもらいましたが、何も見つかりませんでした。意識混濁というサックスの説がたぶん正しいのでしょう」

「そうだな。ほかには何も言われなかったかね？」

「私は言われませんでしたが、小耳にはさんだところでは……雲はなぜ人間を一度しか攻撃せず、その後は放置しておくのかという疑問について話し合ったそうです」

「それは面白い。で？」

「ラウダは、雲が、人間の脳の電気的活性の差異にもとづき、正常な者と攻撃済みの者とを識別しているという考えです。攻撃で損傷を被った者の脳は新生児のような活性を示す——少なくとも、よく似た状態だ、と。まさに私が陥った意識混濁でも、イメージはかなり似たようなものだろうという気がします。サックスは、髪の毛の中に隠れるほどの薄い金属のネットを制作できるのではないかと……そこへ攻撃で損傷を受けた人間の脳と同じ微弱なパルスを流す。言ってみれば、それをかぶれば体が透明になる《ハデスの兜《かぶと》》です。そうすることで雲の目を欺くというわけです。成功するかどうかはわかりません。二、三回実験をしたいと彼らは言っています。しかし充分な数の微晶体が無いし——《キュクロプス》が持ち帰るはずだったものは手に入れられなかったし……」

「そうだな」——艦長は溜息をついた。「話そうと思ったのはそのことではなかった……。これから話し合うことは、内密にということで。いいかね？」

「ええ……」——ロアンはおもむろに答えた。緊張がまた戻った。艦長はこちらを見ておらず、何やら切り出しにくい風だった。

「私はまだ決定を下していないのだ」――突然、彼は言った。「別の人間なら、コインを投げて決めるだろう。帰還するか――留まるか……。だが私はそうしたくない。君がどれほど頻繁に私と違う意見を持っているか、私は知っている……」

ロアンは口を開いたが、相手は軽く手を挙げて制止した。

「いや、いや……。そこでだ、君にチャンスを与えたい。君が決定を下すのだ。私は言われた通りにする」

艦長の眼はロアンの眼を見たが、すぐに重い瞼の下にひそめられた。

「何と……私が？」――ロアンは口ごもった。ほかのことならともかく、こんなことは思いもよらなかった。

「そう、君が決めるのだ。もちろん、約束したように――われわれ二人だけの秘密だ。君が決定を下し、私がそれを遂行する。《基地》から見れば、決定の責任者は私だ。いい条件じゃないか？」

「それは本気で……おっしゃっているのですか？」ロアンは訊き返したが、それは時間稼ぎに過ぎず、所詮、すべて現実のことだとはわかっていた。

「そうだ。君のことを知らなければ、時間的猶予も与えただろう。だが私は知っている、君が歩き回り、自分なりに考え……とっくの昔に決定を下していることを……しかし君からそれを引き出せないかもしれない。だから、今ここで言ってもらいたい。これは命令だ。この瞬間、君をインヴィンシブルの司令官にする……。すぐには無理か？　いいだろう。一分だけ時間をやる」

ホーパックは立ち上がった。洗面台に向かい、指の腹で頬をなでると、白い髭《ひげ》がざらざらと音を立てた。すると何事もなかったかのように電動剃刀で髭を剃りだし、鏡を見つめた。

ロアンにはその姿が見えてもいたし、見えてもいなかった。最初に覚えた感情は、ホーパックに対する怒りだった。決定の権利というより義務を与え、約束で縛り、あらかじめ全責任を自分で背負うという、ホーパックのやり方はあまりに非情だった。彼のことをすでに充分知っていたロアンには、すべては熟考の末のことであり、もはや逆転する余地がないということもわかっていた。一秒また一秒と時間はたち、いよいよ返事をする瞬間が迫っていったが、彼は五里霧中のままだった。夜な夜な物思いにふけりながら、鉄の煉瓦細工のように組み立てていた、できることなら艦長に面と向かってぶつけたかった、あらゆる理論武装がどこかへ消えてしまっていた。四人の仲間はもう生きてはいない――それはほとんど確かなことだった。この《ほとんど》という一語がなかったならば、何一つ思案することも、四の五のあげつらうことも必要なく、要するに夜明けとともに離陸するまでだった。ところがその《ほとんど》が今やロアンの内部で膨らみはじめていた。ホーパックの脇にいた間は、とにかく即刻出発すべきだと思っていた。それが今は何と、そんな命令はおくびにも出せないと感じている。そんなことをしたら、レギス事件の終わりではなく、始まりになっただろう。《基地》に対する責任などということとはまったく関係ない。あの四人は永遠に艦内に残ることになり、雰囲気はこれまでとはまるで違うものになるだろう。乗組員たちは帰りたがっている。しかし彼は夜の彷徨を思い出していた。しばらくすると人々はこのことについて考えはじめ、やがて口にするようになるだろう。《どうだ、見たか？　おやじさん、四人を置いてけぼりにして出発したぞ》と言い合うことだろう。そしてそのことだけが重要になるだろう。自分が見捨てられることはない、たとえどんな状況になったとしても――と誰もが信じられるようでなければならない。敗北し、あらゆるものを失っても構わないが、乗員だけはデッキに揃っていなければならない――生者と死者とを合わせた全員の数が。そんな条文は規則にはない。しかしそれが守られないようであれば、もはや誰ひとり宇宙は飛べないのだ。

「どうした？」――ホーパックは尋ねた。シェーヴァーを置き、ロアンの真向かいに坐った。

ロアンは唇をなめた。

「やってみないと……」

「何を？」

「彼らの捜索を……」

ことは為された。艦長は反対しないだろうとわかっていた。ホーパックの狙いがまさにここにあったのは、今や明白だった――すべては計画的だった。単独でリスクを取りたくなかったのか？

「四人の捜索だな。わかった。いいだろう」

「しかし作戦が必要です。何らかの理性的な方法が……」

「われわれはこれまでも理性的だった。その結果はご覧の通りだ」

「一つ申し上げていいでしょうか？」

「言いたまえ」

「夜中に戦略家たちが会議をしていました。と言っても、私は耳にはさんだだけですが……まあ、それはともかく、雲を全滅させるさまざまな案を練っていました……しかしわれわれの仕事は雲を滅ぼすことではなく、あの四名を探し出すことです。ですから、もしも反陽子による殺戮でもしかけたとすれば、四人のうちの誰かが生きていたとしても、そんな二度目の地獄から生きて脱出はできないに決まっています。誰ひとり。それは不可能です……」

「私もそう思う」――艦長はのんびり応じた。

「艦長も!?　それはよかった……だったら？」

　ホーパックは黙っていたが、やがて訊き返した。

「彼らは……何かほかの方法を見つけたのかね？」

「彼らが……？　いえ」

　ロアンはまだ何か問い質したかったが、その勇気がなかった。言葉は彼の唇の上で凍りついた。ホーパックは何ごとか待ち受けるかのようにロアンを見ていた。だがロアンは途方に暮れていた――あの学者たち全員を、サイバネティクス学者や戦略家たち、それに彼らが操る電子脳を合わせたものよりもさらに良い解決法を自分なら、自分一人で考え出せると、まさか司令官はそう期待しているのだろうか？　それは馬鹿げた期待だった。しかし艦長は辛抱強くロアンを見ていた。二人は黙ったままだった。蛇口から落ちる水滴の音が、完全な静寂の中で異様に大きく響きわたった。そしてその静寂からも、二人の間に、ロアンの頬を凍りつかせる冷たい何かが生まれていた。ホーパックの涙を含んだ、今やたとえようもなく年老いた眼を見ていると、自分の顔全体が、その皮膚が、うなじから顎にかけて縮みはじめ、言わば狭すぎるように感じられだした。もはや相手の眼のほかには何も見えなかった。ロアンはもうわかっていた。

　緩慢な動きで彼はうなずいた。《はい》と言っているかのようだった。わかったな？――と艦長の眼は尋ねていた。わかりました、とロアンも眼差しで答えた。しかしその意識が彼の中で次第にはっきりとしてくるにつれて、そんなことはあり得ないと感じた。そんなことを自分に要求する権利は誰にもない、彼にさえないと。だからロアンは沈黙を続けた。だが今度は、何も見当がつかないと、何もわからないと装っての沈黙だった。眼から眼へと伝えられたことも何一つ言葉で表現されていない以上、白を切ることもできるだろうという、無邪気な希望に縋《すが》りついていた。自分は鈍感で、と嘘をつくこともできた――なぜなら、ホーパック自身がそれを口にすることは決してないということを理解し、感じていたから。しかし相手にはそれが見えていた、すべてお見通しだった。二人は身じろぎもせず坐ったままだった。ホーパックの視線がやわらいだ。それはもはや期待も、急き立てるような執拗さも表してはいなかった。そこには同情しかなかった。まるで〈わかった。いいだろう。それでもいいだろう〉とでも言っているかのようだった。司令官は目を伏せた。このままもう少し時間がたてば、言われずに終わったことはすべて消え去り、二人とも、何ごともなかったかのようにふるまうことができるだろう。だがその伏せられた目が決定的だった。ロアンが耳にしたのは自分の声だった。

「行きます」

ホーパックは重い溜息をついたが、自ら吐いた言葉が自分の中でひきおこした恐慌に見舞われていたロアンにはそれが聞こえていなかった。

「いや。そんな状態では行かせられん……」

ロアンは黙っていた。

「これまでこのことは君に言えなかった……。志願者を募ることさえできずにいた。私にはその権利がない。だが今や君もわかるだろう、このまま飛び立つわけにはゆかない、と。単独でなければあそこに潜入することはできない……そして脱出することも。ヘルメットも、車も、武器もなしで……」

ロアンには彼の言葉がかろうじて聞こえるかどうかというほど遠かった。

「今から私のプランを披露するから、よく考えてもらいたい。君はそれを拒否してもいい。依然としてこれはわれわれの間だけの話だからだ。私の想像はこうだ――シリコン製の酸素ボンベが要る。金属はいっさいだめだ。私があそこへ二台の無人のジープを送り、雲の注意をひきつける、二台は破壊される。その間《かん》、同時に三台目が行く。人間を乗せて。これが最大のリスクだ――なぜなら、砂漠の行進で時間をつぶさずに、なるべく近くまで到達しなければならないからだ。酸素は一八時間もつ。問題のガリーとその周辺の写真は揃っている。これまでと同じルートで行くのではなく、台地の北限まで可能な限り近づき、そこから岩の斜面を歩いて谷間に降りるべきだと私は考える。谷の源に近い上部に降りるわけだ。およそ可能性があるとすれば、そこしかない。あそこなら生きのびられる。だが洞穴や亀裂の多い、難しい地形だ。もしも全員を、あるいは誰か一人でも見つけられたら……」

「そこです。どうやって彼らを運ぶんですか？」——意地の悪い満足が棘のように刺さるのを感じながらロアンは質した。そこでプランは雲散霧消しそうだった。ホーパックは何と軽々とロアンを犠牲にしたことか……

「軽度の麻酔剤を携行する。そういうものがあるのだ。もちろんそれは、彼らが自発的について来ない時だけ必要になるものだ。幸い、その状態になっても歩くことはできる」

〈幸いか……〉——ロアンは思った。ホーパックには見えないように、テーブルの下で拳を握り締めた。恐怖はまるでなかった。まだなかった。何もかもがあまりに非現実的だった……

「万一、雲が君の存在に関心をもったら、地面に伏せてじっとして動かぬことだ。そんな場合に備えてやはり何かいい薬品がないか考えたが、効くのが遅すぎる。あとはせいぜい、サックスの言っていた兜、例の電流シミュレーターくらいしかない……」

「そういうものがすでにあるのですか……？」——ロアンは尋ねた。ホーパックはその問いの隠れた意味を察知した。だが落ち着きは失わなかった。

「ない。だがそんなものは一時間もあれば作れる。髪にひそませるネットだ。電流でリズムを発生させる装置は服の襟に縫い付ける。さて……君に一時間やろう。もっとゆっくりさせたいのはやまやまだが、一時間でも二時間でも遅れれば、そのぶん救出の望みも減る。それでなくともわずかな望みだ。いつ決定を下す？」

「もう決めました」

「馬鹿が。私が君に言っていることが君には聞こえんのか？　あれはあくまで、まだわれわれは《基地》に帰れないということを君にわかってもらうためのことだったのだ……」

「でもご存じでしょう、私が結局は行くつもりだということは……」

「私が許可しなければ、君は行けない。私がここの司令官だということを忘れるな。われわれが直面している問題にくらべれば、人の野心などどうでもいい」

「わかりました。私が強制されていると感じるのは厭なんですね……？　結構です。そうであれば……しかし今こうして話し合っていることも、依然として約束に含まれているということですね？」

「そうだ」

　ホーパックはしばらく黙っていた。

「そうであれば、もし艦長が私の立場にあったら、どうなさるか、知りたい。立場を入れ替えて……一瞬前とは逆になったら……」

「私なら行かないと、もし私が言ったら？」

「そしたら私も行きません。でも艦長は本当のことをおっしゃるだろうと知っています……」

「そしたら君は行かぬか？　誓うか？　いや、いや……。それは不必要だとわかっている……」

艦長は立ち上がった。ロアンも立ち上がった。

「まだお答をいただいていません」

艦長は彼を見つめた。彼はロアンよりも背が高く、大きく、肩幅も広かった。その眼が、この晩の会話の冒頭と同じような、倦みつかれた表情を帯びた。

「行っていい」――艦長が言った。ロアンは反射的に気をつけの姿勢をしてドアに向かった。艦長はその時、彼を止めようとするかのような、うしろから両肩をかかえるような動作をしたが、ロアンはそれに気づかなかった。彼は船室の外へ出た。ホーパックは閉まりかかったドアに手をかけたままじっと動かず、長い間そうして立っていた。

不死身

払暁《ふつぎょう》、最初の二台のジープが、スロープを降りていった。地上の砂丘が描く三日月状の瀬はどれも、いまだ夜の闇の色をしていた。青い光が閃き、シールドが開いて車両を通し、閉まった。艦尾のすぐ脇に停まっている三台目のジープの後部ステップにはロアンが坐っていた。宇宙服は着ているが、ヘルメットも防護ガラスもなく、ただ小さな酸素マスクで口を覆っているだけだ。組んだ両手で膝を抱きかかえている。こうしていれば、跳びはねる時計の秒針も見やすいのだ。

左の胸ポケットには四本の注射用アンプル、右のポケットには平たくプレスされた栄養食の錠剤、膝のポケットにはこまごまとした道具が入っていた——放射線メーター、小型磁気センサー、コンパス、そして強力なルーペで見なければ読み取れない、葉書より小さな縮小版写真測量図。極細《ごくぼそ》のプラスチック・ザイルを体に六度回して巻きつけてあったが、金属の部品は服のどこにも見あたらなかった。頭髪にもぐりこませた電線のネットの存在は、わざと頭皮を動かしでもしない限り、まるで感じられなかった。ネットに流れる電流も感じなかったが、襟に縫い込んだ超小型の発振器に指を押しあてて調節することができた。硬い小さなシリンダーは規則的に脈打っていて、そのパルスは触れれば確認できた。

　東方には紅い帯が生まれ、すでに風もめざめて、下から砂丘の頂きめがけて吹きつけていた。地平線の果てを画しているクレーターの低い鋸歯《のこぎりば》が、氾濫する紅《くれない》に少しずつ溶けてゆくようだった。

　ロアンは顔を上げた――艦との双方向通信はできない。発信機を使えばたちまち居場所が悟られるからだ。だが彼の片耳には、果物の核《さね》ほどもない小さな受信機が差し込まれていて、インヴィンシブル号からの信号を――少なくとも時おりは――受け取ることができた。その受信機がちょうどたった今、声を発したのだが、それはまるで自分の頭の中の声を聞くような感覚だった。

「ロアン、聞こえるか。こちらホーパック……艦首のセンサーが、磁気活動の増加をとらえている。おそらく先行するジープがもう雲の下にいるのだろう……探査機を一機飛ばす……」

　ロアンは白みつつある空を見上げた。ミニ・ロケットの発射そのものは見えなかったが、それは突如、烽火《のろし》のように垂直に上昇した。尾のように曳いた煙が艦の舳先に巻きついたかと思う間もなく、目も眩む速度で北東方向に滑空していった。数分がたった。太陽のぼってりとした円盤の半分が、すでにクレーターの外輪山の上に、両足を踏んばるかのように乗っていた。

「小さめの雲が一台目を攻撃中……」――頭の中で声が響いた。「現在、二台目は問題なく走行中……一台目が岩の門に接近……やられた！　一台目、制御不能。映像も消えた――雲に呑み込まれた。二台目、七番目の隘路の曲がり角に接近……攻撃なし……いや、始まった！　二台目、制御不能。もう呑み込まれた……。ロアン！　よく聴け！　君のジープは一四秒後に出る——それ以後、君は君の判断で行動したまえ。自動発車装置を入れる——幸運を祈る……」

　にわかにホーパックの声が遠のいた。秒読みの機械音声がとって代わった。ロアンは居心地がよくなるよう姿勢を整え、両脚を踏んばり、ロールバー上部に取り付けられた環状の電気ベルトに片側の肩を通した。車体の軽いジープが突然身を震わせたかと思うと、なめらかに前へ走り出した。ホーパックは乗員全員を艦内に留めていた。ロアンはそれをありがたく感じていた。お別れの挨拶などはまっぴら御免だったからだ。その結果、跳びはねるジープの後部ステップに括りつけられたロアンの目には、ゆっくりと小さくなってゆくインヴィンシブル号の巨大な立柱しか映っていなかった。ほんのみじかい間、青い閃光が砂丘の斜面にひるがえり、車両がシールドの境界を越えようとしていることを物語った。だがそこから先はスピードが一挙に上がり、極太タイヤがはねあげる赤錆色の砂煙で視界は閉ざされ、かろうじて頭上の隙間から空が見えるか見えないかという状態になった。それはあまり幸せな状態ではなかった——いつともわからぬうちに攻撃されかねないからだ。そこでロアンは当初の計画を変え、坐っているのをやめて起き上がり、進行方向に向き直り、ロールバーにつかまって立っていることにした。おかげで今度は、砂漠に向かって突っ走る平たい車の背の上から眺めていられるようになった。全速で走るジープは時おりひどくバウンドするので、ロアンも全力で必死に車体にしがみついていなければ振り落とされかねなかった。エンジン音はほとんど聞こえず、ぴゅうぴゅうと風だけが頭部の周りで音を立て、飛んでくる砂粒が眼に痛く、車体の両側には砂の噴水が立ち上がって、向こうを見通せない壁を作った。そうこうするうち、彼は知らぬ間にクレーターの弧の外にいた。どうやらジープは、外輪山の北側にある砂の地峡の一つをあっという間に走り抜けたようだった。

　突如、歌うような信号音が近づいてくるのが聞こえた。探査機の送信機が発する音だった。かなりの上空を飛んでいると見え、眼を凝らしたが姿は見えない。雲に気取られないように高く飛んでいるのだが、それは欠かせぬ存在だった——そうでなければジープの動きを操作できないからだ。車体後部には、ロアンが位置を確認しやすいようにと、走行距離計がわざわざコードを延長して付けられていた。ここまで一九キロ走っている。ということはいつ最初の岩が現れてもおかしくない。しかしそれまで自分の右手に、砂ぼこりの向こうにかすかに赤らむ、低い太陽の円盤があったのが、やや後ろへ下がってきた。つまりジープは左に旋回しているのだ——この動きの範囲は事前に予定したコース通りなのか、それともより膨らんだものなのか、判断しようとしたが無理だった——予定のコースと違うのであれば、それは何かしら予期せぬ雲の動きに艦橋で気づき、自分を雲から遠ざけようとしての操作の可能性がある。その一瞬後、ゆったりと傾斜した最初の岩尾根の向こうに太陽が隠れた。そしてまた姿を見せた。斜めに差す光の中、風景は野性味をおびた。それはロアンが記憶しているものとは似ていなかった。もっともこの前はもっと高い位置で、トランスポーターのキューポラから観察していたのだ。ジープが突然暴れだし、ロアンは何度か胸を車体にしたたか打ちつけた。極太タイヤも効果的に衝撃を吸収できない激しいバウンドの勢いで、狭いステップから落とされないよう、全力をふり絞らねばならない。車輪は岩の上で踊り、宙高く砂礫を飛ばして谷底に落とし、時おり狂ったように空転した。この途方もないドライヴは、きっと数キロ四方から見えているに違いない、という気がしたロアンは、車を停めて――車外に延長したブレーキの把手が、肩のすぐ下あたりに突き出ていた――飛び降りるべきなのではないかと、真剣に考えはじめた。しかしもしそうした場合、待ちうけているのは数十キロにおよぶ徒歩旅行であり、目的地に急行できる、それでなくともごく僅かなチャンスをさらに小さなものにすることになる。ロアンは歯を食いしばり、手すりにしがみついたが、その手すりも最前ほどは確かなものに思えなくなり、仕方ないとばかりに、眼を細めてジープの平べったいルーフごしに斜面の上を見つめた。無線探査機の歌声は時々弱まったが、依然として自分の頭上にいるに違いなかった。なぜなら車は累々と岩の積み重なるガレ場を避けながら、傾いたり、速度をゆるめたり、かと思えば全力を出して登坂するなど、巧みに走りつづけていたからである。

　メーターは走破距離二七キロを指していた。地図上で描かれた行程は六〇キロだったが、連続するジグザク道や曲がり角を考慮するならば、間違いなくそれ以上あるはずだった。もはや砂は跡形もない。ほとんど熱を感じさせない巨大な太陽が、あいかわらずその盤面を岩の鋸歯にこすりながら、重々しく、気のせいか威嚇するかのように浮かんでいる。ジープは、熱病病みのひきつけのような衝撃に突き上げられつつも、ガレ場の中を必死に突進し、時には軋る溶岩とともにずり落ち、タイヤはいよいよ傾斜が強まるばかりの斜面で空しく石をこすり、キーキーと音を立てた。二九キロ――探査機の歌声以外には何も聞こえない。インヴィンシブルは沈黙をつづけていた。なぜだ？紅い太陽の下に見える、黒ずんだ線でふちどられた不鮮明な断崖こそが、自分が降りてゆくべき雨裂谷上端なのであって、ここではない、もっと上の方、北の方だという気がした。三〇キロ。ともかくここには黒い雲の影も形もない。先行した二台のジープはもうやっつけたに違いない。交信を不能にして艦とジープを切り離して満足し、あとは放置したのだろうか？　ロアンのジープは自暴自棄になった獣のように、全身でもがいていた。最大回転数で働きつづけるエンジン音が、時々ロアンの喉につかえた。テンポは落ちる一方だったが、それでも驚くほどみごとに前進した。それともホヴァークラフト車を使うべきだったのか？　しかしそれでは大きすぎ、重すぎたし、そもそも今さら何も変えられないのだから、考えるだけむだだった。

　時計を見ようと思ったが、それができなかった――一秒たりとも腕を眼に近づけることができないのだ。内臓も七転八倒していそうな凄まじい衝撃を、何とか膝の屈伸で吸収しようとロアンは必死だった。すると突然、ジープの鼻先が持ち上がり、もんどり打ちそうになったかと思うと、横へ、下へところげ落ちていった。ブレーキが悲鳴を上げたが、すでに岩屑は四方八方から飛んできて、薄い装甲板をがんがんとドラムのように鳴らした。ジープは痙攣しながら旋回し、ドリフトし、砂礫の河を片側の車輪だけで横切ると、動きを止めた……

　車はやがてゆるやかに向きを戻し、またしてもしぶとく坂を這い上がっていった。そしてついに問題の雨裂谷が見えてきた。黒々として忌まわしい繁みが、ハイマツの群落のように急傾斜の岩肌を覆いつくすあの谷だ。その谷のふちまではまだ半マイルもあるだろうか。三四キロ……

この先まだ踏破しなければならない斜面は、無秩序に堆積した岩石や礫が延々とつづく一つの海だった。その中をジープが道を切り開いてゆくのは不可能だと思われた。しかしどちらにしても自分の力で操縦できるわけではないので、これ以上眼をみはって走行ルートを探しても意味はないのだ。ロアンはむしろ淵をとり囲む岩の群れから眼を離さないようにした。いつなんどきそのあたりから黒い雲が湧きだしてくるかわからないのだ。

「ロアン……ロアン……」――突如、声が聞こえた。心臓が高鳴った。ホーパックの声だった。

「おそらくそのジープでは君を目的地まで運べない。こちらでは斜面の角度を充分な精度で測れないが、車が走れる距離はせいぜいあと五キロか六キロだろう――ジープがスタックしたら、あとは歩くしかない……。繰り返す……」

ホーパックは同じ内容をもう一度言った。せいぜい四二、三キロか……残りは約一七キロ――この地面だと少なくとも四時間、あるいはそれ以上か――ロアンはすばやく計算した。しかしホーパックの見通しが狂うこともあり得る、ジープで最後まで行けるかもしれないし……

声はフェイドアウトし、ふたたびリズミカルに繰り返される、探査機の歌うような声だけが残った。ロアンは酸素マスクのマウスピースをくわえなおした。急激なバウンドで揺さぶられるうちに、唇の内側が傷ついていた。太陽はもはや一番手前の山には触れていなかったが、昇り切ってもいない。見えるのは大小の岩石と岩盤ばかりで、時としてそれらの冷たい影が彼を抱擁した。ジープは今やかなり低速で走った。見上げると、空に溶けてゆきそうな羽毛のように白く淡い雲、そして光る星がいくつか見えた。不意に、ジープに妙な異変が起こった。車体が尻餅をつき、前部が持ち上がった……そして棹立ちする馬のように一瞬よろめき……もう一秒もすれば、ロアンを下敷きにしてひっくり返っていたに違いなかったが、彼はその寸前に飛び降りていた。両手、両膝を突いて地面に倒れ込むと、ぶあつい保護手袋と臑当《すねあ》てを通して打撲の痛みが伝わった。そのまま二メートルほどガレ場をずり落ち、ようやく止まった。するとジープの車輪も甲高い笛のような音を立て、動かなくなった。

「聞こえるか……ロアン……現在三九キロ地点……車はそれ以上むりだ――歩くほかない……地図で位置を確認せよ……ジープはそこに置いて――ほかに帰艦する方法がない場合のためだ……君の座標は四六の一九二だ……」

　ロアンはやおら立ち上がった。体中の筋肉が痛かった。しかし辛かったのは始めの数歩だけで、すぐに体はほぐれた。二つの岩の敷居に挟まれてうんともすんとも言わないジープからできるだけ遠ざかりたかった。大きなオベリスクの下に腰かけ、ポケットから地図を取り出し、位置関係を把握しようとしたが、容易なことではなかった。何とか自分の居場所がわかってみると、雨裂谷の上端から直線距離でおよそ一キロの地点だったが、そこから谷へ降りてゆくというのは夢にも叶わぬほど、斜面は均質な金属の繁みのぶあつい層で覆われていた。したがって彼は上へ登りはじめた。その目をつけた地点よりも手前で谷底への降下を試みるべきかどうか、たえず考えながらだった。そのゴールまで、最低でも四時間は歩かざるを得ないだろう。仮にジープで帰艦することが可能になったとしても、その復路に五時間見なければならない。捜索にも時間が必要なことは言うまでもないが、谷を下るだけでどれくらいの時間が必要なのか？　このプラン全体にはひとかけらの良識もないという気がにわかにしてきた。ロアンを犠牲にしつつ、自らの良心を宥《なだ》めようとしてホーパックが考えついた、英雄的行動というより無益無謀な作戦だった。しばらくは憤りのあまり――すべて艦長のお膳立て通り、まるで洟《はな》たれ小僧のようにまんまと乗せられたのだ――周囲が見えないほどだった。ロアンは徐々にほとぼりを冷ました。後には退《ひ》けない――彼は自ら言い聞かせた、やってみるしかない。もし谷に降りられなければ、もし三時までに誰も見つからなければ、帰る。七時一五分だった。力を使いすぎると酸素の消費が急に増えるので、規則的に、長めの歩幅で、ただし速すぎないように努めながら進んだ。狙った方角から外れないように、右手首にコンパスを固定した。垂直な断崖が口を開ける岩盤の亀裂を何度か迂回しなければならなかった。こういう難しい地上行動でも、重力は地球よりかなり小さかったのでその分の身軽さはあった。太陽が高度を上げた。これまでの機動化された探査活動ではさまざまな装備で防護されていて、それらから発生する色々な音に慣らされていた聴覚が、今やいわば裸の状態で、鋭く研《と》ぎ澄まされたようだった。時おり聞こえる探査機の歌声は前に比べてはるかに微弱で、そのかわり、岩稜の刃に切り裂かれた風の音の一々が、まるで傷口に塩を塗るかのように彼の神経をいたぶった。その音の中に、耳について忘れようにも忘れられない、あのかすかな唸りが聞き取れるような気がするからだった。その行軍にも慣れ、石から石へと踏んでゆく歩行も無意識にできるようになると、それだけ思考の自由も回復できたようだった。ポケットには時計に似た歩数計が入っていたが、それをあまり早く見ることはすまい、一時間たったら見ればよい――そう決めていた。だが結局我慢できずに一時間もたたぬうちに取り出し、見てしまった。痛い失望にみまわれた――まだ三キロも歩いていないのである。きっと高度の稼ぎ過ぎで遅れたのだ。ということは、三時間でも四時間でもなく、少なくとも六時間だ……――彼は思った。地図を取り出してしゃがみ、もう一度位置を測定した。雨裂谷上部の末端は東へ七〇〇から八〇〇メートルのあたりにあって、彼の歩行と終始並行して見えていた。その一ヶ所で、糸のような、くねった亀裂が、斜面の黒い繁みに切れ目を入れていた――おそらく干上がった河床だろう。彼はその場所をよく見ようとして眼を凝らした。膝を突き、頭上でひゅうひゅうと音を立てる風の中、しばらくはためらっていた。そして自分でも次に自分が何をするのかわからぬまま、立ち上がり、地図をポケットにしまい、これまでのルートとは直角の方向、谷の絶壁をめざして歩きだした。

　鋸刃の並ぶ、沈黙の岩稜に近づいた。足元の地面は今にも割れて彼を呑みこみそうだった。忌まわしい恐怖に心臓がすくんだ。それでも、恐ろしく空っぽな両手をたえず振り回しながら、進む。ふと足を止め、谷間の下流方向、インヴィンシブル号が立っているはずの砂漠の方角を見やったが、宇宙船は視界の外なので、見えはしない。それは承知の上だった。渦まくような雲がゆっくりと覆いはじめている、地平線近くの赤錆色をした空を、ロアンは見つめた。探査機が発する信号の歌はすでにあまりに弱々しく、いま聞こえているのもひょっとすると幻聴ではないかとさえ思われた。インヴィンシブルはなぜ黙っているのか？

　それはもはやお前に伝えるべきことが何もないからだ——彼は自答した。風雨に浸食された、グロテスクな偶像のような岩々はもうすぐそこだった。眼前には、雨裂谷が闇に満ちた巨大な深淵となって口を開けていた。陽の光は、黒い密林をしきつめた両斜面の半分の高さにも届いていない。ブラシ状の繁みの中、ところどころ、石灰でできたような白色の尖塔が突き出ている。鉛直距離にして一・五キロ離れた石だらけの谷底にいたるまでの広大な空間を見渡すと、自分がいかにも無防備な標的として曝《さら》されていると感じたロアンは、思わずしゃがみ込み、石の一つになろうとでもするかのように、石にへばりついた。見られることが脅威なのではなかった。彼が恐れるべき相手は眼を持たなかった。ナンセンスな話だった。かすかに温まった石の上に伏せったまま、彼は下の方を眺めた。写真測量で作られた地図はまるで役に立たなかった。というのもそれは鳥瞰図であり、垂直方向の距離がおそろしく縮小されていたからだ。しかも、黒い密林を縦に裂くように走るゴルジュを伝って下ることなどは到底できない相談だった。二五メーターどころか、たぶん最低でも一〇〇メーターのザイルがなければならず、それどころかハーケンもハンマーも必要で、そんなものは何一つ持ち合わせない彼には、そもそも岩場を登り降りするための装備がなかった。そのゴルジュは始めのうちこそ緩やかにくだっていたが、やがてオーヴァーハングする絶壁の下に消え、次に現れるのは、蒼く霞む空気の向こう、はるか下の方だった。もしもパラシュートがあったら……そんな馬鹿げた考えが頭をよぎった。

キノコ形の大きな岩の下に挟まった格好で寝そべりながら、ロアンは両側の断崖を丹念に見わたしていた。すると眼下に広がる大きな空間から、温められた空気が穏やかにたちのぼってきていることに初めて気づいた。なるほど対岸の絶壁の輪郭が微妙に顫えている。そのあたりの繁みは太陽エネルギーのバッテリーなのだ。次に南西方向に目を移したロアンは、惨劇の舞台である岩の関門と林立する石の尖塔群の先端を見つけた。他の岩に比べると、尖塔群は文字通り真っ黒で、まるで釉薬《ゆうやく》でもかけたかのような艶を放っていた。もしそうでなかったならば、その存在に気づくこともなかっただろう――《キュクロプス》と雲との戦いのあいだ中、石塔の表面は沸騰していたのに違いない……。しかし谷底には、トランスポーターはおろか、核爆発の形跡すら、彼が今いる場所からは見えなかった。伏せったままのロアンをにわかに絶望が襲った――あそこへ、下へ、行かねばならない、しかし道はない。これでもう、帰って、やれることはすべてやったと艦長に言えるという安堵のかわりに、訪れたのは決意だった。

彼は立ち上がった。谷の奥に何か動きがあった。彼はそれを眼の隅でとらえてはいたが、反射的に視線を前方に無理やり戻し、姿勢を正した。こんなにしょっちゅう寝そべっていたんじゃ、たいした仕事はできない――彼は思った。今度は痩せ尾根伝いに進んだ。数百歩進むたびに奈落の底を覗きこんで道を探したが、見える風景はつねに同じだった――傾斜がゆるやかなところは黒い繁みが一面べったりとはりつき、繁みがないところは垂直に切り立っていた。一度、靴の下から石が跳びはね、谷底に向かって転がり落ちていった。落石は他の石を巻き添えにして、がらがらと音を立てながら小さな雪崩を起こし、一〇〇メートルほど下方の毛むくじゃらの斜面に勢いよく当たった。するとそこから、光を浴びてきらめく煙がひとすじ這い出してきたかと見ると空中で膨らみ、まるで何かを探すかのようにしばらく宙に浮いていた。ロアンは全身の動きを止めて石と化した。たっぷり一分もたっただろうか、煙は散りながら、艶のある繁みの中へ音もなく吸い込まれていった。

九時になろうとしていた。次の巨岩の陰から覗き込むと、谷底に――そこでかなり幅が広くなっていた――白っぽい斑点のようなものが動いているのが見えた。ロアンはポケットから震える手で小型の折り畳み式双眼鏡を取り出し、そちらへ向けた……

それは人間だった。顔が見えるほどの倍率ではなかったが、規則的な脚の動きはわかった。負傷した足を引きずるかのように跛行《はこう》気味でのろのろと歩いていた。大声で呼んでみるべきか？　その勇気はなかった。実を言えば試みたのだが、声が喉を通らなかったのだった。その呪わしい恐怖心が憎らしかった。ただわかっているのは、自分がもはや決してここを立ち去れないということだった。男が歩いてきた場所をしっかり記憶にとどめ――男はガレ場の白々とした崖錐《がいすい》が並ぶあたりに向かって、しだいに広くなる谷間を登っていた――ロアンはその同じ方向に走り出した。岩稜の上を、巨石や深々と口を開けた割れ目を跳び越え、走ってゆくと、マウスピースの中でひゅうひゅうと鳴る息が彼を窒息させ、心臓がばくばくと激しく疼《うず》いた。これは無謀だ、自分には無理だ……――彼は力なく思った。ロアンはスピードを落とした、とその時目の前に、いかにも歓迎するかのように広いゴルジュが開かれた。下の方ではそれは両側から迫る黒い繁みに抱擁されていた。傾斜は下へゆくほどきつかった……あそこはオーヴァーハングになっているのか？

　背中を押したのは時計だった——ほとんど九時半に近かった。彼はゴルジュをくだり始めた。はじめのうちは顔を谷に向けていたが、斜度が大きくなると、後ろ向きになり、四つん這いになって一歩々々降りていった。黒い繁みは間近に迫り、動きのない、沈黙の炎暑に火傷を負うのではないかという気がした。こめかみがずきずきした。斜めに走る岩の棚状突起の上で立ち止まり、左の靴を次の棚との隙間に差し込んで、下を覗いた。およそ四〇メートル下に広い踊り場があり、そこから先は明瞭な岩の畝が、命なきブラシが針山のように並ぶ繁みよりも高いところを通って谷底へとつながっていた。だがそのありがたい踊り場と彼の間にあるのは空気だけである。見上げると、すでにたっぷり二〇〇メートルは、あるいはもっと下った勘定だ。働きつづける自分の心臓の鼓動が、空気を震撼させるかと思われた。彼は何度か瞬きした。やおら彼は、無意識に近い動作で、ザイルを繰り出していた。そんな無茶をしていいのか……——自分の内部で何かが声をあげた。彼は体を横向きにしてずり落ちるようにくだり、一番手前の繁みにたどり着いた。繁みの鋭い突起は、触れると埃を舞い上げる錆の膜に覆われていた。何を期待していたのか自分でもわからないが、彼は突起に触れてみた。しかし何ごともなかった。きしきしと軋む、乾いた音がしただけだった。強く引っぱってみたが、繁みはしっかりと根を張っていた。彼はその根もとにザイルを回し、もう一度引っぱった……そして突如湧いたような大胆さとともに、二つ目、三つ目の繁みの根にもザイルをかけ、踏んばって、全力で引き抜こうとした。岩の割れ目に食い込んだ繋みはどれも頑として動かない。ロアンはザイルに身を託しながら降りはじめた。始めのうちは靴底の摩擦のおかげで体重の一部を岩にあずけることができたが、すぐに体はぐらつきだし、懸垂状態になった。逃げるザイルを右腕で抑えながら、膝下から繰り出す速度をしだいに速めてゆき、慎重に下を見ながら、とうとう岩のテラスに降り立った。ザイルの片端を引いて外そうとしたが、繋みは放さなかった。何度か引っぱったが、うんともすんとも言わない。両足を開いて踏んばり、全体重をかけて引っぱっていると、突如ザイルはシュッと毒々しい音を鳴らして空を切り、彼の肩に打ちつけた。彼は身震いした。そしてその場に数分間へたりこんでいた。前進を続けるには足があまりに頼りなかった。そのかわりに、谷底を歩いていた男の姿が目に入った。あまりに白っぽい色が妙だった——頭の形、というよりその人間の被り物にも異様な感じがあった。

　最悪の危機は脱したと判断したとすれば、間違いだった。実を言えば、そう思ってもいなかった。と言うより、望みは持っていたが、それは偽りの望みだと判明した。そこから先の道程は技術的にははるかに容易だったが、きしきしと錆の鳴る、命なき繋みにかわって現れたのは、一種脂《あぶら》ぎった黒味でてらてらとした、鉄線が絡まり合って出来たような繋みで、その表面にまるで果実のようにちりばめられた瘤状のようなものは、ロアンも確かに見覚えのあるものだった。

　そうした繋みから、ミツバチが巣を飛び出すように、時おり弱々しい唸り声とともに煙が出て来ては宙を旋回したが、そんな時、ロアンは身を仮死状態にした——もちろん短時間だ、もしそんなことを続けていたら、永遠に谷底に降り立てない。しばらくは馬にまたがるように脚を開いて岩の上をいざりながら進むと、やがて岩の畝は幅を広げ、かつ傾斜も緩やかになったので、普通に立って歩けるようになったが、決して容易ではなく、手を使わずには無理だった。それも束の間、長い下り坂の次の罠にロアンはたちまち気づかされた——彼は尾根の両側に対して同時に注意を払わねばならず、どうしても意識が分散するのだった。時には、蠢動《しゅんどう》する繁みに接近しすぎて、ブラシ状の鉄線で宇宙服の襞《ひだ》をこすられることもあった。だが頭上に浮遊する、光を浴びて火花を散らす煙のような群れは、一度として彼に近づいて来なかった。骨のように乾いた、丸い礫で白々とした谷底からわずか数百歩というガレ場に到達した頃には、時刻は一二時になろうとしていた。彼はすでに黒い密林よりも下にいて、高く昇った太陽が、くだってきた斜面の半ばほどまで照らしていた。踏破した道の距離を推し量ることもできたが、彼は後ろを振り向くことなく下に向かって駆けた。足から足へ、石から石へと体重をうまくふりわけながら、できるだけ速く歩こうとしたが、ぐらつく岩石の堆積するガレ場は、からから、がらがらと次第に大きな音を立ててロアンとともに滑りだし、涸れた河床ももうすぐそこだという段になって、土石流のように崩壊した。倒れたロアンも十数メートル滑落し、その勢いで酸素マスクがはずれたが、がばっとばかりに起き上がると、傷も気にせず、駆け出した。さっき見つけたあの男が、今にも視野から消えそうで心配だった——斜面には両方とも、特に向かい側の斜面には、たくさんの洞窟が黒々と口を開けていた——とその時、何かが警告を発したと理解する間もなく、彼はまたしても角の鋭い石の上に転倒した。両手を広げたままじっとしていると、体の上に、上空から投げかけられた、軽い影が落ちた。やがてぶんぶんという音が、か細く甲高い音から低音まであらゆる音域を響かせながら、単調に高まっていったかと思うと、形のない黒い塊りが彼の体を包みこんだ。眼をつむるべきだったかもしれないが、彼はそうしなかった。襟に縫い込まれた受信機が、転倒した時に壊れなかったろうか——それだけが最後に気になった。それから彼は——おそらくは自分で自分に命じて——脱力状態に陥った。そのまま眼球ひとつ動かさずに横たわっていると、上空に蠢く雲が停止し、そこからのろのろと渦巻く足が伸び、自分に向かって垂れ下がってくるようすが見えた。ごく間近で見るその先端は、インク色の艶を放つ漏斗の末端のようだった。彼は自分の頭蓋、頬、顔全体の皮膚で、生暖かい空気の無数の触手を感じた。それは、何百万という粒子に細分化された吐息のようだった。胸の上の服を何かがさっと掠《かす》めた。ほぼ完全な闇が彼を取り巻いた。すると不意に、小さな旋風《つむじかぜ》のように渦巻きつづける雲の足が引き上げられ、すうっと雲の中に戻っていった。唸りは鋭くなった。その音でぞわぞわと歯が浮くようでもあり、音は頭蓋骨の内部で感じているようでもあった。意識が遠のいた。雲はほぼ垂直に上昇すると、両斜面にまたがりたなびく黒い霧に変わり、やがて同心円状に回転する複数の個別の渦に分かれ、斜面を覆う毛皮のような繁みに入りこんで、消えた。ロアンは長い間そのまま、死んだようになってじっとしていた。その時が来たのだ、という考えが脳裡をよぎった。もはや自分が何者かわからず、どこから来て、何をしなければならないのかもわからなくなるだろう——そう思うと矢も楯もたまらぬ恐怖に襲われ、体を起こして坐りなおした。にわかに笑いがこみ上げてきた。そんなことを考えられるということは、助かったということなのだ。雲は自分に何もしなかったのだ。自分は雲を騙《だま》したのだ。喉にたまって溢れんばかりの笑いを、押し殺されながらも彼の全身を揺さぶりはじめた、くすぐったい、白痴的な笑いを、彼は必死で抑え込んだ。単なるヒステリーだ——起き上がりながら、そう思った。もうほぼ落ち着きは取り戻した、少なくとも彼にはそう思えた。マスクを着け直し、あたりを見回した。谷の上から発見した例の男はいない。だが足音はする。男はこの場所を通過していったはずで、この先の谷底の半分ほどまではみ出した、大きな落石の向こうに消えたようだった。彼はその後を追った。足音はしだいに近づいたが、妙に騒がしい音だった。まるで鉄の靴でも履いているかのようだ。くるぶしから膝までを貫く、向こうずねの針のような痛みを感じながらも、彼は走った。足をくじいたな……——両手を使って絶望的に漕ぎながら、彼は思った。すると今度は空気が足りず、男の姿が目に入った時には、窒息しかかっていた。男は大股で、岩から岩へ、のっしのっしと機械的な歩調でまっすぐ歩いていた。近くの岩壁が、まるで拍手でもするかのように、男の足音を谺でやりとりした。そして突然、ロアンの内部で一切がくずれおちた。それはロボットで、人間ではなかった。極地型アルクタンである。彼らの運命については、カタストロフィの後に彼らがどうなったかなどということについては、まったく考えてもいなかった。雲の攻撃を受けた時、彼らは真ん中のトランスポーターに乗っていたのだ。ロアンはあと数十歩というところまでロボットに近づいた。見ると、衝撃の跡が一面にうかがえる左腕はだらんと垂れ下がり、かつては光沢に輝いていた胴体の装甲も傷だらけで、いたるところがへこんでいた。失望は大きかったものの、ややあってから、こんな道連れでも、これから捜索活動を続けるうえで、一緒にいて悪いことはないかもしれないという安心感も湧いてきた。彼はロボットに声を掛けようと思ったが、なぜかはわからぬ理由で思いとどまり、かわりに歩みを速めて追い越し、ロボットの行く手に立って待ち受けた。だが二・五メートルの偉丈夫は、まったくロアンが目に入らないかのように進んでくる。よく見ると、レーダー・アンテナのお椀型をした耳の部分が潰れているし、左眼の望遠レンズがあった場所には、ぎざぎざとした縁《へり》の穴が開いているだけだった。しかしロボットは、左足をやや引きずるようにしながらも、その巨《おお》きな足をしっかりと踏みしめ、やって来る。彼らの距離が数歩にまで縮まった時、ロアンは声をかけてみたが、ロボットはまるで目が見えないかのようにまっすぐ彼に向かって来るので、ぎりぎりのところで道を譲らざるを得なかった。もう一度駆け寄って、ロボットの右手を取ろうとしたが、相手はわれ関せずといった動きでロアンの手を振り切り、滑るように歩きつづけた。もはや、攻撃にやられてしまったアルクタンの助けを借りるまでもないと、ロアンは悟った。しかし無力化されたロボットをこのまま放っておくのもなぜか忍びなく、と同時に、あたかも決まった目的地点があるかのように、可能なかぎり平らな道を選んで歩いているこのロボットは、一体どこをめざしているのか知りたいという好奇心にも駆られた。どうしたものかとしばらく考えているうちに、相手は十数メートル進んでいたが、ロアンも結局その後を追うことにした。やがてロボットはガレ場のふもとにたどり着き、そこから登りはじめた。幅広い足の下からさらさら、がらがらと砂礫が流れ落ちることなどまったく意に介さずによじ登り、ガレ場を半分も上がったあたりで、突然ひっくり返った。足を宙に泳がせながら斜面を滑り落ちてくるさまは、別の状況であれば、見る者の笑いを誘ったに違いなかった。ロボットは、やがて起き上がるとまた登攀《とはん》をつづけた。ロアンは踵を返し、その場を離れた。だがガレ場の騒音とガチャガチャという金属性の重い足音は、谺となって幾度も幾度も岩壁にはね返りながら、背後から追ってきた。平たい岩が形成する河床は比較的平坦で、わずかに下り傾斜だったので、ロアンの歩みも速まった。黒い雲の影もかたちもなく、唯一、斜面の上の空気がかすかに振動しているのが、黒い繁みの中で営まれている活発な活動を物語るだけだった。そうするうちに、雨裂谷のもっとも広い部分にさしかかった。そこからは両側が岩盤になった谷間となり、二キロほど先には惨劇の舞台となった岩の関門が見えていた。ここへきて、嗅覚センサーのないことがつくづく悔やまれた。あればそれで人間のいた形跡を探しあてられる。もっともそれは一介の歩兵には重すぎる装置だった。こうなれば自身の感覚だけが頼りだった。立ち止まり、岩から岩へと視線を運んだ。金属の繁みの中に避難するということはあり得ない。残るのは、洞穴、洞窟、圏谷《カール》状の窪地などだ。ロアンの居場所からは四ヶ所の窪地が数えられたが、そのどれも、垂直に切り立った、いわば高い敷居のような壁が入口にあるせいで奥は見えず、その敷居を乗り越えるのも容易ではないことが想像できた。そのため彼はまず洞穴を順に覗き込んでゆくことにした。行方不明者をどこに探すべきか、つまり彼らはどこに潜んでいる可能性があるかということについて、まだ艦にいる時、医者や心理学者と一緒に考えたことがあった。だがつまるところ、そんな会議から得るものはほとんどなかった。記憶喪失におちいった者の行動など、見当がつくはずもないのだ。ただ、四人がレグナー隊の他の人間とは別行動だったということは、他とは違う活動をしていた可能性を暗示していたし、これまで捜索した場所では、別々になった四人の足跡が見つかっていないということは、彼ら全員を同時に発見する余地もあることを意味していた。もちろん、そもそも彼らがまだ生きていて、岩の関門より上部で別々の道を選んで散らばってゆきはしなかったと仮定しての話だ。ロアンは二つの小ぶりの洞穴と四つの大きい洞穴を順に探っていった。それらの入口へのアプローチはかなり容易で、傾斜した大きな岩壁を数分間、安全なクライミングで登るだけだった。最後の洞穴で、部分的に水に浸かった金属の残骸を見つけた。ロアンは最初それを別のアルクタンかと思ったが、実のところそれは恐ろしく古いもので、なおかつ彼が知っているいかなる機械的構造にも似ていなかった。人工的に磨き上げたかのような滑らかな天井が反射する、多少の日光があるおかげで見えている、浅い水たまりの中に横たわる、その摩訶不思議な細長い形態は、気のせいか、五メートルほどの長さの十字架にも見えた。それを外側から覆っていたはずの鉄板はとうの昔にぼろぼろに崩れおち、水底の沈殿物と混ざり合い、錆に由来する赤茶けた色の泥を形成していた。もしかすると、生命なき進化の過程で勝利した雲によって滅ぼされた、マクロオートマトンの残骸かもしれない。貴重な発見ではあったが、それをそれ以上のんびり観察している暇はなかった。彼はただその形をしっかりと目にとどめた。そこにおぼろげに浮かんだ、靭帯《じんたい》のようなものと桿状《かんじょう》のものでできた構造は、歩くためというよりはむしろ飛ぶためのものだった。だが時計は容赦なく急き立てたので、彼は次に洞窟の捜索に移った。その数はあまりに多かった。谷底から見上げると、高い岩壁に開いた黒い窓にしか見えないものもあったが、その地下廊はしばしば水びたしの状態でくねくねと曲がりながら、時として垂直の井戸や、複数の洞窟をつないで氷のような水を噴き上げるサイフォンのようなものに遭遇させた。そうした地下通路の奥には、おいそれとは足を踏み入れられなかった。しかもロアンの持っている小型の電灯ではあまり光が得られず、とくに天井の高い洞窟や、何層にもなる広大な洞窟では役に立たなかった。そういうものにも何度かロアンは出くわした。やがて疲れて倒れ込むように、今しがた捜索したばかりの洞窟の入口近くにある、太陽光線で温《ぬく》もった平たい巨石に腰を下ろすと、小川の水を飲みながら、圧縮した非常食を嚙みはじめた。雲が来襲したかと思うような音が二、三度聞こえたようだったが、それはおそらく、谷の上の方から伝わってくる、シジフォスのごとく働くアルクタンの音だった。貧弱な食事ではあったが、終わるとだいぶん元気が出た。ロアンにとって一番不思議だったのは、目を上げれば斜面のいたるところに繁茂している、黒いジャングルという身近な脅威を、自分がしだいに気にかけなくなっているということだった。

　洞窟の前の高台からくだっていった時だった。谷の反対側の乾いた岩の上に、錆びついた細い帯状の染みがあるのが目に入った。近寄っていって見ると、染みの中には血痕と認められるものがあった。完全に乾いていて変色もしていたので、もしも岩の例外的な白さがなければ見過ごしたに違いなかった。血を滴《したた》らせた者がどの方向へ歩いて行ったのか、見定めようとしたができなかった。というわけで、それは《キュクロプス》と雲の戦いで傷ついた人間が、戦闘の中心から遠ざかろうとした時に残した跡ではないかと推理して、やみくもにではあるが、ともかく谷の上の方に向かって歩いた。血痕は入り乱れ、場所によってはとぎれていたが、最終的には、ある洞窟のそばまで続いていた。それは最初に調べた洞窟の一つだった。しかもその入口の脇にもう一ヶ所、彼が見過ごしていた、井戸のように垂直で狭いチムニーが口を開けていただけに、ロアンの驚きもそれだけ大きかった。血の跡はまさにそこへ達していたのだ。彼は膝を突き、薄暗い割れ目の上に身をかがめた。最悪の事態の覚悟はできていたにせよ、叫び声を完全に押し殺すことはできなかった。なぜならそこには、空っぽの眼窩でまっすぐこちらを見ている、歯を剝き出しにしたベニクセンの首があったからだった——彼だということは金縁の眼鏡でわかった。無邪気な偶然の皮肉で無傷のまま残ったレンズが、その岩の棺に覆いかぶさる石灰岩の反射光を受けてきれいに輝いていた。地質学者は岩に挟まれて宙吊りになっていた。自然に出来た石の井戸の縁に両肩を預けるようにして、その体は垂直に保たれていた。その遺体をこのままにしておきたくなかったロアンは、意を決してそれを持ち上げようとした。すると、ぶあつい宇宙服の生地を通してではあったが、遺骸がほろほろと崩れる感覚が手に伝わった。毎日この穴を覗き込む太陽光の熱のせいで加速された腐敗は、すでにずいぶん進んでいた。ロアンは学者の胸ポケットのファスナーだけを開け、個人識別章を取り出した。そして手近にあった岩の板をありたけの力をこめて引きずって来ると、それで岩の墓に蓋をし、その場を立ち去った。

それが最初に発見された行方不明者だった。本当は死体の放射線量を測るべきだった、そうすればベニクセン自身や他の者たちの運命について、何らかの光をあてる数値が得られたかもしれない、そう気づいた時にはもうだいぶん遠くまで来ていた——もしかなりの被曝量であれば、それだけ核爆発の中心に近い場所にいたことになる。だがそうすることを忘れてしまった以上は仕方なかった。もう一度あの墓石をどかしてみようという気力もなかった。と同時に、自分の捜索でどれだけ大きな役割を偶然が果たしていることかと思い知らされた。ベニクセンを見つけたあたりはすでに充分調べたと思い込んでいたのにこの有様なのだ。

　ロアンは新しい思いつきに促され、今度は血痕をたどってその始点を探そうと急いだ。血の跡はほとんど直線で谷の下の方へ、まさに戦闘のゼロ地点に向かっているようだった。しかし数百歩行ったところで、跡は急に横へ曲がっていた。地質学者は多量の出血をしていたようだったが、それにしてはよくあんなに遠くまで歩けたものだとロアンは驚いた。事件以来一滴の雨粒も落ちていない岩は、大量の血に濡れた形跡をそのまま残していた。ぐらつく岩をよじ登っていったロアンは、剝き出しの岩稜直下にある広々とした地溝のような窪地に立った。最初に目にしたのは、ロボットの不自然に大きな金属の片足だった。ヴェイル銃の連射を喰らったに違いないと思われるロボットは、ほぼ体を二つに裂かれ、脇腹を下に倒れていた。少し先へ行くと、煤《すす》で黒くなったヘルメットをかぶり、ほとんど体を二つ折りにして、岩にもたれて坐る人間がいた。男は死んでいた。開いた手からは依然として迫撃砲が垂れ下がり、輝く銃口が地面に触れていた。ロアンはすぐには男の体に触れることができずに、ひざまずいてまず顔を覗き込もうとしたが、ベニクセンと同様、顔は腐敗で変形していた。気のせいか縮んだような男の肩に掛けられた、幅広く平たい地質調査用鞄を見て、ロアンははっとした。クレーターで攻撃された調査班のリーダー、レグナーその人だった。線量計で調べると、アルクタンはヴェイル銃によって破壊されたことがわかった――メーターは、特徴的な希土類同位元素の存在を示していた。ロアンは地質学者の個人識別票を持ち帰ろうかと思ったが、今度はそこまでできなかった。ただ鞄は開けてみた。そうすればレグナーの体に触れずに済む。だが鞄の中身は鉱物の破片ばかりだった。しばらく考え、鞄に付けてあったレグナーの名前を表すモノグラムだけをナイフで切り取り、しまった。そしていまや一切動きのない舞台を岩の上から眺めながら、一体全体ここで何が起こったのか、理解しようと努めた。この状況からすれば、レグナーがロボットを撃ったようだった。しかしロボットが攻撃したのは彼なのか、それともベニクセンだったのか？　そもそも記憶を失った人間が、たとえ相手は誰であれ、他者の攻撃に対して自らを防衛できるものなのか？　謎は解けないことが見えていたし、まだ捜索には先があった。時計を見ると、五時になろうとしていた。もしも自分の酸素だけに頼るとすれば、もう帰らなければならない。レグナーの装置から酸素ボンベだけを切り離すこともできる、と彼は思った。そこで死体から酸素吸入装置をすべて外してみると、一本のボンベはまだ満タンの状態だった。ロアンは空になった自分のボンベを棄て、遺体のまわりに石を集めはじめた。その作業に一時間近くもかかったが、死者は自分の酸素を与えてくれることで充分そのお返しをしてくれたと思った。小さな石塚が完成すると、本当は武器ももらっておくべきだったと思った。レグナーの小型ヴェイル銃はまだ使えるに違いなかった。しかし今度もまた後の祭りで、彼は手ぶらでその場を去るほかなかった。

六時になろうとしていた。あまりに疲れていて、足を動かすのがやっとだった。まだ四錠の強壮剤があったので一錠呑み、一分後に立ち上がると力が湧くのを感じた。これから先の捜索をどうすればいいのか、まったく智慧が働かないロアンは、ともかくも前へ、岩の関門めざして進むことにした。関門まであと一キロのあたりで、放射線量が上昇しているという警告を線量計が発した。当座はまだかなり低い数値だったのであらゆる方角に注意深く目を配りつつ先へ進んだ。谷はうねっていたので、すべての岩の表面に部分的融解の跡が残っているわけではなかったが、歩いてゆくにつれて、ひび割れした釉薬のようなあの特徴的なガラス質がしだいに目につくようになり、ついには巨大な岩全体が凍りついたガラス玉のようになっているものが現れた——爆発の熱波で表面が沸騰したのだった。ここまで来れば、これと言ってすべきこともなかったのだが、ロアンはあいかわらず前進した。手首のセンサーが軽くカチカチと音を発し、それがだんだん速くなり、盤面の針は目盛りの上で狂ったように躍動した。やがてとうとう岩の関門の残骸が、まだ遠くからではあったが、見えてきた。強烈な飛沫《ひまつ》をふりまきながら、凄まじい仕方で凍りついた湖のような圏谷状の窪みを、それらの残骸は形成していた。岩の堆積層はぶあつい溶岩の殻に変じ、以前は真っ黒だった金属の繁みの毛皮は今や灰色のぼろきれと化していた。その奥には、岩壁の中に明るい色の巨大な裂け目が見え隠れしていた。ロアンは急いで引き返した。

そして次の岩の戸に、激闘の場を越えた先にある、前のものよりはるかに広い岩の関門にさしかかった時、またしても偶然がロアンに味方した——すでに一度は通り過ぎた場所の近くで、何か金属製の物体が閃めいたのを彼はとらえた。それは酸素吸入装置に付属するアルミニウム製の圧力調整弁だった。干上がった河床と一個の岩との境にある浅い亀裂に、煤けた宇宙服を着た背中が黒々と見えていた。死体に首はなかった。恐るべき爆風の力が、堆積する岩石の上を超えて彼の体を運び、岩に打ちつけ、砕いたのだった。そばには無傷のままのホルスターが横たわり、中にはつい今しがた磨いたばかりかと思わせる光沢を放つヴェイル銃が、押し込まれてあった。ロアンはそれを失敬した。男の身元を探ろうとしたが、無理だった。谷の上部に向かって歩いてゆくと、東側の斜面にはすでに紅い光があたっていて、太陽が山の尾根の向こうに沈んでゆくにつれて、それがあたかも紅い緞帳のようにだんだんと上がっていった。時刻は七時一五分前だった。ロアンは正真正銘のジレンマに直面していた。これまでのところ、少なくとも任務を果たすという意味では、うまくいっていて、自分も命に別状はなく、基地に帰ることはできた。彼の確信では、四人目の死についてもすでに疑いの余地はなかった。それは、インヴィンシブル号で議論していた段階でもすでにこの上なく蓋然性の高いことだった。そして彼は、確信を得るためにここまで来たのだった。では彼には帰る権利があるのだろうか？　レグナーの装備のおかげで、酸素の量はあと六時間の活動を可能にしていた。だが彼をまるまる一夜が待ちうけていた。その間は、たとえ黒い雲のせいではなくとも、彼自身が完全な疲労困憊の状態に近づいていることで、何一つできないはずだった。彼は強壮剤の二錠目を服用し、その効き目があらわれるのを待ちながら、少なくともある程度は合理的な次の行動計画を立てようと努力した。

はるか頭上、斜面の一番上部にある黒いジャングルを、だんだん紅くなる夕映えが浸してゆき、繁みの鋭い刃の中には、深い菫色をまとって、玉虫のような変化を見せるものもあった。

ロアンは依然として決めかねていた。そうして金属の残骸の下に坐っているうちに、遠くから近づいてくる雲の重苦しい唸りが聞こえた。不思議なことに、恐怖はなかった。雲に対する自分の関係は一日の間に驚くべき変化をとげていた。ちょうど氷河の壁に待ち伏せする死神がアルピニストを怖気《おじけ》づかせないのと同じで、ロアンには、自分のしていいことがわかっていた――少なくともそう思われた。たしかに、自分の内部で起こった変化がどういう性質のものか、はっきり理解しているとは言えなかった。岩盤上の黒いジャングルが菫色のあらゆる階調を見せて変化した時、彼はそこに陰鬱な美を見出したのだったが、それがいつのことだったのか、それも記憶に留めてはいなかった。しかし黒い雲の群れを見つけてしまった今も――向かい合った両側の斜面の巣から飛び出した二つの集団が、こちらに向かって飛んで来ていた――彼は身じろぐことすらなかったし、顔を岩に押しつけて避難の態勢をとろうという気にもならなかった。もしも襟に隠した受信機がまだ機能しているとしたら、どんな態勢をとろうと、結局のところ意味はなかった。コインのようなその丸い機械に服の上からさわってみると、微妙な振動が指の腹に伝わってきた。ともかく挑発して危険を招きたくはなかったので、不必要に態勢を変えなくともよいように、ただ楽な姿勢に坐り直しただけだった。雲の集団は今や雨裂谷の両斜面を占領していた。それら二つの黒い塊りを統括する、いわば組織的信号を送る、一つの電流のようなものが通っているように見えた。両方の雲とも、塊りの周縁部の密度が高まり、ほぼ垂直の柱を形成すると同時に、内側の部分は腹が突き出るように膨らみながら、互いにだんだんと接近していった。その様子は、誰か巨人の彫刻家が不可視の手を動かしながら、電光石火の早業で造形しているかのようだった。一見すると互いの陣地に乗りこむかと見えたが、二つの雲は結局自分の斜面にとどまった。両者が最も接近している空間の大気を、みじかい放電が貫いた。二つの集団それぞれの中心部では、次第に激しさを増すリズムで塊りがはためいていた。放電の稲妻は妙に暗かった。その仄明かりの中、二つの雲が見せたのは、飛行中のほんの刹那、動きを止めたかのような、何十億というガンメタリック色の微晶体だった。その後――弱々しい、吸音材にくるんだように押し殺された雷鳴の谺を、何度か岩壁が繰り返したかと思うと、極度の緊張に顫えながら、双方の黒い雲は海となって合体し、相互に浸潤し合った。黒雲より下の空気は、まるで太陽が沈んだかのように暗くなり、と同時にその空気の中に不可解な、疾走する線が出現した。それらの線が描いているのは、谷底の岩の模様をグロテスクに変形した写し絵だとロアンが悟ったのは、しばらくたってからだった。その間《かん》、雲の庇《ひさし》の下では、空気の鏡が波打ったり、膨張したりしていた。やがて不意打ちを喰らったかのように彼が目にしたのは、頭のてっぺんが闇を衝《つ》くほどに巨大な人間の姿だった。それがじっとロアンを凝視していた。その眼差しが不動であるにもかかわらず、その絵は、絶えず消え入りそうになっては、また新たに神秘的なリズムで煽《あお》りたてられながら、絶えず顫動し、絶えず踊っていた。そしてまた数秒がたった。雲がその両脇から垂らした懸垂幕のようなものに挟まれて、虚空に広がっているものが、自分の写し絵だとロアンは気づいた。驚きのあまり、理解不能の雲の働きに打たれるあまり、彼は何もかもを忘却した。もしかするとあの雲は自分のことを知っているのだ、雨裂谷を埋めつくした岩石の海の中、ただ一人生き残った、最後の人間の顕微鏡的な存在について知っているのだという考えが閃いた。しかしその考えにも彼は怯《ひる》まなかった。それがあまりに信じがたい考えだからではなかった――不可能なことは何もないと思った――その意味を知ることは永遠にないはずの――彼には確信があった――いよいよ闇が深まるばかりのこの神秘劇《ミステリウム》に参加していたいと、彼みずから願っていたからだった。自分の巨大な写し絵を透かして、遠くの岩壁がかすかに見えていた。その谷間の上部までは雲の影が達していなかったのだ。写し絵が風に吹かれて消えかかっていた。と同時に、雲の下から無数の側枝《そくし》が出てきた。雲がどれかの側枝を吸い上げても、別の側枝が代わりに伸びてきた。それらの側枝から雨が落ちはじめ、雨脚《あまあし》はみるみる激しくなっていった。黒い雨だった。こまかい結晶体はロアンの上にも降ってきた。頭の上にもぽつりぽつりと落ちてきて、宇宙服の上をしたたり流れ、服の襞にたまり、黒い雨は蕭々《しょうしょう》と降りつづけ、雲の声が――もはや谷間だけではなく、惑星の全大気をも包みこむ、何もかもを抱擁する轟音が、立ちのぼっていった。雲のあちこちに局所的な渦が生まれ、その窓を通して空《そら》が覗け、黒い経帷子《きょうかたびら》が中央で裂けると、二枚の大きな波濤となって、まるで気が進まぬかのように重たげに、黒い密林にむかって滑空してきたかと見るや、最後は密林の不動の中へ吸い込まれ、消えた。ロアンは依然として微動だにせず坐っていた。自分の体中に降り注がれた結晶体を払い落としていいものかどうか、わからなかった。周囲の岩の上も結晶体でいっぱいだった。それまでは骨のように白々としていた河床までが、まるでインクをぶちまけたかのように見えた。彼はおそるおそる、Y字形の結晶体をひとつ指でつまんだ。するとそれは生き返ったかのように、微かな温風を彼の手のひらに吹きかけ、手のひらを開くと、宙に昇っていった。まるでそれが合図だったかのように、周囲一帯が蠢いた。その動きが無秩序だったのは始めの一瞬だけだった。その後《ご》、黒い点たちは地表を流れる煙のような層を形成し、密度を増し、集合し、柱をなして空へ昇っていった。それはまるで、岩石自体が炎も輝きもない供犠《くぎ》の松明《たいまつ》から煙を立ちのぼらせているようだった。とその時、理解を絶することが起こった——上昇していった蜂の群れのような塊りが、正確に谷間の中央上空で、暮れなずむ空を背景に丸い雲のように浮かんだと思うと、今しがた密林に吸い込まれていったばかりの雲がふたたび繁みから現れ、黒く巨大な、和毛《にこげ》の生えた風船のようにかたまり、圧倒的な勢いでもう一つの、谷間上空に浮かぶ雲に突進していったのである。空中に奇妙天烈な、歯嚙みをするような衝突音が聞こえるようにロアンには思えたが、おそらくそれは幻聴だった。自分が目にしているのは戦いだと考えた。雲はまず自分には用のないあの死んだ虫たちを自分の中から追い出し、谷底に追い落としたのだと考えた——しかし衝突というのは見かけに過ぎなかった。雲は文字通り雲散霧消し、あの和毛だらけの球体も跡かたなく消えていた。雲に呑み込まれたのだ。一瞬後ふたたび、ただ岩の峰々だけが最後の夕陽を浴びて血の色に染まり、谷間の広大な内部は虚《うつ》ろに静まりかえっていた。ロアンは立ち上がったが、足はまだ少々ぐらついていた。いそいそと死者から奪ってきたヴェイル銃を後生大事にかかえた自分が急に滑稽に思えた。そればかりか、命なき形態のみが勝利し、生き残ることのできる、そして命あるいかなる眼も見るはずのなかった神秘の活動を執行しつづける、この完全なる死の国に、自分は必要のない存在なのだと感じた。一瞬前に起こったことに、恐怖ではなく、圧倒的な感嘆の気持ちとともに、彼は参加していた。自分のこの気持ちを共有する能力はどんな学者にもないとわかっていた。だが彼は今、彼らのもとに帰りたかった。行方知れずの者たちの全滅を告げる使者としてではなく、この惑星をそっとしておくことを要求する人間として。すべてのものが、あらゆる場所が、われわれのためにあるのではない——斜面をゆっくり下りながら、彼は思った。空の明るさのおかげで、激戦の跡地まですばやくたどり着いた。そこまで来てはじめて、彼は歩みをもっと速める必要に迫られた。濃くなる一方の黄昏の中、悪夢のようなシルエットで見え隠れする、ガラス化した岩の放射線がしだいに強くなってきたからである。ついには彼は駆け出した。その足音を石の壁が次々と伝える途切れのない谺は、彼の焦りを増幅した。みなぎる最後の力をふり絞り、彼は岩から岩へと跳び、見る影もなく融解した車両の残骸を過ぎ、曲がりくねった斜面に到達したが、ここでも線量計の盤面はルビー色に光っていた。

　息が苦しかったが、止まるわけにもゆかず、彼はほとんど速度を落とすことなく、ただボンベの圧力弁を目一杯ゆるめた。もしも雨裂谷の出口で酸素が切れたとしても、もしも惑星の空気を呼吸する羽目に陥ったとしても、どの岩の一インチ四方が発する放射線も致命的なこの場所にこれ以上とどまるよりはましなはずだった。酸素は冷たい波となって口内にあふれた。地面は走りやすかった。《キュクロプス》が敗北して退却する道々残していった溶岩流が固まった表面は滑らかで、場所によってはほとんどガラスのようだった。幸い荒地用の靴底はグリップも良く、スリップすることもなかった。日はとっぷりと暮れ、ところどころにある、ガラス質の下から透けて見える明るい色の石だけを頼りに彼は駆け下った。こんな道がまだ三キロは続くことを彼は知っていた。全力疾走をつづけながらでは何の計算もできなかったが、脈動するセンサーの薄赤い盤面に時々目を走らせた。対消滅反応の結果、撓《たわ》み、砕けたこれらの岩石の中に、もう一時間はいられる——それでも線量は二〇〇レントゲンを超えはしないだろう。たとえ一時間と一五分でもいい。その後は——もし砂漠の端に着いていなければ、もう急ぐ意味はなくなる。

約二〇分後、危機が訪れた。胸の中から膨張し、絞めつける、残酷で抗いがたい存在としての心臓を感じ、酸素は咽頭、喉頭を生ける炎で焼き、眼の中には火花が散ったが、最悪だったのは足がもつれだしたことだった。放射線はやや弱まってはきていて、メーターは闇の中で消えそうな炭火のようにわずかに光るだけだったが、それでも走らなければ、走りつづけなければならないことはわかっていた。しかしもう足が言うことを聞かなかった。体の繊維一本々々がもう限界に達し、体内の何もかもが、止まれと、見かけはいかにも冷たそうで、いかにも無害そうな、ひびの入ったガラス質の板の上に倒れ込んでもいいから止まれ、と叫んでいた。星を見ようとして上を向いた瞬間、彼は前のめりになって、両手を広げたまま転倒した。むせびながらも、息を継いだ。体を持ち上げ、立ち上がり、数歩走り、左右にふらつきながら、やがてリズムを取り戻すと、リズムが彼を運んだ。すでに時間の感覚はなかった。そもそもこの無音の漆黒の中、どのようにして自分の位置がわかったのか？　彼は忘却した――自分が発見したすべての死者のことを、ベニクセンの骨だけの微笑を、打ち毀《こわ》されたアルクタンの脇で、石の下になって眠っていたレグナーのことも、誰だか判別できなかった首なし男のことも、そればかりか、雲のことまで忘却した。砂だけで他には何もない空間が救済に思われた。星をちりばめた砂漠の大きな空を探しあぐね、瞠《みは》ったままの眼《まなこ》の血でいっぱいに満たされた闇のせいで、全身が硬直していた。塩辛い汗にまみれた瞼をみひらき、自分の中にある涸れることのない力の存在に時に驚愕しながら、その力に運ばれ、彼はやみくもに走った。この走りに、この夜に終わりはないのだという気がした。

　実際にもはや何も見えなくなった時、足が突如として重くなり、沈みはじめた。彼は最後の絶望がこみあげるのを感じたが、頭を上げて悟ったのは、自分が砂漠にいるということだった。その時点ではまだ地平線の上に星が見えた。だがその後、脚そのものが動かなくなった頃には、線量計の盤面を見ようと思っても見えなかった――計器は暗く、押し黙っていた。見えない死神を背後に、凝固した溶岩の河床に置き去りにしてきた――それが彼の最後の思考だった。と言うのも、肌触りの悪い砂の冷たさを顔で感じた時には、彼は眠りにではなく、麻痺に陥ったのだった。肉体はまだ全身で絶望的に活動をつづけていたし、肋骨も動き、心臓はどくどくと脈打っていたのだが、その完全な疲労困憊の闇を抜けて、別の、より深い闇に入っていった彼は、ついに意識を失った。

突然目が覚めた時、彼は自分がどこにいるのか、わからなかった。手を動かしてみると、その手の中からこぼれ落ちる砂粒の冷たさを感じた。地べたに起きて坐ると、心ならずも呻き声がもれ出た。息苦しかった。彼は気を取り直した。蛍光色に光る圧力計の針はゼロを指していた。二本目のボンベにはまだ一八気圧の圧があった。弁を開け、立ち上がった。夜中の一時である。黒い空で、星が鋭さを増していた。コンパスで正しい方向を見定めると、まっすぐ前を向いて歩きだした。最後の錠剤を三時に服用した。四時前には酸素が尽きた。そこで酸素吸入装置をはずして歩いた。始めは疑心暗鬼で呼吸していたが、夜明け前の冷気を肺いっぱいに吸い込むと、それまでよりも元気よく足を運んだ。時には膝までもぐる、この砂漠の行進以外のことは一切何も考えないように努めた。少々酔っているようでもあったが、それがここの大気のガスの作用なのか、単に疲労から来るものなのかはわからなかった。もしも時速四キロで歩けたとすれば、昼間の一一時には艦に着けると計算した。

歩数計によって、自分の歩くテンポを確認しようと何度か試みたが、何の結果も得られなかった。天の川が、白々とした巨大な流れで、天のドームを二つの不均等な部分に分けていた。星々の微光にも充分慣れたロアンは、大きめの砂丘を迂回することもできた。砂にもぐりこむ足を引きずり引きずり行くうちに、やがて地平線を背景に妙に形の整った、星のない空間が現れ、彼はそこに角ばった何かの形を見つけた。それが何であるかはわからぬまま、その方角に足を向け、彼は走りだした。足はいよいよ深く砂に沈んだが、それも感じなかった。やがて盲人のように両手を突き出し、ぶつかったのは硬い金属だった。それは空っぽの、無人のジープだった。前の日の朝、ホーパックが送り出したうちの一台かもしれず、レグナー隊が放置した一台かもしれなかったが、そんなことは考えず、ロアンはただその場に突っ立って、荒い息をしながら、ジープの平たい鼻先を両手で抱きかかえた。疲労が彼を地面に引き倒そうとしていた。車の脇に倒れ、そのそばで寝入り、朝、日の出とともに出発するのだ……

　ゆっくりと、装甲の背骨によじ登り、手さぐりでハッチの把手を見つけ、開いた。照明が灯った。ロアンは座席にもぐりこんだ。ガスのせいで中毒になり、頭がやられている、すでに自分でもそうわかっていた――スイッチ類が見つけられなかった、どこにあるのかも憶えておらず、何もわからない……。やがて手がひとりでに、使い込まれたノブを探りあて、それを押し込むと、エンジンがそっと猫のように鳴き、動いた。ジャイロコンパスの蓋を開ける。復路のコース、その数字だけはどうやら記憶していたらしかった。ジープはしばらく闇の中を進んだ。ロアンはヘッドライトの存在を忘れていたのだ……

　五時。闇はまだ垂れこめていた。正面の彼方に、白や青みがかった星の群れの中、低く、地平線すれすれに浮き上がる、紅玉色の星が目に入った。彼は瞬きした。紅い星……？　そんなものはない……。隣に誰かが坐っているような気がした、おそらくヤルクだ、あの星はいったい何かと尋ねようとして、ロアンははっと我に返った。あれは巡洋艦の艦首の光だ。闇の中のその一滴のルビー色の点めがけ、彼は一直線にジープを走らせた。点はしだいに上昇し、強い光を放つ球となり、その反映に宇宙船の外殻がきらきらと色を変えた。計器の一つが赤く点滅し、警告音を発して、バリアの近接を知らせた。ロアンはエンジンを切った。車は砂の斜面を下り、停止した。いったん車外に出たら、もう一度乗りこめるかどうか自信がなかった。彼は道具箱から信号拳銃を取り出した。片手ではぐらつくので、ハンドルに肘をつき、もう一方の手を添えて引き金を引いた。オレンジ色の煙が闇の中を走った。と突然、そのみじかい飛行は透明なガラスにぶち当たるようにシールドの壁に当たって終わり、火花が星のように散った。信号を何度も繰り返し発射するうち、撃針がかちりと乾いた音を立てた。弾丸がなくなったのだ。だがいずれにしても彼の到着はすでにわかっていた。きっとまずは艦橋の当直員がアラームを発したのだろう、ほぼ同時に艦首の直下にある二基の大きなサーチライトが白い舌で砂丘を舐めはじめ、ジープの上で交叉した。昇降用スロープが明るく照らし出され、人員用リフトが昇り降りするシャフトも、上から下まで蛍光管の冷たい炎の光で満たされた。タラップはあっというまに駆け降りる乗組員たちでひしめき、艦尾に近い砂丘の上では可動式投光器が光を放ちはじめ、ゆらゆらと揺れながら二本の青い光の列を作り、防御線内への進入路を示した。

　ロアンの手から信号拳銃が落ち、彼はほとんど無意識にジープの脇腹を滑り降りると、よろよろと、必要以上に大きな歩幅で、不自然に体を直立させ、我慢のならない手の震えを抑え込もうと両の拳を固く握りしめ、二〇階建ての船に向かってまっすぐ歩いていった。光の氾濫の中、白みゆく空を背に、堂々たる不動の巨体を聳《そび》やかして立つ宇宙船は、まるで本当に不死身のようにも見えた。

ザコパネにて、一九六二年六月―一九六三年六月

訳者あとがき

小説の原題は*Niezwyciężony*で、ポーランド語が文章語として自立した一六世紀からこのかた連綿と使われてきた、由緒あるポーランド語である。外来語ではない。「勝つ」「打ち負かす」「征服する」「滅ぼす」「克服する」という意味をもつ他動詞の受け身の形「打ち負かされた」「征服された」に、否定の nie が付いたもので、形容詞や名詞として使われる。それがここでは男性単数の形を取っている。

　この言葉は、獰猛で「手に負えない」獣とか、「常勝不敗の」、「無敵の」あるいは「不死身の」騎士、「不屈の」殉教者、「不滅の」ローマ教会、「難攻不落の」城——といった表現で頻繁に使われていた。大本にあったのはラテン語の invictus という概念で、それを世俗語で、つまり自国語で表した単語を、ヨーロッパ諸国語はそれぞれ持っていたのではないだろうか。

　だがかりにもこれが、琴座に基地のある地球軍（?）の派遣する「二等巡洋艦」の名前であり、固有名詞だということになると、どう訳すべきなのか。

　小説に登場する人物たちの名前は、乗組員が多国籍地球人の集団だということを示唆している。レムの場合に限らず、未来の宇宙が舞台のＳＦであれば、これは普通のことだろう。彼らが何語で会話していることについての手がかりはないが、ポーランド語ということは考えにくく、やはり英語の可能性が一番高いと思われるので、この宇宙船の名も英語だと想定し、「インヴィンシブル」を邦訳の題とした（同じ「インヴィンシブル級」の双子宇宙船で、遭難したコンドル号の名も、中南米の文化で重要な鳥を連想させる以上、スペイン語由来の英語だろう）。

一五八八年のスペインと英国の戦争で一躍有名になった、スペイン軍の「無敵艦隊」（Armada Invencible）の名に含まれるinvencible（インベンシブレ）という言葉がある。フランス語ではアンヴァンシブル、英語でインヴィンシブルと、発音こそ違え、両者の綴りは同じである。そのポーランド語訳が、レムのこの作品名にもなったniezwyciężonyなのである。以下、この語にちなんで名づけられたと思われる軍艦のうち、主だったものを並べる（HMSとはHer/His Majesty's Shipつまり「女王／国王陛下の船」の略）。

（1）L'Invincible「ランヴァンシブル」——フランス海軍。六四～七四門の大砲を搭載した主力戦艦（戦列艦）。一六六六年進水。

（2）L'Invincible「ランヴァンシブル」——フランス海軍。七〇門戦列艦。一六九〇年進水。

（3）L'Invincible「ランヴァンシブル」——フランス海軍。七四門戦列艦。一七四四年進水。オーストリア継承戦争中、第一次フィニステレ岬の海戦で六隻のイギリス艦に包囲され、捕獲された（一七四七年）。艦長のシュヴァリエ・ド・サン＝ジョルジュは敗北を認め、敵艦の艦長ジョージ・アンソンに自分の剣を贈ったところ、アンソンも相手の敢闘を称えて金時計を贈ったという美談が残っている。

（4）HMS Invincible「インヴィンシブル」——当時イギリスよりはるかに先進的な技術で建造された（3）のフランス戦列艦が、イギリスの王立海軍に編入され、その後この艦は、一九世紀初頭までイギリスをはじめ世界各国の戦列艦の模範となった。一七五八年に砂州に乗り上げ、沈没。

（5）HMS Invincible「インヴィンシブル」——イギリス王立海軍。七四門三等戦列艦。一七六五年進水。

（6）L'Invincible「ランヴァンシブル」——アメリカ独立戦争時のフランス王立海軍の旗艦。アンヴァンシブル級一一〇門一等戦列艦。一七八〇年進水。

（7）HMS Invincible「インヴィンシブル」——イギリス王立海軍。ガンジーズ級七四門三等戦列艦。一八〇八年進水。

（8）L'Invincible「ランヴァンシブル」——フランス海軍。グロワール級装甲戦艦。一八六一年進水。

（9）HMS Invincible「インヴィンシブル」——イギリス王立海軍。オデイシャス級二等装甲戦艦。一八六九年進水。

（10）HMS Invincible「インヴィンシブル」——イギリス王立海軍。インヴィンシブル級。世界初の巡洋戦艦。一九〇七年進水。第一次世界大戦に参加し、フォークランド沖海戦ではドイツ艦隊に勝ったが、大戦中最大の海戦、「ユトランド沖海戦」でドイツの巡洋戦艦デアフリンガーに沈められ、乗組員一〇三二人のうち六人しか生還しなかった。カナダのロッキー山脈にある山の名「インヴィンシブル」（標高二七〇〇m）はこの船の名を取ったもの。

（11）HMS Invincible「インヴィンシブル」――イギリス王立海軍。インヴィンシブル級の航空母艦。一九七七年進水。

（12）USNS Invincible（T-AGM-24）「インヴィンシブル」――アメリカ海軍のミサイル追跡艦。一九八六年進水。

（3）と（4）は物理的には同じ軍艦で、この船と（10）の船が、この小説が書かれる以前に最も多くの話題を提供し、これを主題に書かれたテクストも多かった「インヴィンシブル」ではなかったかと思う。ここに挙げたものはあくまで大きめの船で、他にもより小さな英仏の軍用船、私掠《しりゃく》船（とくにナポレオン・ボナパルト時代のフランス）、あるいはテキサス共和国海軍の軍用帆船など、Invincibleという名を持つものは相当数あった。ほかにも映画や文学、スポーツ、今では音楽、ゲームやアニメの世界にも「インヴィンシブル」という言葉は広汎に登場するが、基本のイメージはやはり軍艦の名称だろう。

小説の登場人物で名前が出ているのはざっと数えて四五名。それぞれの容姿についてはそれなりの描写はあって、多様なことはわかるが、人種や国籍や民族籍などについての言及はまったくない。いかにも軍事的組織の中でのやりとりらしく、会話で使われる名前も苗字だけである。英語をはじめ各国語にあるサックス（Sax）やアイルランド語的なギャラハー（Gallagher）など実在するものもあれば、実在するものをレムが少しひねったと考えられるものもあり、多彩だ。しかしポーランド（語）で標準的に見られる人名は一つもなく、スラヴ語的なものも二、三にとどまる。その中にあって、主人公の名Rohanはフランス語の響きが決定的なので、「ロアン」というカナ表記にした。もしも

Rohan に――響きや綴りにおいて――ポーランド語的な性格があるのなら、飯田規和氏がロシア語訳から訳した既存の邦訳『砂漠の惑星』と同じ「ロハン」でもいいが、そうではない。ポーランド人のレムがポーランド語で書いた小説なのだが、そこに描かれた世界にポーランド的なものはない。と言うより、繰り返しになるが、いかなる国もいかなる民族も登場しない、そういった問題は「克服」されたかに見える世界が舞台なのである（それにしても、船員にも学者にも女性がみあたらないのは奇異だが）。そういうカテゴリーに遡る手がかりは、わずかに人々の名前にしか残されていないのである。ちなみに実在したロアン公家は、ブルターニュに源流を発する名門貴族だった。

　中世以来のフランス、ひいては欧州の歴史にはかなりの数のロアンが登場する。たとえば『回想録』（一六四四年刊）で知られるアンリ・ロアン（一五七九～一六三八）は、国王ルイ一三世とリシュリューの強権的なカトリック体制に抗して、ユグノー勢力を率いて武装蜂起を実行し、ナントの勅令を遵守するよう求めた政治家・思想家であり、みずからがライヘンフェルデンの役で戦死した騎士だった。ジュネーヴのサン＝ピエール教会にある彼の坐像と墓は、私も実物を見たわけではないが、写真で見るかぎりたいへん立派なもので、墓碑銘には「行人よ、ここにアンリ・ド・ロアンの気高き事績をつぶさに記す物語を探すなかれ。それは人の記憶の中で永遠の光耀をまとって残りつづけるもの」とある。そうかと思えば、弱冠一八歳でルイ一三世後宮の女官長となり、やがて欧州各国の宮廷を巻き込むさまざまな謀略の要と言われ、デュマの『三銃士』にも登場するマリー・ロアン（一六〇〇～一六七九）は、アンリ公と敵対する王室側の人間だった。時代が下ってマリー・アントワネットの「首飾り事件」にカリオストロとともに巻き込まれる、フランス王家司祭長のルイ＝ルネ・ロアン（一七三四～一八〇三）は、アンリ公とは逆に醜聞の方が多い人物だったが、枢機卿になれたのはポーランド最後の王スタニスワフ・アウグストがそれを望んだおかげだったという（二人ともフリーメーソンだった）。今もパリのマレー地区に聳える立派な「ロアン館 Hôtel de Rohan」はストラスブール司教系のロアン家によって一族のために建てられた、いわばパリ表《おもて》の上屋敷で、ルイ＝ルネ公が最後の住人だった（今は国立文書館分館）。ロアンの名を冠した建物は他にも各地にあるが、おそらく観光客にとってもっとも目にする機会が多いのはストラスブールの都心、大聖堂の隣に立つ宏壮な「ロアン宮 Palais de Rohan」だろう。市立美術館、装飾藝術博物館、考古学博物館という三つの博物館が入っているのだから、その規模もおのずと知られる。そういう目立つ建造物にくらべればいたって地味な「ロアン街 Rue de Rohan」という通りがパリのルーヴル美術館のそばにあることを私は知らなかった。そもそもあまりに短い。リシュリュー街を南に延長してリヴォリ街にぶつかるまで通した、一七七九年開通の若い通りである。脱線ついでに言えば、私がこの通りの存在というより名称を知ったのは、フリデリク・ショパンの書簡集を翻訳しながらのことで、彼の後半生でもとりわけ重要な役割をはたす年長の親友ヴォイチェフ・グジマワが住んでいたのが、ロアン街一六番地だった。名称は先に触れたロアン公ルイ＝ルネに由来する。サンドとショパンが同じ便箋に寄せ書き方式で書き、マジョルカ島から送った数々の面白い手紙が残されているが、その宛先がいつもこれだった。

　レムは、この小説の題を最終章の題にも持ってきた。訳者としての責任もあるので、はっきりしておかねばならないが、作品全体の題も、最終章の題も同じ Niezwyciężony という単語である。私は最終章の題と、最終行に出てくるこの言葉だけを——つまり二ヶ所でのみ——「インヴィンシブル」とはせずに、「不死身」と訳した。ちなみに最終行では、この単語は大文字ではなく小文字で始められ、固有名詞ではなく、普通形容詞として用いられている。

レムはなぜ、そうしたのか。そして、同じ言葉をなぜ私は訳し分けたのか——。
最終章に描かれているのは、ロアンと《雲》が対峙する、あるいは交流するドラマであって、宇宙船そのものでも、宇宙船のドラマでもない。この章では、もはや宇宙船も、艦長も、遠景として捨象され、見えていない。「光の氾濫の中、白みゆく空を背に、堂々たる不動の巨体を聳やかして立つ宇宙船は、まるで本当に不死身のようにも見えた」という最終行も、あくまでロアンの眼に映じた画像であり、カメラはついに船内に入ることなく、終わる。

最終章の題として置かれた形容詞 Niezwyciężony（つまり Invincible）が修飾する対象として、最もふさわしいのは——それが男性単数形であることも手伝って——やはりロアンだろう。だからあえて言葉の原義に戻って、また一人の男性を形容しやすくするために「不死身」とした。もちろん満足はできない。「無敵」、「滅ぼしえぬ者」なども考えたが、どの日本語もしっくりはしないので、これはあくまで妥協の結果である。

一緒に調査活動をしたすべての仲間が、あるいは死に、あるいは精神に異状をきたす中で、ただひとり生きのびた、つまり「打ち負かされなかった」のがロアンだった。しかもいっさい武器を持たずに、である。このサヴァイヴァルを可能にしたのが、「無心」や「自然体」などの語を連想させる、幼児のような、あるいは幼児のようになれる、ロアンの柔軟さであり、人間中心主義とは対立する意味での銀河系中心主義的な（galaktocentryczny）姿勢であることが、この章では示されている。だが同時に、彼は《雲》を相手に「勝った」わけでもなかった。ロアンは《雲》を敵呼ばわりもせず、擬人化して語ることにも、早くから違和感を示していた。雨裂谷の奥でロアンが「圧倒的な感嘆の気持ち」とともに参加したミステリウムにおいては——《雲》とロアンとの、闘争ならぬ邂逅においては――勝者も敗者もなかった。その意味で、《雲》もまた、最終章の題「不死身」が形容し得る対象であり（ただし、「雲」のポーランド語「chmura」は女性名詞）、非生命体ではあるが、《雲》もまた「滅ぼしえぬもの」なのである。とは言えやはり、この章の主役はロアンと決めていいだろう。

翻訳の底本に用いたのは、*Niezwyciężony*, Wydawnictwo Literackie, Kraków 2015である。

二〇二〇年八月一〇日
関口時正

解説　稼働する物語装置、星の啓示

沼野充義

『砂漠の惑星』から『インヴィンシブル』へ

『インヴィンシブル』という耳慣れないタイトルを聞いて、戸惑う読者もいるかもしれないので、最初にお断りしておけば、これは従来日本で『砂漠の惑星』という邦題のもとに広く読まれてきた作品である。その飯田規和による初訳は一九六八年、早川書房による『世界ＳＦ全集』の第二三巻に、同じレムによる『ソラリスの陽のもとに』（これも飯田訳）とあわせて収録され、その後一九七七年にハヤカワ文庫ＳＦに入って版を重ねた。ポーランド語の原題は、「無敵」（あるいは宇宙船の名前であることを考えるならば「無敵号」）という意味なのだが、その邦題をこの新訳の際に思い切って『インヴィンシブル』に変えたことについては、訳者、関口氏のあとがきに詳しい。以前の飯田訳がロシア語版からの重訳であったのに対して、今回の新訳は、ポーランド語からの直接訳であり、レムの原文の精神に寄り添った緻密な新訳のおかげで、色褪せかけていた昔の紙焼き写真が、驚くほど鮮明なデジタル画像となって蘇ったという印象を受ける。

『インヴィンシブル』は、スタニスワフ・レムが長い作家としての経歴の中でも最初に極めた頂点の一つをなす長篇である。レムの作品といえば何といっても『ソラリス』が有名だが、『インヴィンシブル』はそれと双璧をなすものと言えるだろう。『ソラリス』が容易には捉えがたい華麗な変化球だとすれば、『インヴィンシブル』はずっしりとした手ごたえを正面から伝えてくる剛直球だ。

シンプルだが読者をいったん引き込んだら最後まで離すことなく突き進む物語、緻密な科学的思考に基づいた驚くべき仮説の展開、不可思議な異星の光景と激しく荘厳なほどの戦闘シーンの真に迫る描写、そして最後に立ち現れる、理解不可能な宇宙に向き合う人間の勇気と倫理。このすべてがあいまって、『インヴィンシブル』を二〇世紀後半の世界文学の孤絶した頂点の一つにしている。

原著の出版は一九六四年だから、もう半世紀以上前のことになる。昔の作品を掘り起こして現代的意義を強調しようとする場合、「決して古びていない」といった常套句がしばしば使われるが、『インヴィンシブル』に関してはそのような紋切り型で擁護する必要はまったくない。確かにこの作品の出版以後、科学技術は飛躍的な進歩を遂げ、それを受けて現代ＳＦもどんどん複雑になっていったが、レムがこの作品で到達した境地はいまだに超えられていないのではないだろうか。

「私は共産主義者ではない」——作品の時代背景

レムは一九二一年、現在ウクライナ領のリヴィウ（ドイツ語でレンベルク、ポーランド語でルヴフ、ロシア語でリヴォーフ）でユダヤ系の医師の家に生まれ、この町で育った。リヴィウは二〇世紀前半を通して、オーストリア＝ハンガリー帝国、ポーランド、ソ連赤軍、ナチス・ドイツ軍、再びソ連赤軍といった具合に支配者を目まぐるしく変えた。ナチス・ドイツ占領時代にはこの町のかなりの部分を占めるユダヤ住民がゲットーに押し込められた後、収容所送りとなりホロコーストの犠牲になったが、レム家はなんとか難を逃れて生き延びた。リヴィウは第二次世界大戦終結後、最終的にソ連のウクライナ共和国領になり、それにともないこの町に住んでいたポーランド系住民は強制的にポーランド本国に移住させられ、レム一家はポーランドの古都クラクフに住むことになった。レムはクラクフのヤギェロン大学で医学を学ぶが、医師とはならず、最新の自然科学全般の知識をむさぼるように吸収しながら、作家活動を開始した。ＳＦ作家としての彼の名前を一躍高めた「出世作」は、一九五一年の長篇『宇宙飛行士たち』（邦題『金星応答なし』沼野充義訳、ハヤカワ文庫ＳＦ）だった。さらに一九五五年には大長篇『マゼラン雲』が出版される。

　ただしこの時期のレムは、共産主義化したポーランドでイデオロギー的にかなり制約され、社会主義リアリズムという唯一「正しい」とされた方法から完全に自由ではなかった。そこから抜け出し、本来の自分の創作に至った道を、レム自身はあるインタヴューでこう振り返っている（引用はイェジイ・ヤジェンプスキ『レムの世界』より）。

> あの頃は、科学の様々な分野の新刊書をリアルタイムでどんどん知ることができました。というのも、アメリカから（そしてある程度はカナダから）入ってくる本を仕分けして、ポーランドのあらゆる大学に送付する機関がクラクフにできて、私は到着した小包から、自分の興味を惹く本をなんでも「拝借」できる立場にいたんです。その中には、ノーバート・ウィーナーの *The Human Use of Human Beings*（邦訳『人間機械論』、サイバネティックスの基本書——沼野注）もありました。毎晩毎晩すべてを貪るように読みました。何しろそれらの本をできるだけ早く、本来の宛て先に送らなければならなかったから。その時に読破した文献をもとに、『エデン』『ソラリス』『インヴ

ィンシブル』といった、いま恥ずかしく思わないでいい一連の小説を書くことができたんです。

レム自身がここで名前を挙げた『エデン』(一九五九)、『ソラリス』(一九六一)、『インヴィンシブル』(一九六四)の三長篇は、「ファースト・コンタクト三部作」と呼ばれ、社会主義リアリズムの教義からすでに自由に独自の世界観を展開し、作家としてのレムの最初のピークを示すものになっている。これら三作の時代背景として重要なのは、第一に、ソ連がアメリカに先んじて宇宙開発に乗り出し、次々に目覚ましい成果を上げていたということである。ソ連は一九五七年、世界最初の人工衛星(無人)スプートニク一号を打ち上げ、一九六一年にはガガーリンがヴォストーク一号によって世界最初の有人宇宙飛行に成功した。ガガーリンの快挙は世界を興奮の渦に巻き込んだ。レムの「ファースト・コンタクト三部作」はいずれもロケットで宇宙に出ていった人類が遭遇する未知の世界を描いており、折からの宇宙ブームに後押しされることになった。もう一つ重要なのは、一九五三年にソ連でスターリンが死ぬと、「雪解け」と呼ばれる自由化の機運が生じ、ソ連だけでなく東欧圏全般で文学的表現が以前よりも自由になったことである。

一九六二年、レムは他のポーランド作家たちとともにソ連を初めて訪問した。ちょうど『インヴィンシブル』が書き進められていたころだ。この時までに『宇宙飛行士たち』『マゼラン雲』『ソラリス』などのレム作品がロシア語に訳され、ソ連における彼の人気は絶大なものだった。ポーランドの作家代表団の中でも彼一人が「ロックスター」のような扱いを受け、モスクワ大学の大講堂は彼の話を聴こうと集まった二〇〇〇人の若者によって埋め尽くされた。質疑応答の際に、こんな質問が出た

――「あなたは共産主義者ですか？」レムは何年も前から、その種の質問に対しては、経験上うまく言い逃れられる答を見つけていた――「いいえ、私は自分がそのような栄誉ある名前に値すると思っていません」。ところがこの時レムの口から出たのは「いいえ、私は共産主義者ではありません」という単刀直入な答だった。その途端、大講堂を揺るがすばかりの拍手喝采が沸き起こり、その後に続いたレムの説明は、拍手喝采にかき消され、誰にも聞き取れなかったという。

まさにこんな時代に『インヴィンシブル』は書き進められていたのである。

物語装置が動き出す

『インヴィンシブル』は『ソラリス』に比べるといくらか単純で「地味」な作品のように見える。一九七三年に英訳が初めて出たとき、アーシュラ・ル＝グィンは、その前に英訳されていた『ソラリス』と比べて、次のように述べている。

> 彼〔レム〕が独創的で刺激的な思想家であることは、『ソラリス』を読んだ者なら誰にでも明らかだろう。しかし『ソラリス』は、いずれにせよ一見したところでは、ちょっと取っつきにくい本だ。それに対して『インヴィンシブル』には抗いがたい魅力がある。『ソラリス』は暗示的で、とらえどころがなく、皮肉《アイロニカル》で、複雑である。一方、『インヴィンシブル』はまっすぐで、活力があり、テクノロジーを基調にした古典的な冒険物語になっている。『ソラリス』は内向的だが、『インヴィンシブル』は外向的だ。ところが両者はそれぞれ非常に異なったやり方と重みにおいて、同じことを扱っているのである。（*Science Fiction Studies*, Spring, 1974, Vol. 1, No. 3）

レム自身も文学研究者・評論家のスタニスワフ・ベレシを相手に、ほぼ同様の自己評価を下している。

> 『インヴィンシブル』について言えば、虚構ではない問題に基づいて完全にきちんと物語の「装置《マシン》」が稼働している。特にロアンが生命のない世界のまっただなかにおもむく最後の章は、信憑性とリアリズムのすべての規範を満たしています。それだけ言っておけばいいでしょうか。『ソラリス』と比べるといくらか控えめな小説ではありますが――『ソラリス』のような軽やかさはありませんからね。

宇宙船インヴィンシブル号は、行方を絶ったコンドル号を捜索するために、琴座のレギスⅢ惑星にやってくる。そこでコンドル号の乗組員たちを襲った原因不明の不可解な大量死に直面し、謎が突き付けられる。インヴィンシブル号の乗組員たちは、その謎を解明するために惑星の探検を続け、奇怪な都市（のようなもの）の廃墟や、小さな金属製の「虫」が群れを成して作る恐るべき黒雲に遭遇する。いったいこの金属の虫たちは何なのか。この星では過去に何が起こって、このような金属の非生命が支配するようになったのか。この星で何百万年もかけて進行した生命なき機械の「逆さまの進化」についての仮説が提示される。そして、虫たちが蝟集して形成する「雲」と、人間の科学技術が作り出した最高の戦闘装置との死闘が行われ、後者が敗北するという予想外の事態が起こる。最後に主人公ロアンは、もはや敵を倒すためではなく、行方不明になった仲間を捜索するだけのために、物語論で言うところの異界の「最も危険な場所」に十分な武器も持たずに単身潜入し、試練に耐え抜き、半死半生の状態でインヴィンシブル号への帰還を果たす。

　このように物語の展開を略述すれば、ロシアの民俗学者プロップやアメリカの神話学者キャンベルなどの説話論を引き合いに出すまでもなく、課題―謎―捜索―敵との戦闘―死地への潜入―最大の試練―仮死―帰還―復活といった物語展開上の基本アイテムを見事に継起させていることがわかる。さらに特徴的なのは、この小説の中で人間的な複雑な心理の奥行きを持つ「立体的《ラウンド》」な登場人物と言えるのは、主人公のロアンと、強いていえばもう一人、艦長のホーパックだけで、それ以外の数多い登場人物たちは名前と専門分野を割り振られているだけの「平面的《フラット》」な人物にとどまる。さらに指摘するまでもないが、これらの登場人物たちはみな男性である。現代の眼からみると、男だけの絆を強調するいささか時代遅れの男性中心主義のようにも見えるが、当時の時代精神の制約の下で、宇宙はもっぱら男の領域だという固定観念にレムほどの知性でもとらわれていたのだろうか（しかし、ソ連で人類初の女性宇宙飛行士テレシコワが宇宙を飛んだのは一九六三年のことだ）。私にはむしろ、レムが作動させようと意図した物語装置のためには男女の関係は物語を停滞させる不純な要素だったので、意図的に切り捨てられたのではないか、と思える。そもそも宇宙に進出すること自体、宇宙に対して「散種」しようとする男性的な行為であって、二〇階建てのビルのように屹立する宇宙船の姿こそ男根《ファロス》の象徴ではないか、という議論もあり得るだろう。

　冒険物語の出来合いの枠組みを利用することなら、誰にでもできる。むしろその枠組みに対するレムならではの描写と科学的思考の厚い肉付けこそが、この小説の魅力となっていると言うべきだろう。まずこの作品はレムの長篇の中でももっとも「ハードコア」なものの一つである。次から次へと繰り出される異星探検のための具体的な装備や武器、惑星の環境の記述、そして謎を説明するための科学的仮説の展開に至るまで、厳密に科学的な知識と思考に基づいて組み立てられている。ただし、それだけでは科学的アイテムのカタログのようなものになってしまう恐れがあるが、レムが小説のキャンヴァスに描き出すのは、奇怪な、時に壮絶なまでの美に満ちた光景である。インヴィンシブル号の探検隊が最初に発見する「都市」（のように見えたもの）の描写（「廃墟の谷間で」の章）は、ソラリスの海が作り出す変幻自在の擬態形成物ほど絢爛豪華なバロック調ではないが、「かつて人間の眼が見たことのある何物にも似ていな」い奇怪な光景としてインパクトがあるし、「雲」と人間の科学技術が生み出した最高の戦闘装置「キュクロプス」の一騎打ちの場面は荘厳と言ってもよい。実際、リチャード・ジーグフェルドという研究者はこのシーンを、勇者たちが一騎打ちするところを多くの兵士たちが見守るホメロスの叙事詩『イリアス』の戦闘シーンを思わせると指摘している。

ファースト・コンタクトと「逆さまの進化」

基本に立ち返って改めて言うならば、『インヴィンシブル』はファースト・コンタクトの物語である。しかもそれは、人間の理解を絶するような、異質な他者との出会いであり、決して予定調和的な相互理解が結末に想定されているわけではない。『インヴィンシブル』の英訳が出たのとちょうど同じ一九七三年にアーサー・C・クラークの『宇宙のランデヴー』（原題『ラーマとのランデヴー』）が出て両者の類似が目を惹いたのだろうか、英語圏ではレムとクラークがともにファースト・コンタクトを扱った作家として比較されることになった。中でも興味深いのは、フレドリック・ジェイムソンによる分析である。彼は『未来の考古学I——ユートピアという名の欲望』（原著二〇〇五年。秦邦生訳、作品社）の中でクラークとレムを比べて類似だけでなく、両者に根本的な相違があることも指摘している――「もしもクラークが異星人の他者性を表象することに関して不可知論者であるとすれば、スタニスワフ・レムは断固として無神論者である」。

どういうことか。クラークの『宇宙のランデヴー』は、突然太陽系に侵入してきた巨大な謎の物体との出会いをめぐる物語である。しかしここではファースト・コンタクトが失敗に終わるというよりは、本当の意味では地球外の知性との出会いそのものが生じていない。クラークには（この先もそうだが）常に、人間の認知能力の彼方にある超越的・超常的存在に惹かれる神秘主義的な傾向が感じられる。

それに対して、レムは徹底的なリアリストである。確かにレム作品には、人間の理解を絶した宇宙の「他者」に対する畏怖と感嘆の入り混じったセンス・オブ・ワンダーはあるが、宇宙の他者との出会いの失敗（より正確には、意思疎通の失敗）は常にリアルに具体的に描かれていく。いわゆる「ファースト・コンタクト三部作」のうち、最初の『エデン』では、恐怖が支配する（と人間には思える）エデン星人たちの奇怪な社会を描いており、その限りにおいてこれは社会風刺的ディストピア小説という面を持っている。ここではエデン星人は人間の理解を完全に超えた絶対的な他者とは言い難く、実際、コンピューターを通じてある程度までは意思疎通が可能になる。

次の長篇『ソラリス』で他者として立ち現れるのは、エデンに登場したような――奇怪とはいえある程度意思疎通が可能な――宇宙人ではなく、惑星ソラリスの表面を覆う粘液状の海である。相手が海となると、もはや「宇宙人」などという言葉では対応できず、擬人的宇宙観――つまり宇宙人はどんなに奇怪な格好をしていても、結局は人間を基準にして認知することができるといった人間中心的宇宙観――は崩壊せざるを得ない。

三部作の最後を飾る『インヴィンシブル』は『ソラリス』でレムが切り拓いた境地を受け継ぐものだが、レギスⅢで理解不能な他者として立ち現れるのは、生命を持った「宇宙人」ではなく、微細な金属製の「虫」たちなのである。「虫」は一つ一つの個体としては無力だが、必要に応じて蝟集して巨大な黒雲になり、恐るべき戦闘能力を発揮する。『ソラリス』の場合と根本的に違うのは、『ソラリス』の海はもともと誰かによって創造されたものではないという意味で「自然」な存在であるのに対して、『インヴィンシブル』の「虫」たちはおそらく何らかの理由で跡形もなく絶滅した知的生命がこの惑星に残していった人工の自動機械を先祖としているという点である。

このように見ると、レムはファースト・コンタクトの探索においても「進化」してきたことがわかるのだが、「それぞれ異なるやり方ではあるが、絶対的に異質なものや〈他者〉とのコミュニケーションの不可能性を物語って」（ジェイムソンの表現による）いるということでは一貫していた。もう一つ、一貫して変わらなかったレムの書き方として、小説が異星に到着するところから小説を始めるということも付け加えておこう。背後にあるはずの地球の現状については一切語られず、いきなり宇宙に入っていく。社会主義リアリズムの建前からすれば、物語が展開するはるかな未来においては、地球には既に理想の共産主義社会ができていなければならない。国家の境界も消滅しているかもしれないし、そもそもその頃の人類が何語を話しているのかもわからない。しかし、レムはそのような未来の地球を描くことには興味がない。

『インヴィンシブル』に現れる金属製の「虫」は、レムが到達した「異質なもの」の極致であり、そもそも意思疎通ということ自体が考えにくい「他者」である。しかし、レムはこの「虫」がどのように発生したかについては、きわめて合理的な科学的推論を提示している。詳しくは本書の「ラウダの仮説」の章を参照していただきたいが、ごく簡単に要約すれば、金属製の「虫」は、はるかな昔、レギスⅢに主人を失って取り残された自動機械《オートマトン》が、数百万年かけて進化して到達した形なのだ、という。進化の出発点にあった自動機械はどんな環境にも適応して生き延びられる恒常性《ホメオスタシス》を備えており、競合する他のもっと大型で高性能の機械や惑星に元来住んでいた動物などとの闘争を勝ち抜いたのである。ラウダ博士の仮説は、進化に関する常識に反している。進化において普通勝者となるのは、人間がそうであるように、神経システムがより発達して大きな脳を持つ生物だからである。ところがレギスⅢにおいては、機械の「生命なき進化」が始まり、みずからを最も効果的に小型化したマイクロメカニズムが勝ち残ることになった。この小さな「虫」たちは発達した頭脳を持たず、個体としてはまったく無力な存在だが、危険が迫ると合体して雲となり、集団行動によって人類の作った最強の武器さえ打ち負かす「無敵」の力を発揮する。ちなみに小説の中では、このような進化の結果出来上がった「虫」たちの支配する圏域を「ネクロスフィア」と呼んでいる。一九二〇年代にソ連の地球化学者ウラジーミル・ヴェルナツキーが生物の住む地球環境全体を指して「バイオスフィア」（生物圏）と呼んでからこの用語は一般に広まったのだが、レムは「バイオ」（生）の代わりに「死」を意味するギリシャ語に由来する「ネクロ」をはめ込んで、「死の圏域」を意味する新造語を作った。

　このような方向での機械の進化というのは突飛な発想のようにも思えるが、じつはこれは飛びぬけて先駆的で独創的な考え方だった。旧ソ連ではスターリン時代にはコンピューター科学が否定的に扱われており、その結果、第二次世界大戦後のソ連・東欧は欧米にかなり遅れをとることになったが、レムは一九四〇年代末頃からウィーナーの提唱によりアメリカで勃興したサイバネティックスに強い関心を持ち、早くから最新の文献を貪り読み、自らの科学的世界観を作っていったのである。ウィーナーが基礎を築いたサイバネティックスとは、生物と機械の動作の平行性から出発して、制御と通信・情報伝達の構造を分野横断的に統合しようとするものだったが、結局それが、後のコンピューター科学、ＡＩ、ロボット工学、認知科学など様々な分野の発展につながっていった。作家レムは出発点からこういった知見を蓄え、ＳＦに応用していったのである。

中枢にある頭脳をどんどん巨大化させることによって大きなシステム全体を統一的に制御しようとするよりも、システムを小さな構成要素に分散させ、必要に応じてそれらを結び合わせたほうが効率的であるというレムの発想は、初期のサイバネティックスの知見を吸収しながらレムが独自にたどり着いた作業仮説である。レム自身にとってこのアイデアは後々まで温められるべきお気に入りのものだったようで、彼は一九八三年に「二一世紀の兵器システム、あるいは逆さまの進化」という短篇を書いた（関口時正訳、レム『主の変容病院・挑発』所載、国書刊行会）。ここでレムは未来の新しいタイプの軍隊を構成するのは人間型ロボットではなく、軍事分野においては図体の大きな兵器は時代遅れになり、微小な疑似昆虫類などが主役となる、と予見している。つまり武器の微小化という「逆さまの進化」が起こるというのだ。

日本では一九八〇年代に「電脳建築家」の坂村健がＴＲＯＮプロジェクトを推し進め、「大型コンピューター全盛の時代に、小さいものがネットワークを組んで大型コンピューターを超える未来」を思い描いたが、レムはまさにそのような分散システムの可能性を先取りしていた。ＳＦ好きで知られる坂村自身はあるインタヴューで自分の研究・技術開発に影響を与えたＳＦ作品の一つとして『インヴィンシブル』を挙げ、「小さいものが集まって大きいものと戦う」というイメージが自分の「分散思考のビジョン」に合うものだった、と述べている（『Ｓ‐Ｆマガジン』二〇二一年六月号）。

小説の「深い内容」

宇宙で出会った他者とのコミュニケーションの失敗は、結局のところ、〈宇宙の基準は人間の知性であり、どんな宇宙の知的生命とも人間はコミュニケーションがとれるはずだ〉という思い込み、つまり「人間中心主義」的宇宙観を打ち砕くことになる。実際、ロアンは人間が「人間中心主義」を脱して「銀河系中心主義」の高みに至るほどには成熟していないと思い知るとともに、人間は「自分たちのものではない事柄」「非・人間的な事柄」には介入すべきではなく、宇宙に人間とは無関係に「現に存在するものを攻撃」してはいけない、と理解する。そして、雲が繰り広げる神秘劇に一種の美的陶酔を味わいながら、この惑星はそっとしておかなければならない、宇宙の「すべてのものが、あらゆる場所が、われわれ〈人間〉のためにあるのではない」という一種の啓示に達するのである。

宇宙の中で人間が占める場所についてのこういった姿勢は、人間中心主義の立場から宇宙進出を称揚した社会主義リアリズムの精神に反するものであるばかりか、ル＝グィンの指摘するように、アメリカのＳＦ読者の多くにとっても受け入れがたい新奇なことだった。ただし、自分に理解できない宇宙をあるがままに受け入れようとする姿勢は、単に受動的に謙虚なわけではない。ポーランドのレム研究の先駆者、ヤジェンプスキも指摘していることだが、レムの主人公のこのような態度は、宇宙の美を受け止めるという積極的な美的体験を伴っている。それは『インヴィンシブル』のロアンに限ったことではない。エデン星でのしばしの滞在の後、この星を後にした人間たちは、宇宙から見たエデン星のあまりの美しさに感嘆するし、『ソラリス』の主人公クリスは最後には海に見とれ、無我の境地のうちに海と一体感を味わう。

『インヴィンシブル』の物語は最後に、逆説的なことに、それまで積み上げてきた科学技術の産物に満ち満ちたハードコアＳＦの装置をいったん「御破算」にして、ロアンという人間個人の実存的選択のドラマに転ずる。艦長に究極の選択を迫られ、ロアンは単身、武器も持たずに、行方不明となっている四名の仲間を探すために、最後の試練の、もっとも危険な旅に出るのである。行方不明の四名はおそらくすでに死んでいるだろう。しかし、ロアンには「自分が見捨てられることはない、たとえどんな状況になったとしても」と誰もが信じられるようでなければ、宇宙を飛ぶことはできない、という信念があり、試練をあえて引き受ける。再びル＝グィンの的確な書評の言葉を引けば、「ロアンに最終的に要求される個人的な勇気の行動は、単なるヘミングウェイ流の男らしさの試験でもなければ、大義のための自己犠牲や、義務への無条件の服従を示すものでもない。それは個人によってなされる、純粋で、複雑な倫理的な選択である。最後の冒険は道徳的なものだ。それゆえ並外れて感動的なのだ」。ヤジェンプスキも同様に、未知のものに対峙するロアン個人の私的な感情と成熟のドラマこそが、この小説の「深い内容」だと結論づける。訳者の関口氏が論じる通り、そうだとすると小説の表題の「インヴィンシブル」（無敵、負けることのない）とは、もともとは人間の科学技術の粋を尽くして作った最強の宇宙船の名前であったのに、小説中の経験を経て、レギスⅢの「虫」たちの「無敵」ぶりを示すものとなり、最後にはどんな困難な状況の中でも倫理的決断によって突き進む一人の人間の「不死身」を表すものともなる。「無敵」と名付けられた宇宙船は「虫」たちの蝟集した雲に勝てず、ロアンという生身の人間のほうが「不死身」であることが証明されるのは、小説の深いイロニーであると同時に希望でもある。レム自身もロシア語訳に寄せた序文で、この作品は宇宙での冒険をめぐる科学ファンタジーではなく、「何よりも人間を描いた」文学作品なのだと強調している（ソ連の文芸誌『ズウェズダー』一九六四年九月号）。

ただし、主人公の行動を抽象的な個人の勇気や感情のドラマに回収すべきでもないだろう。たとえ地球の現実からはるかに離れた宇宙で展開するドラマであっても、その表層の下、奥深くには、地球という星で行われた戦争と大量虐殺という歴史があり、その中を辛うじて生き延びたレムの個人史のドラマが潜んでいるからだ。巽孝之が炯眼にも看破している通り（「『ソラリス』——残酷な奇跡の時代のために」『S-Fマガジン』二〇〇六年八月号）、レムの作品には後々までホロコーストの記憶が遠いこだまのように響き続けている。実はレム文学とホロコーストというテーマについては、従来から散発的にはあれこれ指摘はあったのだが、地球が全く出てこない遠い星々を舞台にした未来SFと、ホロコーストの過去ではあまりにかけ離れているので、本格的に論ずる批評家はほとんどいなかった。しかし、二〇一七年にアグニェシカ・ガイェフスカという研究者が『ホロコーストと星々——スタニスワフ・レムの小説における過去』という画期的な研究書を書き、このテーマを正面から全面的に論じたのである。ガイェフスカはナチス・ドイツ占領時代のリヴィウにおけるレム一家の経験を実証的に調査するとともに、偽の身分証明書によって自分は逃げのびながら、ホロコーストの犠牲になったリヴィウの多くのユダヤ人を救うことができなかったという経験がレムにトラウマとして残り、後のSF作品の星々にも痕跡を残していることを、具体的なテクストに即して論証していく。

そのような考え方に立てば、一見したところポーランドの歴史と何の関係もない遠い星の物語としか思えない『インヴィジブル』にも、ポスト・ホロコースト文学と呼べそうな要素がいくつも見つかるだろう。そもそも宇宙に進出した人間たちがしばしば示す（インヴィンシブルの乗組員も例外ではない）、理解できない異質な他者を「敵」と見なしてやみくもに殲滅しようとする態度自体が、宇宙における「ジェノサイド」ではないか。その他、小説の細部を辿ると、コンドル号の乗組員たちの大量死の現場（集団墓地を思わせる）、およびその惨劇の目撃情報を伝えることの困難さ、死んだ者たちが残したものの流用といった場面やモチーフは、すべてホロコーストの記憶と表象の問題に結びつくだろう。そして何よりも、生き残った者が背負わなければならない倫理的責任がある——これこそが、ロアンが最後に行う、合理的とは言い難い、ほとんど自殺的な行為の原動力になったと解釈することも可能ではないか。

　もちろん、このように何もかもすべてホロコーストの枠組みに押し込むことは、いささか牽強付会かもしれない。しかし、それを一つの可能性として付け加えることによって、小説が深みを増すことは否定できないだろう。レムは従来、社会主義ポーランドの政治情勢や検閲の圧力からは超然と、地球から遠い星々の話を紡ぎ続けた「非政治的」な作家、つまり現実政治には直接コミットしない作家として見られがちだった。しかし、最近次々に出版されている新しい伝記資料や研究を追うと、彼は意外にも「政治的」であると同時に、ポーランドの歴史に根差した作家でもあることがわかる。『インヴィンシブル』の新訳の刊行を機に、レムの新たな現代的な意味が発見されることを期待したい。

オの集成『レイヤー・ケーキ』、トマシュ・フィヤウコフスキを聞き手としたインタヴュー集『縁に立つ世界』。

2001年　短篇選集『ファンタスティックなレム』（読者の人気投票に基づく短篇ベスト）。

2002年　イェジイ・ヤジェンプスキ編による書簡集『手紙、あるいは物質の抵抗』、時事批評集『ジレンマ』、批評家スタニスワフ・ベレシを聞き手としたインタヴュー集『レムかく語りき』（1987年に出版された『スタニスワフ・レムとの対話』の増補版。検閲で削除された部分を復元し、新たな対話も付け加えた）。アメリカの監督スティーヴン・ソダーバーグによる『ソラリス』の映画化。

2003年　評論集『私の文学観』（かつて書いた論文・エッセイを再編集）。

2005年　クラクフの「文学出版社」（ヴィダヴニツトフォ・リテラツキェ）から出版されていたほぼ決定版と言える著作集が34巻で完結。記念してクラクフで国際レム学会議（Kongres LEMologiczny）が開催され、世界のレム研究者・翻訳家が参加する。ポーランド政府より文化功労章グロリア・アルティス金メダルを授与される。

2006年　時事批評集『猛禽類』。3月27日、腎不全と肺炎により、クラクフの病院で亡くなる。

2009年　レムの息子トマシュによる父の伝記的回想『万有引力を背景とした冒険《ごたごた》』、新発見の初期作品集『不出来な推理小説』（1950年代末に書かれた未完の表題作の他、1940年代末に書かれた、スターリン時代を扱った風刺的戯曲『卑屈』を収録。どちらも原稿が死後発見された）。

2011年　書簡集『レム／ムロージェク往復書簡　1956‒1978』（ムロージェクはレムと親しかった劇作家）。

2013年　書簡集『栄誉と幸運――マイケル・カンデル宛レム書簡集』（カンデルはアメリカ人のレム英訳者）。

2016年　ヴォイチェフ・ゼメク編『レムの惑星』（時事批評選集）。

2017年　トマシュ・レム編『闇の庭、およびその他の短篇』（短篇傑作選）。

2018年　書簡集『笑うときだけ痛む……』（詩人エヴァ・リプスカとの往復書簡集、レムの息子トマシュの書簡も含む）、ヴォイチェフ・ゼメク編『悪魔と傑作』（エッセイ選集）。

2021年　生誕100周年を記念してポーランドでは国をあげて「レムの年」を祝い、多くの協会や組織が様々なイヴェントをいっせいに企画。誕生日の9月12日には「未来学会議2021」がクラクフで開催される。ポーランドの「レムの年」の公式ウェブサイトによれば、2021年現在、レムの著作は世界52言語に翻訳され、累計発行部数は4100万部にのぼる。

シリーズとして4冊の外国SF・怪奇小説がレム自身による解説を添えて出版される（出版された作家は、フィリップ・K・ディック、ステファン・グラビンスキ、M・R・ジェイムズ、ストルガツキー兄弟）。しかし、シリーズに入る予定だったアーシュラ・ル＝グィンの作品は、訳者が反体制活動家として当局からにらまれていた詩人・文学研究者のスタニスワフ・バランチャクであったため出版が差し止めになり、レムは抗議。結局このシリーズは4冊で終了する。

1976年　長篇『枯草熱』、短篇・テレビシナリオ集『仮面』。アメリカSFのレヴェルの低さを厳しく批判したため、アメリカSF作家協会の名誉会員の資格を剝奪される（いわゆる「レム事件」）。ヨーロッパSF大会（ユーロコン）賞、ポーランド国家省文学部門第一等賞。

1981年　未来のコンピューターによる講義録『ゴーレムXIV』。ポーランドで戒厳令が敷かれる（1982年末まで）。

1982年　長篇『現場検証』（邦題『泰平ヨンの現場検証』）。西ドイツの高等科学研究院に研究員として1年間招聘される。

1983年　ウィーンに滞在。この後1988年まで続くウィーン滞在は事実上の一時的亡命。体調も思わしくなく、ポーランドの状況を憂えて鬱状態になる。短篇集（架空の書物の書評2篇）『挑発』。

1986年　短篇集（架空の書物の書評3篇）『二一世紀叢書』。ヨーロッパ文学のためのオーストリア国家賞受賞。

1987年　長篇『大失敗』、長篇『地球の平和』、批評家スタニスワフ・ベレシを聞き手とする『スタニスワフ・レムとの対話』。

1988年　ウィーン滞在を切り上げ、ポーランドに帰国。小説をもはや書かないと決意。ただし、この後も評論や時事的批評を旺盛に書き続ける。

1989年　イェジイ・ヤジェンプスキ編『世界の批評の目に映ったレム』。
　自由選挙の結果、「連帯」が圧勝し、共産党系政権が倒れる。

1991年　オーストリアのフランツ・カフカ賞受賞。

1992年　『カトリック週報』に時事批評「レムが世界を見れば」連載を開始。小惑星3836番が国際天文学連合によって「レム」と命名される。

1994年　ポーランド学術アカデミー会員。

1995年　ポーランド・ペンクラブよりパランドフスキ賞を授与される。宇宙探検家協会よりメダル授与。

1996年　時事批評集『中国語の部屋の秘密』『セックス・ウォーズ』。

1997年　クラクフ市名誉市民。

1998年　ヤギェロン大学およびリヴィウ医科大学より名誉博士号授与。

1999年　時事批評集『メガビット爆弾』。

2000年　時事批評集『瞬間』、映画・テレビおよびラジオドラマのシナリ

1953年8月29日　バルバラ・レシニャク（当時医大生）と結婚。バルバラ夫人は後に放射線科医師になる。
1954年　父の逝去。短篇集『セザム、およびその他の短篇』。
1955年　長篇『失われざる時』、長篇『マゼラン雲』。ポーランド政府金十字功労章を受章。
1957年　サイバネティックスについての評論集『対話』、連作短篇集『航星日誌』（邦題『泰平ヨンの航星日記』）。
1959年　長篇『エデン』、短篇集『アルデバランからの侵略』。ポーランド政府復興十字勲章を受章。
1961年　長篇『浴槽で発見された手記』、長篇『星からの帰還』、長篇『ソラリス』。
1962年　評論・エッセイ集『軌道に乗る』。ポーランドの作家代表団の一人として初めてソ連を訪問。多くの読者から大歓迎を受ける。
1963年　短篇とテレビシナリオ集『月の夜』。
1964年　長篇『インヴィンシブル』（短篇数篇を併録）、科学評論集『技術大全』、連作短篇集『ロボット物語』。
1965年　連作短篇集『ツィベリアーダ（電脳の歌）』（邦題『宇宙創世記ロボットの旅』）。文化芸術省文学賞（第二等）受賞。
1966年　自伝的回想『高い城』。
1968年3月14日　息子トマシュ誕生。評論集『偶然の哲学――経験主義に照らして見た文学』、連作短篇集『宇宙飛行士ピルクス物語』、映画シナリオ「レイヤー・ケーキ」（同年アンジェイ・ワイダ監督によって映画製作）。
1969年　ソ連旅行、モスクワで『ソラリス』の映画化を計画するアンドレイ・タルコフスキーと会って話し合う。レムにはタルコフスキーの構想が気に入らない。
1970年　評論集『SFと未来学』。
1971年　架空の書物の書評集『完全な真空』、作品集『不眠』（中篇『未来学会議』、映画シナリオ「レイヤー・ケーキ」を含む）。
1972年　ポーランド科学アカデミーの「ポーランド2000」委員会委員。ソ連のアンドレイ・タルコフスキー監督による『ソラリス』の映画完成。
1973年　架空の書物の序文集『虚数』。北米のSF研究誌『サイエンス・フィクション・スタディーズ』への協力が始まる（1980年まで）。アメリカSF作家協会から、トールキンに次いで、名誉会員の称号を贈られる。ポーランド文化芸術省文学賞（第一等）。
1975年　論文集『議論とエッセイ』、著作集『高い城、および青春詩集』。
1975–77年　クラクフの文学出版社から、「スタニスワフ・レムのお薦め」

スタニスワフ・レム年譜

沼野充義作成

1921年9月12日　ポーランド領のルヴフ（現ウクライナ共和国のリヴィウ）にユダヤ系の両親のもとに生まれる。父サムエル・レムは裕福な耳鼻咽喉科医。母サビナ（旧姓ヴォルネル）。なお1921年の統計によればルヴフの人口構成は、総人口約22万人のうち、ポーランド人62%、ユダヤ人28%、ウクライナ人9%。

1932年　ルヴフのシャイノハ記念第二国立ギムナジウム（中等学校）に入学。

1936または37年　ギムナジウムの生徒を対象とした知能指数調査の結果、IQが180あることがわかり、「南ポーランドで最も頭のいい子供」と言われる。

1939年　ギムナジウム卒業。

1940–41年　ルヴフ医科大学に学ぶ。

1942年　ルヴフがナチス・ドイツ軍に占領される。原材料を調達するドイツの企業の倉庫で、機械工・溶接工助手として働く。レム家は偽造した身分証明書により、ゲットー送りを免れる。ドイツ空軍戦利品集積所から弾薬を盗み出し、反独活動家に渡して、レジスタンスに協力。

1944年　ソ連軍が侵攻してドイツ軍を追い払い、ルヴフを支配下に置く。レムは大学で医学の勉強を再開。

1946年　ソ連による「本国送還（レパトリアツィヤ）アクション」により、ルヴフのポーランド系住民の大部分が、ソ連領となったリヴィウからポーランドに事実上強制移住させられた。その際財産はごくわずかしか持ちだすことを許されなかった。レム家もクラクフに移住する。

ポーランドで『冒険新世界』誌に『火星からの来訪者』を連載、作家としてのデビュー。その他、ポーランドの新聞や雑誌に、詩や短篇小説を発表。クラクフのヤギェロン大学で医学の勉強を再開。

1948年　大学を卒業するが、軍医としての勤務から逃れるために、医師国家試験は受けない。メチスワフ・ホイノフスキ博士の主宰する科学研究談話会（コンヴェルサトリウム）の助手となる（1950年まで）。

長篇『主の変容病院』の執筆を始める。

1951年　初めての単行本『宇宙飛行士たち』（邦題『金星応答なし』）、戯曲『ヨット・パラダイス号』執筆（ロマン・フッサルスキと共著）。

沼野充義（ぬまの　みつよし）……1954年、東京都生まれ。東京大学卒、ハーバード大学スラヴ語学文学科博士課程に学ぶ。ワルシャワ大学講師、東京大学教授を経て、現在名古屋外国語大学副学長、東京大学名誉教授。著書に『徹夜の塊』三部作（『亡命文学論』『ユートピア文学論』『世界文学論』、作品社）、『W文学の世紀へ』（五柳書院）、『チェーホフ　七分の絶望と三分の希望』（講談社）、編著書に『東欧怪談集』『ロシア怪談集』（河出文庫）、『世界は文学でできている　対話で学ぶ〈世界文学〉連続講義』全5巻（光文社）、訳書にスタニスワフ・レム『ソラリス』（国書刊行会およびハヤカワ文庫SF）、ヴィスワヴァ・シンボルスカ『終わりと始まり』（未知谷）、クラシツキ『ミコワイ・ドシフャトチンスキの冒険』（岩波書店）、ウラジーミル・ナボコフ『賜物』（新潮社）、『新訳　チェーホフ短篇集』（集英社）などがある。

スタニスワフ・レム……1921年、旧ポーランド領ルヴフ（現在ウクライナ領リヴィウ）に生まれる。クラクフのヤギェロン大学で医学を学び、在学中から雑誌に詩や小説を発表し始める。地球外生命体とのコンタクトを描いた三大長篇『エデン』『ソラリス』『インヴィンシブル』のほか、『金星応答なし』『泰平ヨンの航星日記』『宇宙創世記ロボットの旅』など、多くのSF作品を発表し、SF作家として高い評価を得る。同時に、サイバネティックスをテーマとした『対話』や、人類の科学技術の未来を論じた『技術大全』、自然科学の理論を適用した経験論的文学論『偶然の哲学』といった理論的大著を発表し、70年には現代SFの全2冊の研究書『SFと未来学』を完成。70年代以降は『完全な真空』『虚数』『挑発』といったメタフィクショナルな作品や文学評論のほか、『泰平ヨンの未来学会議』『泰平ヨンの現場検証』『大失敗』などを発表。小説から離れた最晩年も、独自の視点から科学・文明を分析する批評で健筆をふるい、中欧の小都市からめったに外に出ることなく人類と宇宙の未来を考察し続ける「クラクフの賢人」として知られた。2006年に死去。

*

関口時正（せきぐち　ときまさ）……1951年、東京都生まれ。東京大学卒。1992年から2013年まで東京外国語大学でポーランド文化を講じた。同大学名誉教授。2021年、ポーランド文学普及・翻訳の顕著な業績に対してThe Polish Book Instituteよりトランスアトランティック賞を授与される。著書に『ポーランドと他者』（みすず書房）、*Eseje nie całkiem polskie*（ポーランドUniversitas）、『白水社ポーランド語辞典』（共著）、訳書にスタニスワフ・レム『主の変容病院・挑発』（国書刊行会）、チェスワフ・ミウォシュ『ポーランド文学史』（共訳）、ヤン・コハノフスキ『挽歌』、ボレスワフ・プルス『人形』、アダム・ミツキェーヴィチ『バラードとロマンス』、同『祖霊祭――ヴィリニュス篇』、スタニスワフ・イグナツィ・ヴィトキェーヴィチ『ヴィトカツィの戯曲四篇』（以上未知谷）、『ショパン全書簡――ポーランド時代』、『ショパン全書簡――パリ時代』上・下（共訳）、イヴァシュキェヴィッチ『尼僧ヨアンナ』（以上岩波書店）、『ヤン・コット 私の物語』（みすず書房）などがある。

スタニスワフ・レム・コレクション

インヴィンシブル
Niezwyciężony

2021年 9 月12日初版第1刷発行

著者　スタニスワフ・レム
訳者　関口時正

装訂　水戸部功

発行者　佐藤今朝夫
発行所　株式会社 国書刊行会
東京都板橋区志村1-13-15　郵便番号＝174-0056
電話＝03-5970-7421　ファクシミリ＝03-5970-7427
URL : https://www.kokusho.co.jp
E-mail : info@kokusho.co.jp

印刷・製本所　中央精版印刷株式会社
ISBN978-4-336-07134-7
乱丁・落丁本はお取替えいたします。